사고

L'ACCIDENT
by Ismaïl Kadaré

Copyright © Librairie Arthème Fayard, 2008
Korean Translation Copyright © MUNHAKDONGNE Publishing Corp., 2012
All rights reserved.

This Korean edition was published by arrangement with
Librairie Arthème Fayard, Paris through Shinwon Agency, Seoul.

이 도서의 국립중앙도서관 출판시도서목록(CIP)은
e-CIP 홈페이지(http://www.nl.go.kr/ecip)와
국가자료공동목록시스템(http://www.nl.go.kr/kolisnet)에서 이용하실 수 있습니다.
(CIP제어번호: CIP2012005469)

사고

L'ACCIDENT

이스마일 카다레 장편소설
양영란 옮김

문학동네

차례

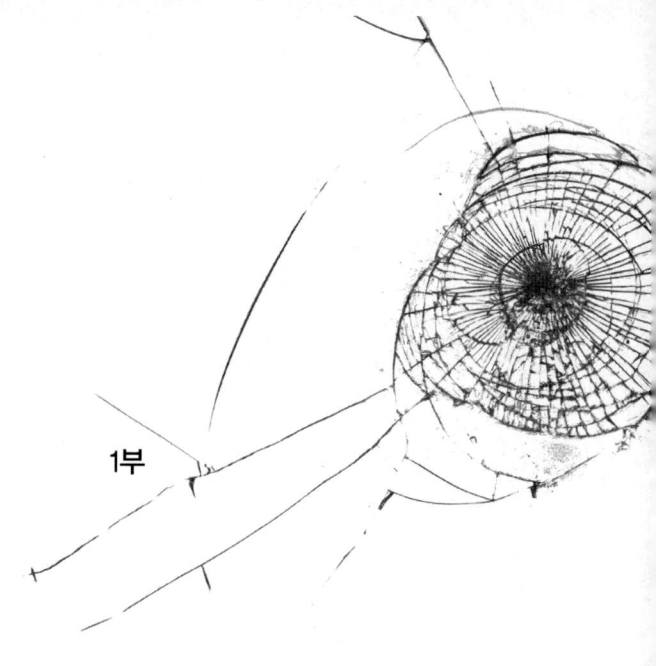

1부

1

그 사건은 아주 평범해 보였다. 택시 한 대가 공항을 17킬로미터 앞둔 지점에서 도로 아래로 추락했다. 승객 두 명은 즉사했고, 중상을 입은 운전기사는 혼수상태에서 병원으로 이송되었다.

경찰 조서에는 사망자인 알바니아 국적의 남자와 젊은 여자의 이름, 자동차 번호, 오스트리아 출신 운전기사의 이름, 사고가 일어나게 된 경위, 더 정확하게 말하자면 그 경위에 대한 몇 가지 의문점 등, 하여간 이러한 상황에서 으레 등장하게 마련인 정보들이 언급되어 있었다. 도로 어디에도 차가 브레이크를 밟은 흔적은 없었다. 잘 달리다가, 운전자가 갑자기 시력을 잃기라도 한 듯, 길가로 방향을 틀더니 골짜기로 굴러떨어진 것이었다.

자가용을 타고 사고 택시를 따라가던 네덜란드인 커플은 앞에 가던 택시가 별다른 이유 없이 갑자기 도로를 벗어나 가드레일을 들이받았다고 진술했다. 이들은 깜짝 놀란 와중에도 택시가 골짜기로 떨어지는 광경뿐만 아니라 뒷좌석 문이 열리면서 승객이—이들이 본 것이 정확하다면 한 남자와 한 여자가—허공으로 내던져지는 광경 역시 똑똑히 보았다.

유로모빌 사의 트럭을 몰던 다른 증인도 거의 비슷한 진술을 했다.

사건 발생 일주일 후, 의식을 회복한 택시 기사를 상대로 병원에서 작성된 두번째 조서는 모든 경위를 확실하게 밝혀주기는커녕 오히려 혼란만 가중시켰다. 사고 직전까지도 별달리 이상한 점은 없었다던 운전기사가 다만…… 백미러가…… 주의력을…… 빼앗았을지도 모른다고 했던 것이다. 예심판사는 그만 냉정을 잃고 말았다.

예심판사가 백미러에서 무엇을 보았냐고 다시 물었지만 택시 기사는 답변하지 못했다. 환자를 피곤하게 하지 말라는 담당 의사의 개입에도 예심판사는 심문을 계속했다. 계기판 위쪽 백미러에서 어떤 광경을 보았습니까, 택시 뒷좌석에서 어떤 예사롭지 않은 일이 일어났기에 혼비백산하여 정신을 빼앗긴 거냐고요! 두 승객이 싸움을 벌였습니까, 아니면 유난스런 애정 행각이라도 벌였나요?

부상을 입은 운전기사는 고개를 저었다. 이도 저도 아니라는 뜻이었다.

그렇다면 도대체 뭐란 말입니까? 예심판사는 고함이라도 지를 태세였다. 무엇 때문에 정신이 나갔지요? 도대체 뭘 본 겁니까?

담당 의사가 다시 한번 개입을 하려는데, 환자가 좀 전처럼 느릿느릿 말을 꺼냈다. 끝나지 않을 것 같던 그의 답변이 끝나자, 예심판사와 담당 의사는 서로 얼굴만 물끄러미 바라보았다. 환자의 말로는, 택시 뒷좌석에 앉아 있던 두 승객은 다른 어떤 이상한 행동도 하지 않았다. 서로 힘겹게 키스를 하려 했을 뿐.

2

운전기사의 증언은 너무도 신빙성이 부족한 나머지 사고로 인한 외상 후 후유증으로 치부됐고, 공항을 17킬로미터 앞둔 지점에서 일어난 그 사고는 그 정도에서 조사가 마무리됐다. 논리는 단순했다. 운전기사가 백미러에서 실제로 어떤 광경을 보았건 혹은 보았다고 믿건, 그 때문에 핵심이 변하지는 않는다는 것. 택시가 굴러떨어진 건 부주의든 환영이든 갑작스러운 신체 능력의 저하든, 하여간 운전기사의 머릿속에서 일어난 일 때문이었다. 승객들과는 아무런 연관도 없어 보였다.

늘 그렇듯이, 두 사망자의 신원은 명확하게 밝혀졌다. 남자는 유럽회의에서 서부 발칸반도 문제를 담당하는 분석가였고, 젊고 아리따운 여자는 오스트리아 빈 고고학 연구소의 연수생이었다. 어느 모로 보나 두 사람은 연인 사이인 것 같았다. 그들은 주말 이틀 밤을 묵은 미라막스 호텔 프런트에서 택시를 불렀다. 차체 검사 결과, 고의적인 파손의 흔적은 전혀 없었다.

택시 기사의 진술에서 모순점을 찾아내려는 최후의 시도로 예심판사는 택시가 골짜기로 굴러떨어진 후 두 승객은 어떻게 됐냐는 일종의 함정이 깔린 질문을 던졌다. 혼자만 골짜기에 떨어졌다는 답변을 하는 것으로 보아—두 승객은 택시를 떠나, 말하자면 이미 공중에서 그와는 작별을 고했으므로—적어도 부상당한 기사가 그가 본 것 혹은 보았다고 믿는 것에 대해 거짓말을 하지는 않는 듯했다.

얼핏 단순해 보이는 이 사건은 운전기사의 묘한 증언으로 말미암아 '비정형 사건'으로 분류되었다.

바로 그 이유 때문에, 그로부터 몇 달 후 사건 관련 조서 사본은 유럽 도로 연구소에서 희귀 사건을 담당하는 제4분과로 전달되었다.

'희귀하다'라는 형용사에서 알 수 있듯이, 희귀 사건은 악천후나 과속, 피로, 음주, 약물 등에 의해 예기치 않게 발생하는 보통 사건들에 비해서 발생 빈도는 훨씬 낮다. 그러나 사건 발생의 이유는 놀라울 정도로 다양해서, 위협적인 충돌에서부터 고의적인 브레이크 파손, 운전기사에게 갑자기 나타난 환영에 이르기까지, 희귀 사건 진상 조서엔 도저히 믿기지 않는 일들이 기록되어 있다.

그중 가장 미스터리는 단연 백미러로, 사건 일지에서 따로 한 항목을 차지할 정도다. 백미러에 비친 광경이 매우 충격적인 장면임이 분명한 이유는, 적잖은 운전기사들이 그로 인해 목숨을 잃기 때문이다. 택시 기사들의 경우, 무기를 든 승객에게 위협당하는 사례가 가장 빈번하다. 뇌충혈, 각혈, 고함을 동반한 정신착란 등 각종 질병과 관련된 외상인 경우도 드물지 않다. 동승한 승객들 사이에 갑작스럽게 벌어지는 다툼이나 칼부림 등은 딱히 이례적인 경우라고는 볼 수 없지만, 경험이 부족한 운전기사라면 정신을 빼앗기기 십상이다. 승객 중 한 명, 대부분의 경우 여자 승객이, 몇 분 전 택시에 올라탈 때까지만 하더라도 일행인 남자와 다정하게 끌어안고 있다가 갑자기 문을 열고 뛰어내리려고 하면서 납치당했다고 소리치는 경우는 앞선 사례보다 드물다고 할 수 있다. 또 열 손가락으로 헤아릴 수 있을 만큼 드문 경우

긴 하지만, 택시 기사가 차에 탄 여자 승객이 자신의 첫사랑 또는 자신을 버리고 떠났던 여자임을 알아보는 경우도 더러 있다.

얼핏 불가사의해 보이는 이와 같은 사건 대다수는 그 원인이 밝혀진다. 하지만 그렇다고 해서 백미러에 비친 모든 광경의 미스터리가 풀린다고 한다면 그건 지나친 과장이요 일반화의 오류가 될 것이다.

환영 이외에도, 유사한 다른 경우들이 있다. 승객의 시선에 의한 최면, 미모의 여자 승객이 보내는 매혹적인 눈빛에 의한 일시적 동요, 또는 반대로 시커먼 구멍을 연상시키는 끔찍하게 공허한 시선에 의한 마비.

공항을 17킬로미터 앞둔 지점에서 일어난 사고에 대해 택시기사가 한 증언은 얼핏 너무 평범해서 착각이나 환영으로도 간주하기 어렵지만, 그렇다고 뾰족하게 합리적인 설명이 가능한것도 아니었다. 두 승객은 힘겹게 키스를 하려 했는데, 바로 그때문에 자신이 주의력을 잃었고, 그 결과 두 사람이 죽음에 이르게 되었다는 택시 기사의 설명은 붙잡으려 할수록 느물스럽게 손가락 사이로 빠져나가버렸다.

이 사고를 조사하는 사건 분석가들은 처음엔 고개를 저었고 그다음에는 입술을 비죽거리다가 연이어 못마땅하게 웃었다. 그리고는 화를 내며 모든 것을 처음부터 다시 시작했다.

자, '두 사람은 힘겹게 키스를 하려 했다'는 말은 과연 무엇을 의미하는가? 이는 언어 관습상 전혀 자연스럽다고 할 수 없으며, 논리적인 관점에서라면 더 말할 나위도 없다. 가령 누가 키스를 하려는데 상대방이 이를 거절하는 경우는 그럴 수 있다. 둘 중 하나가 겁을 먹었다거나 두 사람 모두 제3자로 인해서 겁을 먹은 경우도 가능하다. 그런데 택시 안에 승객 두 사람과 운전기사뿐인 상황에서 "힘겹게 키스를 하려 했다"(조서에는 독일어로 'Sie versuchten gerade sich zu küssen'이라고 적혀 있었다)면, 그와 같은 가정은 설득력이 없다. 사실 식은 죽 먹기나 다름없는 일이 아닌가 말이다. 두 사람은 호텔에서 함께 밤을 보내고 그곳을 나서는 참이었으니. 그런데 어째서 "힘겹게 키스를 하려"한단 말인가? 바꿔 말하면, 두 사람이 키스하기를 원했다면 어째서 머뭇거렸는가? 무엇이 두 사람이 키스하는 걸 방해했는가?

파헤치면 파헤칠수록 상황을 이해하기가 어려워졌다. 두 희생자가 서로에게 다가가는 것을 방해하는 무언가가 있었다고 치자. 어째서 그 같은 상황이 운전기사의 주의력을 그렇게까지 흩뜨린 것일까? 택시 뒷좌석에서 키스를 하거나 정사를 벌이는 승객들이 그토록 드물다는 말인가? 게다가 운전기사는 그토록 미묘한 시도, 다시 말해 비밀스러운 제재가 동반된 키스의 욕망을 어떻게 감지할 수 있었을까?

짜증이 치솟은 사건 분석가들은 '바보 하나가 강물에 던져버린 돌멩이를 재사 마흔 명이 건져내지 못한다'는 속담을 되뇌다, 이 사건은 젊고 무모한 운전기사들이 고릿적부터 전해온 이야기들을 모델 삼아 쌓아올리곤 하는, 택시에 탄 전부인이나 애인을 알아본 기사의 진부한 변명이거나 그게 아니라면 그다지 신경쓸 필요조차 없는 단순한 정신질환의 소산인 듯하다고 여백에 기록했다.

한편, 택시 기사와 알바니아 국적의 여자 승객이 무관한 사이임이 밝혀진 후에 작성된 의사 소견서에는 운전기사의 정신 상태가 지극히 정상이라고 쓰여 있었다.

3

그로부터 삼 개월 후, 발칸반도에 위치한 두 나라가 공항을 17킬로미터 앞둔 지점에서 일어난 교통사고 관련 서류 열람을 차례로 요청해오자, 문서 보관 담당자는 놀라움을 감추지 못했다. 바람 잘 날 없는 이 두 반도 국가는 살인이며 공습, 약탈, 인종 청소 등 온갖 악랄한 일을 저지를 땐 언제고, 그와 같은 광기가 잠잠해졌으면 긴급 복구 작업에나 전념할 것이지 왜 뜬금없이 '희귀한' 교통사고 같은 골치 아픈 사회면 기삿거리에 관심을 기울인단 말인가?

세르비아-몬테네그로 당국에 이 사고에 관심을 보이는 이유를 대놓고 묻기란 불가능했지만, 사망자들이 오래전부터 그 나라의 특별 감시를 받고 있었음이 곧 명백해졌다.

그 사실을 감지한 것만으로도 알바니아 비밀정보국이 움직일 이유는 충분했다. 정치적 살인일 수 있다는 의심—공산주의의 몰락 이후 전형적인 피해망상의 일환으로 도처에서 쑥덕공론을 야기시킨—이 별안간 태연스레 전면으로 부각됐다.

늘 그래왔듯이, 알바니아 수사관들은 남들이 한바탕 훑고 지나간 현장에 뒤늦게 나타났다. 그렇지만 도처에 흩어져 살고 있는 애국적인 알바니아계 이민자들과 접촉한 덕분에 희생자들과 관련된 상당한 정보를 수집할 수 있었다. 주고받은 서신 일부, 사진, 비행기표, 호텔 주소와 숙박 영수증 등, 수확이 끝난 밭에 남은 부스러기 낱알처럼 보잘것없는 소득일망정, 두 연인의 관계를 조명하는 데에는 충분한 자료들이었다. 호텔이나 카페 테라스 등에서 찍은 사진들, 혹은 그 외, 가령 벌거벗은 젊은 여인이 욕조 안에서 거북해하기보다는 기쁨에 들뜬 표정으로 카메라를 응시하는 몇몇 사진들로 미루어볼 때 두 사람의 관계엔 의심의 여지가 없었다. 그리고 호텔 영수증을 통해, 두 사람이 그동안 남자가 업무상 방문해야 했던 스트라스부르, 빈, 로마, 룩셈부르크 등 유럽의 여러 도시에서 만나왔음을 확실히 알 수 있었다. 사진을 통해서도 확인되었으며, 주로 여자가 쓴 편지들에서도 그 장소들이 언급되었다. 그녀는 가장 행복한 시간을 보낸 곳들을 밝히고 있었다.

편지를 샅샅이 살펴보면 미스터리를 풀 수 있을 거라는 희망에 부풀어 있던 수사관들은 초기에는 실망을 금치 못했고 곧이어 어안이 벙벙해졌으며, 급기야 아무것도 이해할 수 없게 되었다.

이 편지 저 편지의 내용이 너무 달랐던지라 이들은 몇 번이나 편지 분석을 중단하고 사람들을 만나 이야기를 들어야 했다. 호텔 프런트 직원, 객실 청소 담당 직원, 바의 야간근무 직원, 편지에 의하면 진실을 알고 있는, 스위스로 이민 간 죽은 여자의 친구, 그리고 마지막으로 택시 기사.

모든 증언은 그럭저럭 일치했다. 만나서 함께 있는 동안 대개는 두 사람 다 행복해 보였다. 그렇지만 간혹 여자가 슬퍼할 때도 있었으며, 한번은 남자가 전화하러 간 사이에 혼자 남은 여자가 말없이 눈물만 흘린 적도 있었다. 남자도 이따금 침울해했는데, 그럴 때면 여자가 남자를 쓰다듬어주거나 손에 키스를 하며 남자를 달래주려고 애썼다.

두 사람을 괴롭히는 일, 가령 무언가 결정을 내리지 못하고 머뭇거린다거나, 후회한다거나, 망설인다거나, 누군가에게 위협당한 상황이 있었느냐는 질문에 바 직원들은 그들의 눈엔 모든 것이 자연스러웠다고 대답했다. 야간근무를 하다보면 즐거워하던 커플이 갑자기 침묵에 잠기거나 심지어 비탄에 빠지는 일도 다반사라고. 그러다가도 언제 그랬느냐는 듯 명랑해진다고 했다.

그런 순간이면 여자는 한층 아름다워 보였다. 그전까지는 담배 연기만 응시하던 여자의 눈동자가 문득 우수에 젖어 반짝였다. 뺨도 마찬가지였다. 아름다워진 여자의 모습은 두려울 정도였으며, 이로 인해 존재가 뒤흔들릴 지경이었다.

존재가 뒤흔들린다고요? 그게 도대체 무슨 뜻입니까?

어떻게 설명해야 할지 모르겠습니다. 그저 사람을 싹 뒤바꾸어놓을 만큼 아름다웠다는 말을 하고 싶었습니다. 남자 역시 불현듯 정신을 차리는 것 같았습니다. 그는 위스키 한 잔을 추가로 주문했지요. 그런 다음 두 사람은 자기네 나라 말로 대화를 이어갔고, 자정이 지날 무렵 자리를 떠 방으로 돌아갔습니다.

여자가 의자에서 일어나면서 은밀히 주변을 둘러본 다음, 우리가 머릿속에 떠올리는 과거 아름다운 죄인들처럼 고개를 약간 숙인 채 남자보다 앞서서 걸어가는 것으로 보아, 두 사람은 분명 사랑을 나눌 것이었습니다. 야간에 바에서 일하는 사람들, 특히 호텔 바의 직원들에게 이런 일들은 기나긴 업무의 고단함을 잠시나마 달래주는 피로회복제 같은 호기심의 대상이지요.

4

여기저기에서 긁어모은 다른 정보들은 이 사건의 전모를 밝히려는 정보국 수사관들의 작업에 아무런 도움을 주지 못했다. 오히려 그와 반대로 모든 것은 점점 더 오리무중이었으며, 바 직원들의 증언을 참고하면 할수록 사망자들의 편지 내용은 미궁 속으로 빠져들었다. 여자가 남자의 행동에 대해 불평하는 등, 때때로 편지는 연인들이 주고받는 평범한 서신 같아 보였다. 그런가 하면 그런 분위기는 완전히 사라지고, 관계라봐야 경박하게 몸을 굴리는 여자와 상대 남자 사이의 무미건조한 거래에 불과하다는 느낌을 주는 사무적인 글투의 쪽지들도 있었다.

"무슨 일이 일어나든 간에 당신을 죽을 때까지 사랑할 거예요"라고 쓴 젊은 여자의 편지를 읽다가, 이후 호텔 주소를 알려주며 "조건에 대해서는 지난번처럼 모든 것이 OK"라고 쓴 남자의 쪽지를 읽게 되면 수사관들은 자신들의 눈을 의심하곤 했다.

조건이라는 말은 두 가지 해석이 가능했다. 하루 또는 이틀 밤 같은 기간을 의미할 수도 있고, 혹은 그에 대한 대가를 의미한다고 볼 수도 있었다. 마침 그것만으로는 충분치 않다는 듯, 편지에는 허겁지겁 쓴 것 같은 '콜걸'이라는 단어까지 있었다.

하지만 그보다 앞서 주고받은 편지에서는, 남자가 쓴 구절을 여자가 인용한 내용으로 미루어볼 때, 남자는 여자를 향한 그리움, 여자가 곁에 없어 느끼는 결핍감을 지극히 정상적으로 표현한 바가 있었다. 보아하니 오래 지속되어온 두 사람의 관계에 변화가 생긴 것은 마지막 시기인 듯했다. 치밀한 계산에 따르면 두 사람의 관계는 약 500주에 걸쳐 지속되었는데, 이중에서 변화가 감지되는 기간은 마지막 52주 동안이다. 콜걸이라는 표현은 마치 경계를 나타내는 이정표라도 되는 듯 사고 40주 전에 등장한다.

당신은 나에게 무한한 행복을 알게 해주었죠, 그건 인정해요. 하지만 그에 못지않게 당신의 소름 끼치는 과민함이 내 삶을 지긋지긋하게 만들어요, 라고 여자는 편지에 썼다.

여자는 그것에 관해 끊임없이 불평을 늘어놓았다. 2000년에 쓴 한 편지에서는 자신이 그와 함께하는 행복을 가장 충만히 만끽한 시기는 의심할 여지없이 발칸반도에서 전쟁이 일어난 해로, 그때 남자는 다른 곳에 신경을 쓰느라 정신이 없었다고 썼다. "세르비아가 무릎을 꿇고 나사 당신은 더는 무얼 해야 좋을지 모르는 사람처럼 또다시 나를 괴롭히기 시작했죠."

알바니아 수사관들이 미스터리의 일부를 풀었다고 믿은 건 바로 이 마지막 문장 때문이었다. 베스포르 Y가 세르비아-몬테네그로 정보국의 감시를 받고 있었던 이유. 스트라스부르와 브뤼셀은 물론 전 세계 인권 옹호 기관 대부분에 촘촘하게 얽혀 있는 인맥 덕분에 베스포르 Y는 자연스럽게 유고슬라비아에 밉보인 인물, 더 나아가서는 유고슬라비아가 공습을 당하게 된 데 어느 정도 책임이 있는 인물로 분류되었던 것이다.*

이미 전쟁이 끝난 마당에 뒤늦게 그를 감시한 이유에 대한 당혹감은 곧 해소됐다. 유고슬라비아에 가해진 응징과 초토화에 대한 일종의 회한과 더불어 사건을 재검토하려는 움직임이 일어난 것은 종전 직후였기 때문이다. 유고슬라비아 폭격이 실수였음을 인정받을 수도 있다는 기대는 수많은 사람들의 가슴을 벅

---

* 제1차세계대전 뒤 형성된 유고슬라비아는 제2차세계대전으로 다시 분할되었으나, 1945년 요시프 티토가 사회주의 이념 아래 크로아티아, 슬로베니아, 보스니아-헤르체고비나, 세르비아, 마케도니아, 몬테네그로의 여섯 개 공화국과 세르비아 자치주인 코소보와 보이보디나를 모아 유고슬라비아 사회주의 연방공화국을 수립했다. 이후 1991~92년 슬로베니아, 크로아티아, 마케도니아, 보스니아-헤르체고비나가 각각 독립을 선언했고, 1992년 4월 슬로보단 밀로셰비치 대통령 아래 세르비아-몬테네그로 공화국과 코소보, 보이보디나 자치주로 구성된 신유고연방이 탄생했다. 1998년 자치주인 코소보에서 분리 독립을 원하는 알바니아계 반군과 세르비아 연방군 간에 인종 갈등이 포함된 참혹한 유혈사태가 벌어졌다. 결국 나토가 개입함으로써 연방군이 축출됐고 코소보는 유엔의 통치하에 머물게 되었다.

차게 만드는가 하면 때로는 고통 속으로 몰아넣었다.

이와 같은 상황에서 베스포르 Y를 비롯하여 유고슬라비아의 붕괴를 선동했던 사람들의 명성에 흠집을 내려는 것은 지극히 자연스러운 일이었다. 연인의 편지를 통해서 유추할 수 있는 바, 그는 병적인 강박관념에 사로잡힌 채, 이웃 나라가 붕괴되기 전까지 마음의 평화를 얻지 못했다. 그의 연인, 어쩌면 그의 뮤즈가 실제로는 흔한 창녀일 뿐이라는 내용은 차치하고라도.

인정하려 들지는 않았지만, 알바니아 수사관들은 세르비아인들이 주장하는 내용의 일부, 특히 베스포르 Y의 애인에 관한 정보는 유감스럽게도 상당히 신빙성이 있음을 눈치채고 있었다. 그러나 그와 반대되는 사실을 입증해 보이려는 듯, 수사관들은 항공사며 술집, 호텔 수영장은 물론 죽은 여자의 물건이 담긴 상자들이 아직 보관되어 있던 허름한 주택의 지하실까지 거듭 탐문했다.

하지만 그 조사로 문제가 말끔히 해결되기는커녕 오히려 더 뒤죽박죽으로 엉켜버렸다. 급기야 이들은 혹시 자신들이 서로 다른 두 여자를 한 여자로 혼동하는 건 아닌지 의심하는 지경에 이르렀다.

아니, 사실이 그렇기를 바랐다. 하지만 절망스럽게도, 편지나 다른 사람들의 증언, 그리고 사진들을 통해 이 여자는 확실하게

드러난 관능적인 아름다움 뒤에 제2의 천성을 숨기고 있었을 뿐
이라는 확신이 들기 시작했다.

5

그러던 차에 로베나의 친구인 피아니스트 리자 블룸베르크가
갑작스럽게 등장함에 따라 살해 가능성이 제기되었다.

세르비아 비밀정보국이 개입되었다고는 하나 지금까지는 그
와 같은 가정을 쉽게 거부할 수 있었다. 물론 유고슬라비아에 껄
끄러운 존재였던 베스포르 Y가 누군가에 의해 제거되었고, 그
운명적인 순간에 우연히 그의 곁에 있던 애인까지 함께 살해된
것이라는 가능성을 전적으로 배제하지는 않았다. 그렇지만 이제
연극의 막은 내려져 베스포르를 겨냥한 중상모략마저 뒤늦고 무
익하게 여겨지는 마당에 암살은 난데없는 얘기였다.

역사를 새로 쓰려면 베스포르 Y를 죽이는 것보다 그를 깎아내
리는 편이 훨씬 효과적이었을 것이다. 어떤 경우라도 그의 죽음
이 그에 대한 폄하를 가져오진 않는다. 오히려 그걸 방해할 뿐이
다. 살아 있는 자를 깎아내리는 편이 죽은 자를 상대하는 것보다
훨씬 쉽다는 것은 공인된 사실이다. 베스포르 Y라고 해서 예외

가 될 수 없으며, 그의 애인의 경우는 더더욱 그랬다.

친구들 사이에선 룰루 블룸이라고 불리는 그 피아니스트의 증언에 새롭고 놀라운 점이 있다면, 그건 그 여자가 로베나의 죽음을 세르비아 비밀정보국이 아닌 베스포르 Y와 직접 연계시킨다는 점이었다. 그녀는, 최근 들어 교통사고로 위장된 살인 사건이 빈번하게 일어나고 있으며, 베스포르 Y 역시 결과적으로는 운명을 함께하게 된 셈이지만, 여하튼 그 같은 방법으로 자기 친구를 없애려 했던 것이 분명하다고 말했다.

이 점에 대해서 수사관들은 노골적으로 냉소를 보이지는 않았지만, 두 사람 모두 골짜기로 굴러떨어진 상황에서 한 사람이 다른 사람을 죽였다고 지목하는 건 전혀 설득력이 없다고 입을 모아 반박했다. 베스포르 Y가, 추락하는 동안의 혼란을 틈타, 도저히 납득할 수 없는 어떤 이유로 그 같은 범행을 저지르기라도 했다는 겁니까?

잠깐만요, 비웃지 마세요! 룰루 블룸이 반박했다. 그런 생각을 할 정도로 모자란 사람은 아니에요. 이어서 여자는 자신만의 독특한 견해를 펼쳐 보였다.

그녀는 베스포르 Y가 자신의 애인을 살해했다고 확신했다. 살해 정황에 대해서는 당연히 아무것도 모른다면서 확신은 요지부동이었다. 로베나가 자신에게 털어놓기를, 몇 달 전 베스포르 Y

와 함께 알바니아의 한 수상쩍은 모텔에서 묵었을 때 생명의 위협을 느꼈다고 했다는 것이었다. 그러나 피아니스트는 그 이유에 대해서는 침묵을 고수하며 자기보다는 수사관님들이 더 잘 밝혀내지 않겠느냐고 했다. 자기는 한낱 피아니스트일 뿐이며, 정치의 이면 따위엔 전혀 관심이 없다고 했다. 그러면서 베스포르 Y는 매우 복잡한 사람이었는데, 공교롭게도 로베나가 자기에게 자정 넘어 걸려온 의문의 전화 얘기를 한 적이 있었다고 했다. 이스라엘과 오해가 생겼다고 했는지, 이스라엘 때문에 오해가 빚어졌다고 했는지, 내용은 확실하게 기억나지 않는다고. "앞에서도 말한 것처럼 전 그런 일엔 관여하고 싶지 않았거든요." 그녀는 유고슬라비아 폭격에 반대하긴 했지만, 정치적 신념 때문이라기보다는 그저 '환경보호주의자'로서 전투기 비행으로 인한 대기오염 등등의 이유가 있었을 뿐이라고 했다.

한편 로베나와 피아니스트의 관계가 드러나면서 피아니스트의 주장은 상당 부분 신뢰를 잃게 되었다. 피아니스트 자신이 구태여 숨기려고 하지도 않았지만, 두 여자가 연인 사이였음을 짐작하기란 어렵지 않았고, 따라서 베스포르 Y를 향한 피아니스트의 질투도 얼마든지 납득할 수 있었다.

그렇기 때문에 이와 같은 룰루 블룸의 진술이 있고 난 후, 수사관들은 그 여자가 내세우는 몇몇 주장을 건성으로 들어넘겼는

데, 그중에서도 마지막 말은 혼란스럽기로 말하면 단연 최고였다. 피아니스트는 개들에게 물어뜯긴 커다란 인형에 대해 언급하더니, 말이 끝나기가 무섭게 너무 지쳤다며 방금 한 말은 신경쓰지 않아도 된다고 덧붙였다. 수사관들이 그 인형 이야기를 자세히 해보라고 다그쳤지만, 피아니스트는 그저 부고란에서 읽은 내용일 뿐이며 자신은 정말로 지쳤고, 다만 마지막으로 해줄 말이 있다며 택시에 탔던 여자는 로베나 St.가 아니라 다른 여자일 것으로 확신한다고 덧붙였다.

대부분의 조서에서 이 부분에 밑줄이 그어져 있는데도 수사관들은 이 말을 믿으려 하지 않았다. 따라서 이 사건을 처음부터 다시 조사해야 한다는 생각, 즉 그 여자냐 다른 여자냐, 사고냐 살인이냐 등을 재조사해야 한다는 생각은 그들의 머릿속에 떠오르지 않았다.

흐름이 바뀐 것은 이번에는 남자 쪽과 관련된 새로운 진술이 나왔기 때문이다. 남자 쪽과 관련해서 유일무이해 보이는 그 진술을 한 사람은 남자의 대학 동창이었다. 두 남자는 겨울이 끝나가던 무렵 어느 날, 그러니까 사고가 일어나기 몇 달 전에 티라나*의 다비도프 클럽 2층에서 대화를 나누었다.

---

* 알바니아의 수도.

증인의 말에 의하면 베스포르 Y는 그날 얼굴을 잔뜩 찌푸리고 있었다. 무슨 일이냐고 묻자 그는 처음엔 문제가 좀 있다고만 얼버무렸다. 하지만 곧 나머지 이야기를 해주었다. 곤란한 상황에 처했다는 것이었다…… 어떤 젊은 여자와.

증인은 베스포르의 사람됨을 잘 아는지라 더이상은 캐묻지 않았다. 하지만 베스포르는 평소의 그답지 않게 스스로 뭔가를 털어놓으며, 실수를 한 것 같다고 했다. 증인은 여자와의 관계 자체를 그리 여기는 것이라고 짐작했다. 놀랍게도 베스포르는 '두려움'이라는 단어를 사용했다. 여자와의 관계, 혹은 그 여자, 그 젊은 여자에 대한 두려움.

긴 침묵이 흐른 후, 그는 자신이 어디에선가 실수를 저질렀다고 누차 말했습니다. 다른 설명은 덧붙이지 않고 그저 이 곤란한 상황에서 벗어나려고 노력할 것이라고만 했습니다. 자신이 있다고요. 하지만 그의 이야기는 점점 더 갈피를 잃어갔습니다. 그는 때가 되면…… 다시 말해 그가 원하는 순간이 오면…… 어떻게 해야 할지 알 수 있을 것이라고 자신했습니다.

아무도 끼어들 수 없게 단호한 말투였습니다. 표정 말입니까? 눈빛이요? 매우 차가웠습니다. 아닙니다, 절대로 살인자의 표정이나 눈빛은 아니었습니다. 그저 차가웠습니다.

수사관들은 룰루 블룸의 증언을 다시 살폈다. 개에게 물어뜯긴 채 덤불숲에서 발견됐다는, 말도 안 되는 인형 이야기까지. 하지만 변덕스러운 피아니스트는 말을 너무 많이 한 것을 후회하는지, 전혀 협조적이지 않았다.

그렇다고 수사 진행에 차질이 생기진 않았다. 피아니스트가 한 걸음 물러서자, 수사관들은 열 배로 고조된 열성을 보였다. 사건에 대한 의혹이 이들을 이처럼 멀리, 출발점을 잊을 정도로 멀리 이끄는 경우는 극히 드물었다.

그들이 이미 알고 있는 사실과 새로 수집된 정보들은 이제 단순한 직업적 의무 차원을 훌쩍 넘어서는 세심한 분석의 대상이 되었다.

따라서 수사관들은 제일 처음에 들은 두 가지 증언, 즉 네덜란드인 커플과 유로모빌 트럭 운전기사의 증언으로 되돌아왔다. 이 두 증언은 처음엔 일치하는 것처럼 보였으나(택시의 문이 활짝 열리고, 승객들의 몸이 밖으로 튀어나왔다……), 꼼꼼한 분석을 거쳐 다시 살펴보니 전혀 그렇지 않았다. 네덜란드 커플은 승객들의 몸이 추락하기 전 공중에 떠 있을 때, 마치 서로에게 밀착하려는 듯 목을 얼싸안고 있었다고 말한 반면, 트럭 운전기사는 두 사람의 몸은 추락하면서 서로 떨어졌다고 완강하게 주장했다.

이 점은 바라본 각도가 달랐으며, 특히 사고 당시 두 차량의 위치가 각각 달랐다는 사실로 해명될 수도 있었다. 트럭은 네덜란드 커플이 탄 차의 뒤쪽에 있었으므로, 네덜란드 커플이 붙어 있었다고 본 두 사람의 몸을 트럭 운전기사는 떨어져 있었다고 볼 수도 있었던 것이다.

그러나 이런 식의 끼워 맞추기는 오래 버티기 힘든 법이었다. 이 편지 저 편지에서 그러모은 불가사의한 문장들이 암시하고 있거나 룰루 블룸이 전화 통화를 통해 어렴풋이 감지했다는 요소들은 그와는 상반되는 내용을 담고 있었다.

당신은 이제 마음이 안정되었다고 믿겠죠. 여자는 마지막 해에 그에게 보낸 편지에 그렇게 썼다. 하지만 나한테는 그런 공포스러운 평온보다, 수차례 나를 고문당하는 듯한 고통 속으로 몰아넣었던 그 옛날 당신의 그 소름 끼치는 과민성이 나을 수도 있어요.

다른 날 쓴 것으로 보이는 또 한 통의 편지에서, 여자는 간밤에 두 사람 사이에 오간 통화 내용에 대해서 언급했다. 어제 당신이 한 말은 인간적으로 들리긴 했지만 그 자체로, 뭐랄까, 흉측하고 파괴적이고 무서울 정도로 냉정했어요.

이 무렵, 여자는 스위스로 이민 간 친구에게 너무 우울하다고 고백했다. 친구는 '그 남자' 때문이냐고 물었고, 여자는 응, 하지만 전화로는 이야기하기 곤란해. 설명하기가 아주 어려워. 아예

불가능할지도 몰라. 그래도 언제 만나거든 설명하도록 해볼게,
라고 대답했다.

두 여자는 결국 만나지 못했다. 두 달 후에 사고가 났기 때문
이다.

그래도 뭔가 짐작 가는 게 있느냐는 질문에 스위스에 사는 친
구는 한참 침묵을 지키다 마침내 입을 열었다. 물론 짚이는 게
있긴 하죠. 하지만 확실치가 않아요. 로베나가 베스포르와 문제
가 있어, 라고 이야기한 적이 있지만, 그건 어디까지나 대화를
시작할 때면 으레 등장하기 마련인 일반적인 서두에 불과했으니
까요. 무슨 문제냐는 질문에 로베나는 말하기가 쉽지 않다고 대
답했어요. 그러곤 잠시 입을 다물고 있다가 말했죠. B가 우리는
이제 더이상 서로를 사랑하지 않는다고 나를 설득하려 들어. 아
니, 그게 대체 무슨 소리야? 나는 분개했어요. 로베나는 잠자코
있더군요. 그래서? 그래서 이제 헤어지자는 거야? 아니, 그런 건
아니야. 그럼 대체 어쩌자는 건데? 다른 거. 전화선 반대쪽에서
들려온 대답은 그랬어요. 난 네가 무슨 소리를 하는지 도무지 모
르겠어. 하긴, 꽤 오래전부터 널 이해할 수 없다고 생각했어. 그
남자, 네 애인 말이야, 그 작자는 아예 처음부터 이해할 수 없었
지. 그런데 이젠 너까지 이해할 수 없게 되었어. 어쨌거나 너랑
만나면 알게 되겠지. 죽은 여자의 친구는 벌써 3주 전에도 했던

말을 그렇게 반복했다.

죽은 여자가 앞으로 쓸 편지에 언급하려고 일기 또는 짧은 글 형식으로 적어놓았던 메모 가운데서 수사관들은 두 여자 사이에 오고간 이 애매한 대화에 해당하는 듯한 내용을 찾아냈다.

부활의 희망? 날짜를 적지 않은 메모지 위에 적힌 글이었다. 당신은 내게 당신이 예전의 당신으로 돌아갈 수 있다는 희망을 주려는 거예요? 당신은 나를 안심시키는 척하고 있어요. 부활을 위해선 모든 것은 일단 죽어야 한다고 적어 보내면서 말이죠. 하지만 솔직히 말해서 당신은 나를 점점 더 깊은 수렁 속으로 빠뜨리고 있어요.

사고가 나기 석 달 전쯤, 그녀는 전화번호 수첩에 호텔 주소와 함께 이런 내용을 남겼다. "우리의 첫 만남…… 그리고 공허. 이상한 일이다! 그만의 광기라고 생각했건만 그가 나에게 전염시킨 것 같다."

수사관들은 도무지 무슨 말인지 알 수가 없었다.

사고가 나기 일주일 전, 수첩에도 비슷한 메모가 적혀 있었다. 금요일, 미라막스 호텔, '죽음 이후' 우리의 세번째 만남.

손에 잡히는 명확한 무엇인가를 통해 정신을 차리려는 듯, 수사관들은 미라막스 호텔 나이트클럽에서의 마지막 밤으로 다시 돌아왔다. 그리고 종업원들의 도움을 받아 시간대별로 그날 일을 세세하게 정리했다. 두 사람은 가장 어두컴컴한 구석에서 대화를 나누었다. 여자는 머리를 늘어뜨리고 있었다. 클럽을 나갔다, 한 시간쯤 후에 남자만 돌아왔다. 사랑을 나누고 난 뒤, 파트너가 충분히 잘 수 있도록 배려하여, 특히 나이 어린 파트너일수록 잠을 많이 자야 하므로, 바로 내려오는 남자들의 나른한 평온함이 밴 표정이었다.

그다음엔 모든 것이 먼저와는 아주 다른 리듬으로 전개된다. 이른 아침의 아일랜드산 위스키, 택시 호출, 그리고 지독히 부자연스러운 운전기사의 증언. '그들은 힘겹게 키스를 하려 했다.'

6

세상 어디에서나 사건 표면의 시끌벅적함은 깊은 심층을 지배하는 침묵과는 완벽한 대조를 이루기 마련이지만, 발칸반도처럼 그와 같은 대조가 극명하게 드러나는 곳은 찾아보기 힘들었다.

장대 같은 전나무와 참나무의 정수리를 마구 헤집으며 산봉우리들에 바람이 휘몰아칠 때면 반도는 마치 길길이 날뛰는 미친 여자처럼 보였다.

동시에, 속삭임과 은밀한 조사가 지배하는 아래의 세상에서는 관례적인, 그러나 더 불가항력적인 광기가 느껴졌다.

이제 유령 이야기가 되어버리다시피 한 무엇인가에 집착처럼 매달리고 있는 두 비밀정보국의 열성으로부터 한 발짝 떨어져서 보면 그와 같은 광기를 감지할 수 있었다.

먼저 수사에 피곤함을 보인 쪽은 세르비아 정보국이었다. 알바니아 측 역시, 인정하려 들지는 않았지만, 경쟁국에서 덤벼드니 모른 척할 수 없어 할 수 없이 개입한 감이 없지 않았던 터라, 기회는 이때다 싶어 슬그머니 발을 빼는 수순을 밟았다.

그로부터 상당한 시간이 지난 후, 언제나처럼 우리에게 더이상 무엇을 예측할 권리가 남아 있지 않을 때, 주의깊은 손 하나가 아주 희한하게도 문서 보관소의 후미진 구석을 파고들었다. 길고 가느다란 손가락에 혈관을 찾지 못해 안절부절못하는 간호사들에게 피를 뽑힌 흔적이 뚜렷이 남아 있는 그 손은 두 정보기관이 그동안 수집한 서류를 모두 입수했을 뿐 아니라, 다른 모든 증언과 이제까지 알려지지 않았던 사실에까지도 촉수를 뻗쳤다. 이와 같은 열성에 대한 보답으로, 놀랄 만큼 다양한 정보들이 모자이크 작품이 완성되듯 계절과 해가 바뀔 때마다 끈기 있게 접합되어갔다. 두 나라의 비밀정보국이 해내지 못한 일, 공항을 17킬로미터 앞둔 지점에서 발생한 미스터리한 교통사고의 실마리가 오로지 이 한 사람, 지원도 자금도 압박 수단도 없고, 심지어 그 일을 반드시 해내야 한다는 의무감이나 그 일을 통해 한몫 챙기겠다는 야심도 없이, 다만 아무에게도 털어놓지 않은 개인적인 고통에 의해 움직이는 한 남자의 손에 의해 마침내 풀려가고 있었다.

멀리서 보면 한 덩어리로 응집된 성운 같아도 혜안이 있는 관찰자라면 그 안에서 대재앙의 소용돌이와 눈부신 벼락이 치열하게 공방전을 벌이고 있음을 상상할 수 있듯이, 혜성같이 나타나 자신의 이름을 밝히기를 거부하는 이 새로운 조사원의 서류에는 모자이크를 구성하는 수많은 조각들이, 겉으론 무질서해 보이나 실제로는 치밀하게 계산된 질서에 따라 정리되어 있었다. 과거에 수집된 자료들이 총망라된 것은 당연하거니와, 대부분의 자료엔 더욱 자세한 세부 사항들이 새로이 첨부되었다. 이를테면 호텔 이름뿐 아니라 두 사람이 묵었던 객실 번호까지도 명시되었는가 하면, 객실 청소 담당 여직원, 바텐더들의 증언도 일목요연하게 붙어 있는 식이었다. 각종 영수증과 전화요금 청구서, 헬스클럽 입장권, 운전학원 수강증, 병원 진료증과 처방전 등도 첨부되었다. 그뿐이 아니었다. 베스포르 Y가 꾼 꿈도 기록되어 있었는데, 그가 직접 로베나에게 이야기해준 것으로 짐작되는 이 두 개의 꿈 중에서 하나는 해석이 비교적 용이했다. 반면, 나머지 하나는 너무 난해해서 부스러기 상태로 남아 있을 뿐, 아직 해석은 엄두도 내지 못하는 형편이었다. 또한 편지나 일기, 전화 통화 후 적어놓은 글에서 발췌한 문장들도 재구성되어 있었다. 이같은 자료엔 대부분 추측이나 추론 등이 덧붙여져 있었는데, 얼핏 모순되는 것 같다가도 어느새 일치하는가 하면, 핵심으로부터 멀어지는 듯하다가도 놀랍게 다시 수렴되는 양상을 보였다.

젊은 여자의 메모를 바탕으로, 명확하기로 따지자면 텔레비전 저녁 뉴스의 일기예보와 비근하게, 두 남녀가 만난 날, 호텔별로 드나든 빈도, 만족도, 쾌감도 등이 세밀하게 분류되었다. 조사원은 이 자료를 젊은 여자가 뿌리던 향수와 침대 발치에 널브러져 있던 속옷, 두 사람이 피임을 염두에 두지 않았음을 알려주는 시트의 얼룩 등을 기억하고 있는 객실 청소 담당 여직원의 증언과 꼼꼼하게 대조했다. 그는 여자가 애인의 소름 끼치는 과민성과 그가 늘어놓는 불평, 절망 등으로 인하여 불쾌해지기 일쑤인 전화 통화 때문에 의기소침해하던 순간들에 대해서도 마찬가지로 자세하게 기록했다. 이처럼 천국과 지옥을 오가는 여자의 극단적인 상태 사이에는 제3의 상태, 안개 속에 가라앉은 것 같아 파악하기 쉽지 않은 회색 지대가 존재했다.

여자 또한 스위스의 친구에게 쓴 몇 통 되지 않는 편지에서 이 '지대'라는 단어를 언급한 적이 있었다.

이제 우리는 다른 지대에서 만나. 다른 별이라고 해도 과언이 아니야. 분명 다른 규칙의 지배를 받는 곳이거든. 그곳엔 마치 빙하시대로 되돌아가기라도 한 것처럼 끔찍한 추위뿐이야. 하지만 그곳에서 내가 느끼는 건 추위뿐만이 아니야. 무척 흥미롭고 뭐라 형언하기 어려운 무엇인가를 동시에 느끼고 있어. 내가 늘 어놓는 이런 말 때문에 너는 아마 무척 놀라겠지. 하지만 우리가 만나게 되면 좀더 잘 설명할 수 있을 거라고 믿어.

그렇지만 아시다시피 그 후 한 번도 다시 만나지 못했어요, 스위스에 있는 친구가 말했다.

사고 2주 전에 쓴 또다른 편지는 한층 더 횡설수설이었다.

나는 주도권을 잡을 수가 없어. 그이는 항상 내게 최면을 거는 것 같아. 그이와 있으면 도무지 말도 안 된다고 생각하는 것들을 그냥 인정해버리게 되거든. 어제저녁엔 그이가 그러더라. 안개 속을 헤매는 듯한 기분, 최근 얼마 동안 우리 두 사람 사이에 있었던 몰이해는 결국 영혼의 문제였다고 말이야. 지금은 그 문제를 제쳐둔 상태니까 거기서 빠져나왔다고 말할 수 있는 거라고. 육체로는 서로를 이해하기가 훨씬 쉽다고…… 넌 어쩌면 내가 웬 미친놈하고 같이 지내는 게 아닌가 생각하겠지. 하긴 나도 처음엔 그렇게 생각했어. 그런데 그게 아니었어. 어쨌거나 조만간 우리가 만나게 되면 너도 내 말이 틀리지 않았다는 걸 알게 될 거야.

조사원은 몇 시간 동안 이와 같은 극도의 혼란에 기꺼이 이끌려 들어갔다. 서로를 이해하지 못하는 영혼. '죽음 이후'라고 묘사된 죽음 이전의 만남. 다른 모든 황당한 이야기들. 때때로 이 것들은 진실을 향한 열쇠처럼 보이는가 하면, 진실로 향하는 문을 모조리 닫아거는 빗장처럼 보이기도 했다.

그녀가 '이후'라고 묘사한 만남은 반대로 죽기 전의 만남이 분명했다. 표현의 전도가 다는 아니라는 듯, 편지, 좀더 정확하게 말하면 사고 당일 젊은 여자의 핸드백에서 발견된 베스포르 Y의 마지막 메모, "조건에 대해서는, 지난번처럼, 모든 것이 OK"라는 이해할 수 없는 말의 의미를 파악하느라 비밀 정보기관이 예상치 못한 고전을 겪어야 했던 그 메모가 바로 미라막스 호텔에서의 마지막 만남과 연관이 있었기 때문이다.

스위스로 이민 간 친구가 처음엔 절대로 발설할 수 없다고 단언했다가 거의 모든 보고서에 '파렴치하다'라고 묘사된 베스포르의 마지막 메모를 읽고 난 후 비로소 털어놓기로 결심한 대화, 도무지 종잡을 수 없는 친구와의 전화 통화 내용은 그 메모에 비추었을 때에야 이해가 가능했다.

너는 나한테 용기를 잃지 말라고 했지? 그이가 나한테 안겨주는 행복에 비하면 이 모든 것이 하찮다고 생각하는 거야? 그런데 그이가 나를 창녀 취급한다면 어쩔래, 그땐 나한테 뭐라고 말할 거야?

그 사람이 감히 너를 창녀 취급한다고? 너 지금 무슨 말을 하고 있는지 제대로 알고 하는 거니? 난 도저히 못 믿겠어!

물론이야, 난 내가 무슨 말을 하고 있는지 똑똑히 알고 있어. 난 몇 번이고 말할 수 있어. 그래, 창녀라는 말 대신 그이는 콜걸이라고 하지. 글쎄 그렇대도, 그이는 나를 행실 나쁜 여자 취급을 한다니까.

그런데 넌 그걸 참고 있었어?

응……

정말 믿을 수가 없어. 듣고 보니 말이지, 솔직히 말해 그 작자보다 네가 더 기가 막혀.

네 말이 맞아. 그렇지만 넌 모든 진실을 알지는 못하잖아. 어쩌면 전화로 이런 이야기를 꺼낸 내가 잘못일지도 몰라. 그러니 조만간 우리가 만나게 되면 그때……

내 말 잘 들어, 로베나. 그 작자가 너를 창녀 취급한다면 괜히 그러는 게 아니라는 것쯤은 누구나 금방 알 수 있어. 그 작자는 어떻게 해서든지 너한테 모욕을 주려는 거야.

물론 그럴 테지. 하지만……

하지만 같은 건 필요 없어! 모욕은 모욕이야.

내 말은 그러니까 사정이 그렇게 간단하지만은 않다는 거야.

우리가 언젠가 이야기했던 영화 기억나니? 〈춘희〉 말야. 거기 나오는 남자 주인공은 여자 주인공을 사랑하지만 화가 치밀어오르자 여자를 모욕하려고 베개 위에 돈다발을 놓기까지 하잖아?

그 정도란 말이야?

아니…… 잘 모르겠어…… 어쨌거나 사랑하다보면 그런 일도 생기잖아……

엉터리 같은 소리 작작 해라. 애인들끼리 하는 사랑싸움이야 누구나 다 알지. 짐승들도 마찬가지라잖아. 하지만 이건 말이지, 아주 오래가는 싸움이야. 네 말을 제대로 알아들었는지 모르겠다만, 그 작자는 흥분도 하지 않고 냉정한 태도로 그렇게 행동하니?

그건 왜?

왜냐고? 그게 바로 내가 이해할 수 없는 점이니까. 그는 어쩌면 너에게 앙심을 품고 있을 수도 있어. 복수심 같은 거 말야. 그러니까 내 말은…… 뭐랄까……

아니, 그이는 그렇지 않아. 오히려 내가 그런 편이지. 가끔씩 참지 못하고 폭발하거든. 그런데 그이는 아니야.

그는 너를 뭉개버리려는 거야. 정신적으로 너를 말려 죽이려는 거라고…… 육체적으로도 그러고 싶을지 모르지…… 너, 정말 모르겠니?

하지만 왜? 그이가 왜 그래야 하는데?

그거야 그 사람만 알지. 나한테 두렵다고 말했잖아. 혹시 그 사람도 너를 두려워하니?

무엇 때문에?

그거야 나도 모르지. 너희 두 사람은 서로가 서로를 두려워하고 있잖아. 공포심 같기도 하고…… 어쨌건, 로베나, 잘 생각해봐. 겁을 주려는 건 아니지만, 그래도 조심해. 어쩐지 느낌이 안좋아.

7

비밀정보국이 수행한 수사 가운데 딱히 어떤 요소가 베스포르 Y라는 인물을 규정하는 데 기여했는지는 단정하기 어려웠다. 때로는 호텔 이름이 그런 요소인 것 같았는데, 두 사람이 묵었던 호텔이나 도시 이름이 유고슬라비아인들이 '알바니아 테러리스트'라고 지칭한 알바니아계 반정부 인사들이 머물렀던 장소와 일치할 경우엔 특히 그랬다. 그러나 로베나 St.와 그녀의 여자친구들 사이에 오고간 대화에서 얻어낸 보다 정확한 정보를 통해서도 베스포르라는 사람을 알 수 있었다. 헤이그로 소환되는 꿈이나 "조심해, 어쩐지 느낌이 안 좋아" 등의 말들도 그런 해석에 한몫을 했다.

한편 '파렴치하다'고 평가된 베스포르 Y의 마지막 메시지는 유럽회의에서 통용되는 거의 모든 나라의 언어로 번역되었을 뿐 아니라, "의미가 정확하게 전달되었는가? '조건'이나 '오케이' 같은 단어들은 알바니아어에서도 다른 언어에서와 똑같은 의미를 내포하고 있는가?"처럼 의심을 드러내는 주석들이 붙곤 했다. 그리고 그 메시지는 분석가였던 베스포르 Y가 심각한 정신분열증 환자였음을 증명하려고 애쓰는 세르비아 측 공문의 여백마다 인용되어 있었다.

세르비아 비밀정보국은 코소보에서 자행된 대학살에 대한 발언과 보고를 통해 서방 국가들의 마음을 어지럽힌 스물아홉 명의 명단을 작성했다. 그 명단에서 베스포르 Y는 클린턴이나 클라크*, 올브라이트 같은 스타급 인물들에 비하면 그 존재가 미미했다. 하지만 모호한 개인적 동기 때문에 아무 잘못 없는 유고슬라비아로 뭇사람들의 증오심을 향하게 한 주동자를 색출하는 문제에 있어서는 베스포르 Y만이 유일하게 미국 대통령에 비견될

---

* 웨슬리 클라크. 전 나토 사무총장으로 코소보 사태 당시 신유고연방 공습을 지휘했다.

수 있는 인물이었다. 미국 대통령이 모니카 르윈스키와 벌인 부적절한 모험은, 하나의 국가를 파괴시키는 행위를 통해 여자 파트너를 정복하고 무릎 꿇리는 행위에서와 똑같은 쾌락을 맛보려 했던 알바니아 출신 분석가의 일그러진 분노와 비교할 때, 천진난만한 로맨스에 불과했다. 보고서에 의하면, "세르비아 문제를 해결하고 난 다음 당신은 다시금 나한테 달려들었어요"라는 말은 의심할 여지없이 이 분석가의 변태적 성향을 보여주었다.

정체 모를 조사원은 비밀정보국들이 참사가 끝나고 난 마당에 그토록 열성적이었던 이유를 이제까지의 그 어떤 조사 때보다 한층 더 세밀하게 분석했다. 모든 일의 막이 내려지고 헤이그 재판소에서 세르비아의 전 우두머리를 처단하는 절차가 진행중이라고 해도, 유럽에서는 파도처럼 밀려드는 후회의 분위기가 좀처럼 가라앉지 않고 있었다. 모든 것을 재고해야 한다는 주장과 "헤이그!"를 외쳐대는 목소리는 점점 더 높아졌으며, 이번만큼은 화살이 패자가 아닌 승자를 향하고 있었다. 한 역사학자가 말한 것처럼, 세르비아는 이제 북을 치며 알리고 다니는 것뿐만 아니라 폐허가 된 국토에 대해 연민의 정을 호소함으로써 빼앗긴 코소보를 되찾아야 할 때였다.

지금까지 혼란스럽고 불가사의했던 면모를 보충이라도 하려는 듯, 이번 조사는 가히 모범적이라고 할 만큼 모든 점에서 명확했다. 이름, 날짜, 신문의 헤드라인, 각종 공문과 선언문과 비방에서 발췌한 내용, 그리고 서로 반대되는 입장을 옹호한 사람들의 이름 등이 파도처럼 끝도 없이 이어졌다. 알랭 뒤슬리에, 윌리엄 워크너, 토니 블레어, 귄터 그라스, 놈 촘스키, 앙드레 글뤽스만, 해럴드 핀터, 베르나르 앙리 레비, 폴 가르드, 페터 한트케, 파스칼 브뤼크네, 테레사 수녀, 이브라힘 도미니크 루고바, 셰이머스 히니, 교황 요한 바오로 2세, 파트리크 베송, 가브리엘 켈레르, 이스마일 카다레, 클로드 뒤랑, 베르나르 쿠슈네르, 레지 드브레, 자크 시라크(베오그라드* 시내 교량 수호자), 보그단 보그다노비치(건축가이자 베오그라드 시내 교량 파괴를 주장한 사상가), 달라이 라마, 베네딕토 16세 등.

정체 모를 이 조사원에 의하면, 자신들을 옹호해준 사람들을 향한 세르비아인들의 고마움은 적들에 대한 적개심과 마찬가지로, 발칸반도의 전통에 따르자면 앞으로 몇 세기 동안 꾸준히 지속되어야 마땅함에도 불구하고 이상하게도 갑자기 시들해졌다. 안정을 장담하는 협약, 그리고 지난 세월의 친구이자 적이기도 한 고집스러운 나라들이 버티고 있는 유럽연합에 진입함으로써 늘 꿈꾸어오던 유럽이라는 대가족의 일원이 되리라는 기대가 있

---

* 유고슬라비아의 수도.

고 보니 예전 같으면 도저히 납득할 수 없었을 일들이 일어난 것이다. 피비린내 나는 복수의 약속, 가라앉지 않는 분노, 한숨, 즉 흥적인 복수극 등은 화를 북돋기보다는 영문을 모르겠다는 몰이해의 눈총을 받기 십상이었다.

테레사 수녀가 한밤중에 미국 대통령에게 전화를 걸어, 아들아, 우리 알바니아 동포들을 위해서 무언가 해야 하지 않겠니, 세르비아를 응징하거라, 라고 말했다는, 따라서 그녀 역시 유고슬라비아 폭격을 주동한 인물 중의 하나라는 식의 한 세대를 풍미하던 소문도 점차 자취를 감추었다. 하지만 응징하기 좋아하는 대통령에 관한 노래는 여전히 술집에서 흘러나왔다.

자, 해보시지, 빌, 세르비아를 덮치라니까.
다른 사람에게 늘 하던 것처럼 말야.
세르비아를 덮치는 것이
모니카 르윈스키를 덮치는 것보다 훨씬 쉽잖아.

지금껏 편파성의 유혹과 거리를 두고자 세심히 노력해오던 조사원마저도 별안간 사건들의 추이에 걸맞은 서사적 내용을 멀리하고 전혀 다른 길로 접어드는 것 같았다.

　이는 마치 잔잔한 창공을 날다가 돌연 난기류 지대로 진입한 비행기에 비유할 만했다. 우울하기 그지없는 가설들이 표면화됨에 따라 의심이 증폭되고 이중 삼중의 뜻으로 해석될 수 있는 문장이 난무하는가 하면, 확실하지 않은 기억 속에서 알쏭달쏭한 대화가 난데없이 튀어나와 몇몇 전화 통화 내용을 상기시키다가도 회오리바람처럼 언제 그랬느냐는 듯 허공에 흩어져버리기 일쑤였다. 지난번 편지에서 당신은 무릎을 꿇는다고 말했지. 당신은 정말로, 단 한순간이라도 그런 일을 꿈꿔본 적 있어? 당신 발밑에 엎드려 있는 순간 내가 다른 때보다 훨씬 위험해질 수 있다는 걸 당신은 알기나 해? 여자: 우리 두 사람이 서로 이해하지 못한다는 사실 때문에 기운이 빠져요, 정말로요. 남자: 그 문제 때문에 그렇게 골치 아파할 필요 없어. 그건 그저 육체에서 비롯되는 슬픔이지, 영혼과는 아무런 상관이 없으니까. 그이는 어제 나한테 말했어. 내가 그이와 맺은 계약에 복종해야 한다고. 계약? 그런 이야기는 처음 들어. 그래? 네가 나를 정말 친구로 생각한다면 좀더 분명하게 설명해주어야 하는 거 아니니? 맞아, 하지만 그게 쉬운 일이 아냐. 네 이야기를 듣고 있자니 모든 것이 점점 암흑 속으로 빠져들어가는 것 같아. 혹시 엠페도클레스라고 들어봤니? 흐음, 어디선가 들어본 것 같은데, 확실히는 잘 모르겠어. 나도 그래, 그 사람을 잘 아는 건 아니야. 옛날 철학자라는데, 볼 수 없는 것을 보고 싶은 호기심에 사로잡혀서 에트나 화산의 분화구 속으로 뛰어들었다나봐. 어머, 정말? 그런데 그 사람이 너랑 무슨 상관이야? 나랑 상관이 있는 게 아니라 나와 그 사람, 우리 둘과 상관이 있지. 무슨 말인지 못 알아듣겠어. 잘 들어봐, 그이가 어느 날엔가 나한테 말하길 우리 두 사람은 지금 아무도 알지 못하는 일을 시도하고 있는 중이라고 했어. 그러면서 그 유명한 엠페도클레스라는 사람 이야기를 들려줬지. 로베나, 도무지 이해가 안 돼. 그러니까 너희 두 사람은 지금으로부터 오천 년쯤 전에 어떤 미친놈이 한 것처럼 구렁 속으로 떨어지겠다는 거니? 아니, 잠깐만 내 말 좀 들어봐. 난 그렇게 멍청한 제안을 받아들일 정도로 바보는 아니야. 그냥 비유야. 학교에서 배운 은유. 어쨌든 상상만 해도 등에 식은땀이 흐르는 일인 건 분명해. 식은땀뿐이야? 네가 그 말을 할 때 소름이 쫙 끼치더라…… 그저 단순한 호기심 때문에 용암 속에 뛰어들다니…… 정말 대단한 호기심이야! 그런데 말이야, 넌 왜 하필 펄펄 끓는 분화구라고 생각한 거니? 그게 무슨 소리야? 내 말은 그러니까, 내 말을 듣고 분화구를 상상할 때, 넌 용암이 끓는 분화구를 생

각했어, 아니면 용암이 전혀 없는 분화구를 생각했어? 그게 무
슨 상관이야? 화산이라고 말할 때 사람들은 대체로 용암을 상상
하잖아. 그런데 난 죽은 화산, 시커멓게 타버린 화산을 상상했거
든. 그런데 그렇게 상상하니까 두 배는 더 무시무시한 거야. 잠
깐, 그이는 우리가 시커먼 구멍 속으로 떨어진다고, 그다음에 새
로운 지대에서 다시 솟아오른다고 말했어…… 로베나, 이 바보
야, 내가 이렇게 말한다고 마음 상하지 마. 여기 와서 며칠 푹 쉬
는 게 좋겠어. 알프스의 공기를 마시면 기분이 나아질 거야. 예
전처럼 즐겁게 놀자. 꿈같은 대학 시절 추억도 떠올리고 말야.
너 혹시 같이 강의 듣던 뒤레스라는 남자애가 지은 시, 기억나니?

　　로바는 항생제
　　로바마이신이라는 이름이지.
　　로베나는 멋진 여자
　　누구나 그걸 안다네.

　젊은 여자에게선 '두렵다'는 표현이 무엇보다 자주 등장했다.
조사원은 그것을 출발점 삼아 택시 기사의 증언과 관련된 내용
을 해결해보고자 했다. 무엇이 두려운지는 잘 모르겠지만 어쨌
든 나는 두려워. 정말 왜 그런지 모르겠어. 여자는 여러 번 되풀

이해 말했다. 나는 더이상 그이를 두려워하지 않는 척하고 있어. 그이도 나를 두려워하지 않는 듯이 행동하고. 하지만 전혀 사실이 아니야.

백미러에서 본 광경 때문에 그토록 충격을 받은 이유가 뭡니까?

이 질문은 조서에 기록된 그대로이긴 했지만, 그렇다고 그 질문에 압도적으로 드리워진 그림자가 사라진 것은 아니었다.

그 광경을 보자 무엇인가가 머릿속에 떠올랐던 겁니까? 아주 희미하게라도, 간접적으로라도? 마음을 어지럽히거나 생각을 방해하는 어떤 일이라도 상기되었던 건가요? 일어나서는 안 될 어떤 일이라도 생각난 겁니까?

뭐라고 대답해야 할지 모르겠습니다. 확실하지 않거든요.

혹시 두려웠습니까?

네.

두려움이야말로 이 사건에 등장하는 모든 사람이 느끼는 감정이었다. 그럴 이유가 있기도, 없기도 했다. 다른 사람을 두려워하기도 했고 자기 자신을 두려워하기도 했으며, 정체를 알 수 없는 무엇인가를 두려워하기도 했다.

이 두려움의 일부가 택시의 백미러에 전달되었다. 그리고 정체를 알 수 없는 다른 매개체가 있었을 것이다.

조사원은 마침내 룰루 블룸을 만나 그녀가 입을 열고 증언을 계속하도록 설득했다. 그녀가 언급한 살해 가능성을 완전히 배제할 수는 없는 노릇이었다. 하지만 쉽게 인정하기도 어려운 가설이었다.

룰루 블룸은 대놓고 신랄하게 말을 꺼냈다. 당신들 장님이에요, 아니면 장님인 척하는 건가요? 여자는 다짜고짜 쏘아댔다. 그녀의 말로는, 살인자의 심리 상태는, 얼굴 한가운데 달린 코만큼이나 뻔히 드러나 보인다고 했다. 그가 꾼 꿈, 아니 더 정확히 말해 그가 말한 헤이그 재판정에 대한 몽환적인 두려움이 그에 대한 방증이 확실하다는 것이었다.

조사원은 여자의 말을 끊고 지금 같은 때, 헤이그 재판정을 두려워하는 사람이 어디 한둘이냐고 반박하고 싶은 마음이 굴뚝같았다. 세르비아인, 크로아티아인, 알바니아인, 몬테네그로인 할 것 없이, 발칸반도의 거의 모든 사람이 그 생각에 전율한다고 말이다. 그렇지만 꾹 참았다.

여자는 헤이그 재판정에 소환되는 꿈 못지않게 수수께끼 같고 요령부득이라는 이유로 사람들이 습관적으로 다시 파일 속에 넣어버린 다른 꿈도 자신이 보기에는 전혀 이해 못할 것이 없다고 주장하면서 증언을 계속했다. 그 꿈에는, 조사하시는 분께서도 아시겠지만, 장례와 관련된 건물, 추모관 같기도 하고 모텔 같기도 한 건물이 나옵니다. 누군가 그곳을 찾아와 문을 두드리지요.

나중에 밝혀지듯이, 그 누군가가 찾는 사람은 젊은 여자였죠. 여자는 그곳에 감금 혹은 냉동되어 있는 상태, 바꿔 말하면 살해된 상태였어요.

조사한 바로는, 베스포르 Y는 죽기 일주일 전에 이 꿈을 꾸었어요. 상식적으로 추측해본다면야 로베나를 죽인 다음에 이 꿈을 꾸었어야 하겠지요. 하지만 아시다시피, 아마 저보다 훨씬 더 잘 아시겠지만, 이 같은 전위 현상은 꿈에서는 굉장히 흔하게 일어나죠. 그러니까 이 꿈은 베스포르 Y의 무의식 속에 로베나를 없애버리려는 결심이 이미 자리잡고 있었다는 사실을 명백히 보여준다고 할 수 있습니다.

그녀의 말을 믿는지 여부와 상관 없이 조사원은 호기심의 끈을 놓지 않으며 피아니스트의 말을 끈질기게 경청했다. 그녀에게는 아마도 음악 덕분에 습득한 것으로 보이는 특별한 재능이 있었는데, 그것은 가상의 사건 장면을 환기시키는 재주였다. 예를 들면 그녀는 두번째 꿈에 대해서 증언할 때마다, 희망 없음의 반영일 수도 있고 희멀건 회벽 때문일 수도 있는, 자정 넘은 시각 건물이 발하던 빛에 대한 언급을 빼놓지 않았다.

10월 17일 새벽에 대한 증언을 할 때도 그랬는데, 여자가 그것을 언급할 때마다 조사원은 도취되어, 벗어날 수 없게 무기력한 상태가 되었다.

수십 번, 수백 번, 그는 실제인지 아닌지는 정확하지 않은, 다만 여자인 듯 보이는 형체를 바짝 끌어안고 걸어가는 베스포르 Y의 모습을 떠올렸다.

그 환영에 빠져 있느라 '그래서 그다음엔 무슨 일이 일어났을 것 같은데요?'라는 질문을 던지게 되기까지는 상당한 노력이 필요했다.

자신이 만든 함정 속에 빠진 룰루 블룸은 더이상 대꾸하고 싶은 마음이 없어 보였다. 조사원은 마음속으로 질문을 계속했다. 여자는 듣지도 않았으면서 눈살을 찌푸리는 것 같았고, 그래서 자기가 정말로 그 질문들을 입 밖에 냈다면 어떻게 됐을까 싶기도 했다. 그는 계속해서 마음속으로만 질문을 이어나갔다. 그다음에 무슨 일이 일어났을 것 같습니까. 우리는 로베나가 공항까지 그를 따라나서긴 했지만, 여행에 동행할 계획은 아니었다는 것을 알고 있습니다. 따라서 그날의 모든 일은 택시 안에서, 즉 호텔과 공항 사이에서만 일어날 수 있었다는 사실도 알고 있는 셈입니다. 그런데 무슨 일인가가 실제로 일어났으며, 그 일이 택시와 그 안에 있던 사람들을 앗아가버렸습니다. 두 나라가 전쟁을 하던 와중에 천재지변이 일어나 온 지구가 통째로 날아가버린 형국이라고 할까요…… 혹시 살인모사나 살인행위나 결국 동일한 것이라고 생각하십니까? 저도 그렇습니다. 가끔 그런 생각이 들 때가 있죠. 하지만 이번 경우도 그렇고 우리는 살인자가 머릿속에 그렸을 시나리오를 찾아내야 합니다. 비록 살인자 자신이 아니라 외부의 어떤 상황에 의해 그 계획이 실현되었다 하더라도 말이죠. 택시를 타고 호텔에서 출발한 다음 살인행위가 있었을 가능성은 매우 희박합니다. 가는 도중 어디에선가, 가령 외떨어진 집이나 어떤 은밀한 장소에 잠시 멈췄다면 예외겠지만요…… 기사님, 미안하지만 저기 잠깐 세워주시겠습니까?…… 잠시 저기 저 성당에 다녀오겠습니다……

룰루 블룸은 자기들 두 사람이 사건을 완전히 다른 방식으로 보고 있어 서로를 이해한다는 것이 불가능하다는 암시라도 하듯 한숨을 내쉬었다.

조사원은 마침내 크고 알아들을 수 있는 목소리로 그래도 살인의 동기 정도야 말해줄 수 있지 않겠느냐고 물었다. 여자가 곧 등을 돌려버릴 것이라고 확신하면서.

그런데 그 피아니스트는 불쾌해하지 않았고 되레 전보다 훨씬 협조적인 태도를 보였다. 그녀는 낮은 목소리로 벌써 오래전부터 그 이야기를 하고 싶었지만 지금까지 아무도 들으려 하지 않았다고 털어놓았다. 한밤중에 걸려온 전화, 이스라엘 비밀정보국인 '신 베스', 헤이그 재판정에 대한 공포 등을 언급했지만 수사관들은 짐짓 이해가 안 간다는 표정만 짓더라고 했다. 겁을 먹은 것이었다고. 베스포르 Y는 그에게 접근하는 이들에게 위험 인물임이 분명했다. 하물며 그와 잠자리를 같이하는 젊은 여자에게야 오죽했으랴. 그는 여자에게 해서는 안 될 말을 했고, 따라서 그걸 후회한 것이 분명했다. 위험한 인물이 무언가를 후회할 때 무슨 짓을 저지르는가는 뻔한 일이다. 증인을 처치해버리는 건 인류 역사만큼이나 오래된 일이 아니던가. 로베나 St.는 자기가 끔찍한 일들을 알고 있다고 했다. 그중 한 가지만 들려줘도 당신은 아마 등줄기가 서늘해질 거예요. 가령, 그애가 이미 이틀 전, 정확한 유고슬라비아 폭격 시간을 알고 있었다면 어쩌시겠어요? 내가 왜 입을 다물려고 했는지 이제 이해하시겠어요?

피아니스트의 증언이 이어지자 조사는 한없이 길어지고 범위가 확장되고 불투명해졌다. 조사원은 때로는 안개 속에서 벗어나려 노력하기도 했고, 때로는 그 안에 침잠해버리고 싶은 욕망에 휩싸이기도 했다.

사건의 중심인물인 그 두 사람, 베스포르 Y와 로베나 St.는 과연 누구인가라는 질문이 사건 서류에 명시되었다.

평범한 두 사람이 사기 행각을 벌인다. 매춘부와 그의 고객에 불과한 두 사람이 흔히 그러하듯 연인 행세를 한다? 아니면 반대로, 왕족의 후손 같은 화려한 이력의 두 연인이 사랑의 도피 행각을 감추기 위해 행실 나쁜 여자와 경박한 남자 행세를 한다?

좀더 진지한 심사숙고 끝에 조사원은 베스포르 Y와 그의 여자친구가 사실은 어떤 체제로부터 도망친 거라는 추측을 내놓았다.

구불구불한 길을 걷는 사람이 조약돌이나 나무 태운 재 등을 이정표로 남겨놓듯, 조사원이 처음으로 자기 자신에게 관심을 돌린 것이 바로 이 대목이었다. 그는 "그렇다면 도대체 나는, 이토록 헤아릴 수 없는 곳에서 헤매고 있는 나는 도대체 누구란 말인가?"라는 문장에 이어 "찾으라, 그러면 나를 찾게 될 것이다!"라고 적었다.

시간이 지나면 자신의 조사에 뒤이어 새로운 조사가 파도처럼 무한히 이어질 것이라고, 어차피 인류는 이런 부류의 조사에 흥미를 보이게 마련이라고 확신하면서 이 기록 작성자는 미래의 후계자에게 말을 건넸다. 읽어나갈수록 그의 기록은 함정에 빠졌거나 막다른 골목에 이르러 구원을 간청하는 이의 한탄을 닮아갔다.

9

제1차 서류가 마무리되었을 즈음, 조사원은 '고약한 함정'이라고 명명한, 말하자면 이 사건의 핵심으로 돌아왔다.

이상한 건 대화나 메시지를 구성하는 문장만이 아니었다. 발언의 내용뿐만 아니라 사건 전체를 관통하는 동기와 내적인 논리마저도 일종의 반신불수, 즉 갑작스러운 충격이나 독극물 중독의 후유증인 듯한 마비 상태를 보였다. 텍스트를 고쳐 쓴 다음, 그러니까 일상적인 언어로 바꿔 적은 다음에도 글에선 여전히 비정상적인 징후가 감지되었다. 이는 어떤 면에서 사건의 핵심이 손상되었음을 입증한다고 볼 수 있었다.

망가진 케이블을 수리하기 위해 땅속으로 내려가는 기술자들처럼, 조사원은 사건의 핵심에 접근하기 위해 몇 년 동안 고군분투했다.

그의 메모는 이제는 고인이 된 두 사람의 불행한 곡절과 함께 조사원 자신이 겪은 고통을 충실히 반영하고 있었다. 모든 것이 전도된 채 표현되어 있는 그 양상은 그에게 황홀한 해방감과 새로운 세계관을 맛보게 해주는 한편 때로는 그를 얼어붙게 했다.

이 두 연인은 과연 무엇 때문에 그 같은 전도를 받아들이게 된 것일까?

사랑의 죽음, 그것은 으레 사랑이 식어버린 상태를 암시하기 마련이다. 하지만 두 당사자가 같은 방식으로 그 같은 감정 상태를 겪는 경우란 거의 없다. 적어도 처음엔 언제나 두 사람 중 한 사람에게 고통의 무게가 쏠리게 마련이다.

그런데 이번 사건의 경우는 모든 것이 전혀 다르다. 그렇기 때문에 질문 자체를 완전히 다른 방식으로 제기해야 한다. 두 사람은 모두 '죽음 이후'의 상태였는가, 아니면 두 사람 중 한 사람만이 그와 같은 상태였는가?

물론 두 사람 중 한 사람만이 그랬을 것이다! 바꿔 말하면, 두 사람 중 한 사람이 나머지 한 사람에 대해 우월한 입장이었다는 말이다. 그러나 두 사람 중에서 과연 누가 그러했는지는 알 수 없다.

조사원은 수십 번, 수백 번 되풀이해 똑같은 질문을 던졌다. 어떻게 두 사람은 그런 평범하지 않은 상황을 자연스럽게 받아들이게 되었을까? 두 사람은 무엇을 알고 있었을까? 두 사람은 다른 사람들은 눈치조차 챌 수 없는 무엇, 어떤 의미, 시간의 다른 흐름을 발견한 것일까?

조사원은 벽을 마주하고 있는 느낌이었다. 한 발만 내딛으면 이 경계를 넘어 새로운 사고 단계로 들어설 수 있는데, 바로 그 마지막 한 발이 불가능했다.

야생동물처럼, 그의 사고를 어떤 한계 속에 가두는 족쇄가 무엇인지 알아내기 위해 그는 며칠에 걸쳐 같은 문제를 생각하고 또 생각했다. 두 사람이―비록 한순간이었을지라도―둘을 괴롭히고 있던 그놈에게서 벗어나는 데 성공했었는지도 모른다는 생각이 미약하게나마 그의 뇌리를 스쳐지났다. 두 사람은 마지막 한 발을 넘어서려 했고 바로 그 지점에서 사라졌다.

때로, 두 사람에게 일어난 일은 그 오랜 딜레마와 상관이 있는 게 아닐까 하는 생각이 들기도 했다. 사랑은 정말로 존재하는가. 아니면 사랑이란 겨우 오천 년 혹은 육천 년 전쯤에 지구상에 나타난 미약한 불빛이거나 미지의 환영에 불과하며, 인간은 이것을 마침내 받아들일지 아니면 이물질처럼 거부할지 고민하는 중일 뿐인가.

오존층이 얇아지고 사막화가 진행되며 테러리즘이 맹위를 떨치는 상황 등에 대해서는 이미 경고의 목소리가 높았지만, 아직까지 사랑이라는 감정의 불안정성에 대해 우려하는 사람은 없었다. 아마도 얼마 안 되는 사이비 종교집단이 생겨나 사랑의 존재 또는 부재에 대해 증언을 한 것이 고작이었으니, 베스포르 Y와 로베나 St.는 이런 집단의 구성원이었는지도 몰랐다.

별이 빛나던 어느 여름날 밤, 조사원은 문득 지금까지 접근이 금지되었던 그 지대에 어느 때보다도 가까워졌다는 느낌을 받았다. 그런데 바로 그 문턱에서 뒤로 나자빠졌다, 마치 간질 발작이라도 일으킨 듯이.

그러곤 병원 회복실에 누워 있는 환자처럼 그 여름 내내 혼수

상태에 빠져 지냈다.

더이상 어떤 위험도 감수하지 않겠다고 결심했기에 그는 새로운 시도 앞에서 망설였다. 이제까지 진행한 대대적인 조사 기록을 토대로 로베나 St.와 베스포르 Y가 사망하기 전 40주 동안에 일어난 일을 날짜와 계절별로 정리하는 일이었다. 자신의 그같은 시도가, 플라톤의 개념처럼, 영원불변한 실체의 희미한 반영일 수밖에 없다는 사실을 잘 알고 있었지만, 그래도 겉으로 드러난 사실에서 출발하여 혼란스럽게나마 이른바 영원불변한 실체에 접근할 수 있을지도 모른다는 일말의 희망이 그를 설레게 했다.

두 사람이 보낸 최후의 40주를 정리하기란 보통 일이 아니었다. 불가능한 일일 수도 있었다. 그 자료라는 것들이 걷잡을 수 없이 확장되는가 하면 어느새 갑자기 반발하고, 저항하기 때문이었다.

어떤 땐 날짜별로 혹은 달별로 정리하는 편이 훨씬 더 효율적일 것 같다가도 또 어떤 땐 고대 서사시에서처럼 사건별 혹은 주제별로 정리하는 편이 나을 것 같았다.

그는 언젠가 『일리아드』를 전부 암송하려면 꼬박 나흘이 걸린다는 이야기를 들은 적이 있었다. 자신의 이야기를 읊는 데에도 아마 그 정도의 시간이 걸릴 것이었다. 그리고 모든 이야기가 그렇듯이 이 이야기도 세 개의 단계를 거칠 것이었다. 언사 없이 구상하는 단계, 언어를 입히는 단계, 그리고 마지막으로 다른 사람에게 들려주는 단계.

그는 자신이 이행할 수 있는 것은 첫번째 단계뿐이리라 예감했다.

이렇게 해서 그는 어느 늦여름 밤, 정말로 이 이야기를 구상해나가기 시작했다. 몹시 고단한 작업이었지만, 그에게 엄청난 갈망과 행복감을 안겨주었기에 그때껏 겪은 고통을 모두 상쇄하기에 충분했다.

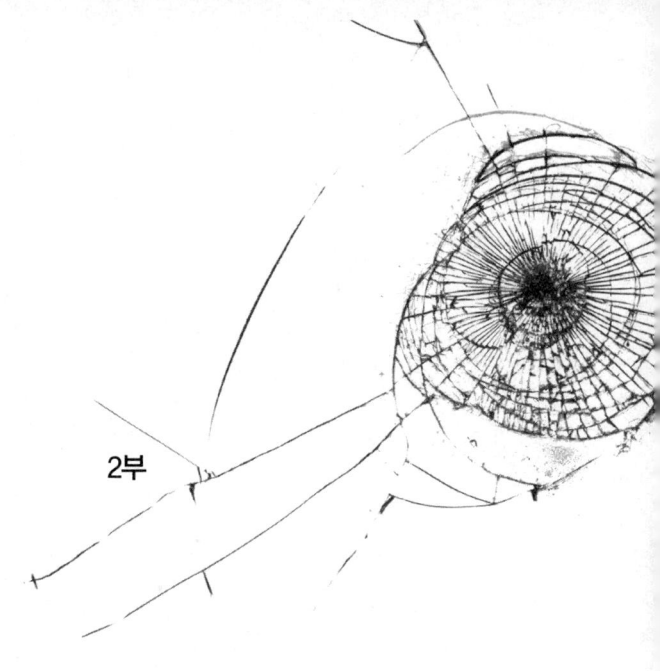

2부

1
40주 전. 호텔. 아침.

호텔에 묵을 때면 종종 그렇듯, 잠을 깨우는 신호는 창문으로 부터 오는 것 같았다. 짧은 순간 그는 마치 그렇게 하면 자신이 지금 어느 호텔에 묵고 있는지 떠올릴 수 있기라도 하듯 커튼을 응시했다. 하지만 명확하게 떠오르는 것은 아무것도 없었다. 지금 머무르는 도시의 이름조차 떠오르지 않았다. 그런가 하면 이제 막 머릿속에서 희미해지고 있는 꿈은 이상하게도 다시금 똑똑히 기억해낼 수 있을 것 같았다.

그는 고개를 돌렸다. 로베나의 얼굴과 벗은 어깨는 베개 위에 흐트러진 머리카락 때문에 한결 더 연약해 보였다.

베스포르 Y는 여자들의 가는 목덜미와 매끈한 팔을 볼 때마다 그 연약한 외양이 마치 전쟁중인 군대가 적군을 속이기 위해 사용하는 계략 같다는 느낌을 받았다.

구 년 전, 욕실에서 나온 로베나가 처음 자기 옆에 누울 때에도 그런 느낌이었다. 로베나는 품에 안으면 부서져버릴 듯, 그래서 지배하기 쉬울 듯, 그렇게 연약해 보였다. 조금 더 아래쪽, 어린 소녀의 가슴처럼 작은 젖가슴 역시 계략 같았다. 가슴 아래로 이어진 복부 또한 함정이었다. 더 아래로 검은 털에 뒤덮여 어둡고 자못 위협적인 지대는 최후의 보루였다. 그는 이곳에서 항복했다.

남자는 여자를 깨울까봐 조심스럽게 이불을 들어올리고 벌써 수십 번이나 그랬던 것처럼 여자의 음부, 즉 자신이 항복한 지점을 응시했다. 아마도 자신의 발기한 성기가 행복을 맛볼 수 있는, 세상에서 유일한 지점이리라.

그는 들어올릴 때와 똑같이 조심스럽게 여자에게 이불을 덮어주고는 손목시계를 보았다. 일어나야 할 시간이 다가오고 있었다. 어쩌면 기억이 완전히 사라져 모든 것이 희미해지기 전에 꿈 이야기를 들려줄 시간이 있을 것도 같았다.

이 모두가 벌써 여러 번, 여러 호텔에서 반복된 일이지. 남자는 '이 모두'라는 말이 무얼 의미하는지 잘 알지도 못한 채 혼잣말을 했다.

꿈속에서 남자는 스탈린과 점심을 먹었다. 모든 것이 너무도 자연스러워서 스탈린의 얼굴이 이따금씩 고등학교 동창생인 타나스 렉사의 얼굴로 변해도 전혀 놀랍지 않았다. 난 오른손이 저리다네, 벌써 나흘째야. 스탈린이 그의 앞으로 종이를 몇 장 밀면서 말했다. 그러니 자네가 이 두 법령에 서명하게.

그는 첫번째 법령에 서명을 하며 내용을 물으려 했다. 하지만 머뭇거리는 사이 상대방이 먼저 그의 의중을 알아챘다. 극비 문서이긴 하지만 원한다면 한번 훑어보게나. 그는 그렇게까지 하고 싶은 마음은 없었지만 호기심에서라기보다는 스탈린을 기쁘게 하기 위해 두번째 서류를 훑어보았다. 서류는 서로를 배척하는 듯한 이율배반적인 조항들 때문에 너무 복잡했고, 그는 다시 한번 고등학교 동창생 타나스 렉사를 생각했다. 그 친구는 역사 시험에서 두 번 연속 낮은 점수를 받았는데, 공교롭게도 제2차 세계대전 무렵 독일과 소련이 맺은 불가침조약과 관련된 시험이었고, 그 후 학교에 나오지 않았다.

그는 정말 황당한 꿈이라고 생각했다. 그 뒤로도 이야기가 이어졌던 것 같은데 더이상은 기억나지 않았다. 커튼을 떠난 그의 시선은 다시 로베나의 얼굴에서 멈췄다. 아직 감겨 있는 눈꺼풀 위로 언뜻 불안의 그림자가, 마치 제비가 날갯짓을 하듯 지나가는 것 같았다. 여자는 곧 잠에서 깨어날 것이었다. 그는 항상 여자보다 먼저 일어나 이렇게 여자의 잠든 얼굴을 바라보면서, 사랑에 빠진 여자는 그렇지 않은 여자들과는 다른 방식으로 눈을 뜬다고 확신했다.

로베나가 여전히 잠을 깨지 않자 그는 자리에서 일어나 침대에서 가장 먼 응접실 창가로 다가갔다. 그러고는 커튼을 열어젖히고 창가에 몸을 기댄 채 나무들이 노랗게 물든 이파리들을 한 무더기씩 떨어뜨려놓은 거리를 내려다보았다.

이제까지 두 사람이 함께 묵었던 호텔들의 이름이 주마등처럼 지나갔다. 플라자, 인터콘티넨털, 팰리스, 돈페페, 자허, 메리어트. 호텔의 간판들이 잇달아 파랑, 주황, 희뿌연 빨강 등의 불빛을 발하다 스러져가자, 남자는 두세 번쯤 자문했다. 어째서 이렇게 갑자기 호텔 이름이 눈사태처럼 몰아닥치는 걸까? 어째서 마치 구원이라도 청하는 것처럼 내 기억 속에서 빠져나오려고 아우성치는 걸까?

그는 어깨 위로 서늘한 냉기를 느끼며 욕실로 들어가려고 몸을 돌렸다. 욕실 안 대형 거울의 아래쪽에서 또다른 것들이 창백하게 반짝이고 있었다. 향수며 빗, 화장품 같은 여자의 물건이었다. 오랫동안 여자의 손을 탔으니 세월과 함께 분명 여자의 무언가가 그곳에도 새겨졌을 것이다.

남자는 두 사람이 함께한 아름다운 순간들 중에서도 여자가 몸을 담근 욕조 가장자리에 걸터앉아 있던 순간을 최고로 꼽았다.

찰랑거리는 수면 아래 여자의 음모는 매순간 모양을 바꾸면서, 마치 저의라도 품은 듯 묵직하게 넘실거렸다. 상념에 빠져든 남자는 여자란 그렇게 넘실거리며 멀어져간다고 생각했다.

당신, 무슨 생각해요? 여자가 물었다. 그리고 자신의 몸을 바라보던 시선을 들어 남자의 눈을 응시하면서 덧붙였다. 준비 좀 하게 잠깐 나가줄래요?

침대에서 여자를 기다리는 남자의 귀에 여자가 늘 흥얼거리던 콧노래 소리가 들려왔다.

전날 저녁 역시, 다른 날과 거의 똑같은 의식이 반복되었다. 다만 그는 길에서 여자에게 했던 말을 다시 한번 되풀이했다. 무엇인가가 예전 같지 않아.

남자가 샤워를 마치고 나왔을 때까지도 로베나는 여전히 자고 있었다. 얼굴에선 아직 깨기 직전의 말간 빛이 보이지 않았다. 뺨과 이마는 여전히 불투명했다. 그는 몇 년 전 로베나가 처음 자기를 찾아왔을 때를 떠올렸다. 그 후에도 여자가 종종 상기시켰던 것처럼, 그때 그녀는 그와 밤을 새고 난 후 의자에 앉아 있었다. 여자의 뺨은 당시 유행하던 화장법 덕분에 유난히 반짝거려서 마치 꿈의 조각들이 흩뿌려져 있는 것 같았다. 여자는 남자를 응시하면서 길에서 내내 자신의 머릿속을 맴돌던 말을 털어놓았다. "당신을 간절히 꿈꾸어왔어요." 상송 가사였다.

이제까지 남자에게 그처럼 자연스럽고 직접적으로 자신의 사랑을 고백한 이는 아무도 없었다.

난 죽을 때까지 당신을 사랑할 거예요. 난 완전히 당신 거예요. 남자가 오랜 후에야 입 밖에 내어 말하거나 글로 적을 수 있게 된 이런 말들이, 여자의 뺨에서 반짝이는 분처럼 이들의 첫 만남을 장식했다.

또다시 도움을 청하기라도 하듯, 남자의 기억은 켐핀스키, 크론프린츠, 네그레스코 등 울림이 강한 이름의 나이트클럽 사이를 제멋대로 헤집고 다니기 시작했다. 아, 나는 당신과 함께 있어 얼마나 행복한지요. 당신만이 나에게 이 같은 행복을 선사할 수 있어요. 그는 자신이 이 말의 진가를 제대로 평가했다고는 생각지 않았지만, 이 세상에서는 언제나 그러리라는 생각으로 다소나마 불안한 마음을 떨쳐냈다.

다시 강한 바람이 몰아치자 금속제 가로등 아래에 쌓여 있던 낙엽들이 휘날렸다. 무엇인가가 아니라 모든 것이 예전 같지 않군, 하고 남자는 중얼거렸다.

두 사람이 호텔에 다다랐을 때 남자가 이 말을 건네자 여자는 마치 나쁜 짓을 하다가 들킨 사람처럼 두 눈을 깜박거렸다. 여자가 입을 열었다. 아닌 게 아니라…… 그러더니 갑자기 냉정을 되찾은 듯 서둘러 항변했다. 내게는 그렇지 않아요. 난 추호도 그렇게 생각하지 않아요.

여자는 계속 그 말을 반복했다. 하지만 그 말은 남자를 안심시키기는커녕 오히려 날카로운 비수처럼 남자의 살을 파고들었다. 난 그렇게 생각하지 않아요, 여자는 다시 한번 말했다. 당신은 그렇게 생각할지도 모르지만.

우리 두 사람 모두 그렇게 생각해, 남자가 반박했다.

문득 여자가 깬 것 같은 느낌이 들어 남자는 여자 쪽으로 고개를 홱 돌렸다. 그러자 스탈린이 나왔던 꿈의 뒷 내용이 떠올랐다.

스탈린과 그는 모스크바 외곽의 노보제비치 수도원에 있었다. 무덤 사이를 지나 앞으로 나아가기란 쉬운 일이 아니었다. 스탈린은 손에 꽃을 몇 송이 들고 있었다. 아마도 부인의 무덤을 찾는 것 같았다.

그는 생각했다. 이 꽃을 자네가 가져다 놓게나, 난 손이 저리거든, 하고 스탈린이 말할 때까지 기다려야지. 하지만 상대방은 얼굴을 찌푸렸다. 두 눈은 얼음장처럼 차가웠다. 그는 거기 있고 싶지 않았다. 스탈린은 묘석을 밀어내며 고함을 지를 것이었다. 이 배신자 같으니! 도대체 왜 나한테 그런 짓을 한 거지?

그는 상대방의 머릿속에서 일어나는 일을 거의 전부 알 수 있었다. 당신은 내가 저지른 만행을 투덜대는 중이지, 안 그래? 하지만 만약 당신이 신의가 있는 사람이었다면 나를 이렇게 혼자

버려두진 않았을 거야. 그토록 끔찍한 짓을 저지르게 내버려두
진 않았을 거라고. 초원 한가운데 홀로, 이 거대한 절망 속에 말
이야.

2
같은 날 아침. 로베나.

잠자는 척하긴 처음이었어. 왜 그런 짓을 했을까? 그건 나도
설명할 수 없어. 그냥 나도 모르게, 어린아이처럼 두 눈을 감고
먼저 깬 사람보다 우위를 차지해보자는 생각이 들었을 뿐이야.

나는 그가 내 머릿결을 쓰다듬고, 이불을 들어 내 배를 살피는
걸 느꼈어. 그 순간 난 "내 사랑 당신, 벌써 깼어?" 하고 말하고
싶었어. 하지만 그 반대로 행동했지. 눈을 더 질끈 감아버렸거
든. 잘못을 저질러놓고 부모님이 화가 나셨는지 눈치를 살피던
어릴 때처럼, 나는 그를, 아니 그의 뒷모습을 살폈어. 기분이 나
쁠 때면 태도 하나하나에 모든 것이 그대로 드러나는 사람이지
만, 다른 신체 부위보다도 특히 등 쪽이 그런 것 같아.

솔직히 말해 그를 처음 알아본 것도 그렇게, 그러니까 뒷모습
을 통해서야. 그는 눈빛이나 목소리 혹은 행동을 통해서가 아니

라, 뒷모습을 통해서 나에게 각인을 남겼다고도 말할 수 있지.

누구든 지금 내가 한 말을 들은 사람이라면 나를 겉멋 든 여자라거나 정신 나간 여자, 혹은 무슨 수를 써서라도 튀어보려는 여자로 여길 거야. 하지만 그런 게 아니야.

저기 저 문 쪽으로 가는 사람 보이지? 저 사람이 바로 베스포르 Y야. 어제 말한 그 사람. 이스라엘과 관련 있다던 사람? 그래, 맞아. 잘은 모르지만 그 일 때문에 대학에서 쫓겨났다는 것 같아. 그보다 더 고약한 일을 당했을 수도 있고.

얼굴을 보고 싶었는데 그는 고개 한 번 돌리지 않고 문을 지나가버렸고, 내 머릿속엔 네모난 그의 검은 등만 남았어. 그는 절망으로 무겁게 가라앉은 사람 같아 보였어. 내가 어딘가 문제 있는 남자들에게 끌리기 시작한 건 어쩌면 그날부터였던 것 같아.

그로부터 몇 해가 지난 지금, 호텔 창문에 기대서 있는 그의 등은 그때만큼이나 우울하고 어두워 보였어. 식당에서 그가 꺼냈던 말, 모든 것이 예전 같지 않다는 그 말이 내 가슴을 무겁게 짓눌러 견딜 수가 없었는데, 이제 그 힘이 열 배는 더 강력해져 그의 등을 통해 전해오는 것 같았어.

로베나는 침대에 누운 채 천천히 몸을 움직였다. 그러나 시야가 바뀌었다고 더 많은 것을 알아낼 수는 없었다. 창을 통해 들어오는 역광 때문에 좀더 어둡긴 했지만 그의 등은 예전과 변함이 없었다. 마치 그들의 역사가 과거 시작 지점으로 되돌아간 것 같았다.

의기소침해지면 늘 그랬듯, 로베나는 부드럽고 따뜻한 추억이나 위로의 말처럼 실제 기분과는 전혀 다른 무언가를 회상하려 했다. 그런데 이상하게도 말다툼이, 특히 전화로 말다툼했던 기억들만 떠올랐다. 말다툼은 대체로 두 가지 버전으로 남았다. 하나는 경험한 그대로였고, 다른 하나는 로베나가 스위스로 이민 간 친구에게 털어놓는 내용이었다. 특히 후자의 경우, 실제로는 입 밖에 내지 못했지만 마음속으로는 몇 번씩 되뇌인 탓에 더 강력한 현실성을 확보하게 되어버린 말이 그녀의 이야기와 하나가 됨으로써 완전히 다른 버전으로 탄생했다. 그이의 독재적인 태도에 대해 내가 비판하면(당신은 나를 노예로 만들었어요, 당신은 나를 너무도 약한 사람으로 보기 때문에 당신 마음대로 나를 데리고 논다구요) 그이는 늘 무시해버려. 허영심 많은 남자들에게 그렇게 비판을 가하면 당사자는 은밀히 만족감을 느낀다고 하잖아. 하지만 그이는 반대로 상처를 입었어. 그이는 자신이 나를 노예로 만들었다는 데 대해 아무런 자부심도 없었어. 콧수염을 기른 동양 남자들이나 발칸반도 남자들은 다들 자부심을 느낀다고들 하지 않니? 그이한테는 화를 내기가 힘들어. 어떤 땐, 한창 싸우다가도 키스하고 싶어진다니까.

그럴 때면 로베나는 감정에 이끌리지 않으려 애썼지만, 실제로 그렇게 되기란 거의 불가능했다. 마음 깊은 곳에서 로베나는 몇 번이고 되뇌었다. '저 남자는 너를 구속했어. 너를 공주라고 부르지만, 사실 자기가 왕자고 너는 그의 노예에 불과하다는 걸 너무나 잘 알고 있어.' 그리고 수도 없이 그에게 그렇게 말했지. 하지만 아무것도 달라지지 않았어. 내 말 무슨 말인지 알겠어? 스위스 베른에 사는 친구는 잘 모르겠다고 대답했다. 그 사람과 얼굴을 맞대고 있을 때면 마음이 환상적으로 잘 맞는데 전화만 했다 하면 싸우게 된다는 건 알겠어. 솔직히 내 경우는 그 반대긴 하지만. 전화로는 달콤한 말을 나누다가도 일단 만나기만 하면 머리채를 잡아당기며 싸우게 되거든. 그렇지만 어쨌거나 너희 두 사람이 그런다면 그건 얼마든지 이해할 수 있겠다고. 그런데 그 나머지 말야, 주인이니 노예니 하는 이야기는 좀 심하다 싶어. 나도 알아, 다른 사람의 문제는 언제나 그렇게 보이는 법이니까. 때로는 친구와의 대화도 남자와의 통화만큼이나 로베나를 피곤하게 했다. 간단하게 말해볼게. 그이 때문에 난 살 수가 없어. 그이가 일부러 그런다고는 생각하지 않아. 하지만 그래도 결과는 마찬가지인걸. 그이는 나에게 수갑을 채우고 나를 잠시도 평온하게 내버려두질 않아. 나와는 반대로 그이는 지금 어려운 고비에 놓여 있어. 그런데 그이는 나까지 그 안으로 끌어들이려고 안간힘을 쓰는 것 같아. 나는, 내 젊음은, 내 희생은 안중에도 없지……

더욱 안타까운 건 말야, 전에도 말했지만, 그이하고는 논쟁이어렵고, 이기는 건 더 힘들다는 거야. 어느 날엔가, 울면서 난 아무런 대가도 요구하지 않고 내 젊음을 그이에게 다 바쳤다고 말했더니, 그이는 냉정하게 자기는 남자의 삶에서 가장 상처받기쉬운 부분을 나한테 송두리째 주었다고 반격하더라.

우리 두 사람의 언쟁은 보통 이런 식으로 막을 내려. 그러고나면 그는 내가 순순히 자기가 하자는 대로 몸을 맡기리라 확신하면서 나를 자기 쪽으로 끌어당기지. 그는 내가 한참 후에야 알게 될 일을 항상 미리 알고 있어. 멍청한 나는 그런 줄도 모른 채그 내용을 고대로 그에게 말하질 않나 글로 써서 고백까지 하고말이야. 이제 알겠지?

아니, 잘 모르겠어, 라고 친구는 대답했다. 네 편지를 보면 오히려 그 반대로 적혀 있거든. 나는 행복하다, 흔히들 하는 말로미칠 듯한 사랑에 빠졌다. 결국 우리 모두는 평생 사랑에 빠지길기다리면서 사는 게 아닐까. 하지만 솔직히 다른 사람 입장에서보자면 그 표현은 좀 우스꽝스럽지 않니? 사랑에 빠진다니! 마치 구멍이나 함정 같은 거, 좀 심하게 말하면 감옥 같은 구렁텅이로 빠지는 거 같잖아. 너에겐 너를 제대로 대접하지 않는 베스포르를 원망할 권리가 얼마든지 있어. 하지만 다른 이유 때문에 그를 원망하는 건, 예를 들어 그가 자기를 사랑하도록 너를 부추겼다는 식으로 말하는 건 부당하다고 봐. 넌 오히려 그에게 감사해야 해. 그리고 어느 날 갑자기 네가 이제까지 두 사람의 관계는 완전히 실수였다고 선언하고 싶어진다면, 그건 그의 잘못이 아니라 네 잘못이야. 로베나, 난 지금까지 네가 한 말만 가지고는 너를 이해하지 못하겠어. 네가 나한테 모든 걸 다 털어놓지 않았는지도 모르지. 내가 보기에 넌 자신이 원하는 게 뭔지 모르는 것 같아.

그것은 사실이었다. 로베나는 자신이 원하는 게 뭔지 몰랐다. 로베나는 그가 질투심에서 비롯된 행동을 하면 기분이 상했다. 하지만 그의 무관심한 태도에는 더욱 절망했다. 가령 로베나가 당신 때문에 살 수가 없다는 식으로 격렬하게 비난할 때, 그가 가시 돋친 투로 그래, 다른 사람을 만나고 싶은 모양이지? 그렇다면 마음대로 해, 내가 알기로 우리 두 사람 사이에 정절 협약 같은 건 없으니까, 라고 말하는 식의 태도가 그랬다.

그렇단 말이지? 그런 것쯤 전혀 개의치 않는단 말이지? 두고 보지, 뭐. 그녀는 생각했다.

며칠 동안 로베나는 남자와의 전화 통화 후 마음에 남은 쓰라린 앙금을 털어버릴 수가 없었다. 그녀는 거듭 중얼거렸다. 두고

봐, 당신이 그 가면을 벗을 수밖에 없는 순간이 반드시 올 테니까.

분한 마음이 가시지 않은 로베나는 그런 순간이 오면 어떻게 될까, 자신은 정말로 그런 순간이 오기를 바라는 걸까 자문해보았다.

남자는 조금 전과 마찬가지로 창문에 기대서 미동도 하지 않았다. 조금 더 정확하게 말하자면, 등을 돌린 채 꼼짝도 하지 않고 서 있었다.

로베나는 다시 잠을 청하려 했다. 그랬다. 이 하루를 다른 식으로 시작하기 위해서 다만 몇 분이라도 더 자고 싶었다. 위태로운 날들이 늘 그렇듯 이 하루도 교활하고 음흉한 하루가 될 것이었다. 처음 생각처럼 달콤한 몇 가지 기억을 떠올리는 정도로는 쉽게 달랠 수 없는 날이었다. 가령, 베스포르에 대한 사랑으로 가득 차 잠에서 깨어나던 첫날, 의심할 여지없이 두 사람의 관계에서 가장 아름답게 빛나던 그날의 기억을 되살려낸다 한들 이런 날을 견디기엔 모자랐다. 새벽에, 홀로 너의 새로운 주인과 마주해야 해. 네가 네 손으로 만들어낸 그 독재자 말야. 방에 드리워진 커튼, 베개 위에 흐트러진 너의 머리카락, 네 가슴속 떨림, 그가 차례로 자신의 것으로 만들어버린 이 모든 것이 이젠 완전히 달라져버렸지.

로베나는 아무리 노력해도 그날 일을 다시 기억해내지 못할 것 같았다. 아니, 좀더 정확하게 말하면 그렇게 하고 싶지 않았다. 그날처럼 교활하고 음흉한 날엔 다른 기억을 끌어와야 했다. 자동차 안에서 처음 키스할 때 느껴지던 룰루의 부드러운 입술. 그 입술의 감촉은 나른한 음악의 리듬과 마구 뒤섞였다. 슬로바키아 출신 남학생은 음악에 맞춰 춤추면서 로베나의 몸을 애무했다. 로베나는 그때껏 여자와 키스해본 적이 없었다. 그리고 베스포르와 만나기 시작한 이래 다른 남자와 데이트한 것도 그때가 처음이었다.

희미한 두려움 때문에 정신을 집중하기가 어려웠다. 추억을 반추하는 것은 그다지 좋은 징조가 아니라는 예감이 머릿속을 떠나지 않았다. 추억이란 헤어질 때가 다가오면 한층 더 다양하고 풍부해지게 마련이다.

로베나도 그것을 알고 있었지만 어쩔 수 없었다. 공허를 증폭시키는 다른 모든 것처럼 이런 두려움도 견디기 힘들었다. 로베나, 잘 들어, 내가 이런 말을 한다고 해서 질투한다고 생각하지는 마. 난 질투심이 강해, 그건 나도 인정해. 하지만 질투심 때문에 다른 사람을 살인범으로 몰 생각은 추호도 없어. 네가 나를 믿지 않는다는 건 잘 알아. 하지만 네가 말한 내용을 종합해보면, 그에게 살인범의 특징이란 특징은 전부 나타나고 있어. 요즘 살인범들은 그래, 모두 예상 밖의 인물들이지. 그러리라고 전혀 의심하지 않았던 사람, 가령 재무 설계사라든가 피아노 조율사, 심지어는 일요일에 예배당에서 설교하는 신부님, 그런 사람들이 바로 너를 죽일 수 있단 말이야. 그러니 주름 하나 없이 깔끔한 셔츠며 넥타이, 유럽 관련 서류 뭉치가 잔뜩 든 가방 따위는 절대 믿지 말아야 해. 내 말 좀 믿어, 이 바보야, 난 절대 편집증 환자가 아니야. 그저 살인범들이 어떤 사람인지 알아볼 기회가 있었을 뿐이야. 유난히 흰 네 몸을 보면 난 왠지 최악의 시나리오가 떠올라 섬뜩할 때가 있어. 넌 그자들, 그러니까 살인범들의 관심을 끄는 스타일이거든.

이 마지막 말에 로베나는 조금 더 자세하게 설명해달라고 했지만, 친구는 그저 막연한 말만 늘어놓았다. 로베나의 광채 나는 하얀 육체가 정신 상태가 불안정한 사람들을 홀린다는 것이었다.

문이 삐거덕 하고 열리는 소리에 로베나는 다시 눈을 떴다. 남자는 이미 창가에서 사라진 후였다. 최근 들어 자주 그랬던 것처럼, 아마 커피를 한잔 마시러 내려간 모양이었다.

남자가 사라지자 로베나는 더욱 편하게 생각에 잠길 수 있었다.

로베나는 남자가 바 한구석에 앉아, 예전에 티라나 문화의 전당 안 카페에서도 그랬듯 뭔가를 골똘히 생각하는 모습을 그려보았다. 도저히 끝날 성싶지 않은 문제 때문에 대학에 들락거리던 남자를 멀리서 알아본 후로 카페에서 커피 한 잔을 앞에 놓고 평온하게 앉아 있는 그의 모습을 본 것은 그때가 처음이었다.

로베나는 그때 같이 앉아 아이스크림을 먹던 여자친구에게 이스라엘 때문에, 아니 좀더 정확히 말하자면 참가하지 말았어야 했거나 지지 말았어야 했던, 자세하게는 알 수 없지만 하여간 이스라엘에서 열린 체스 경기 때문에 곤란을 겪고 있는 미스터리한 남자에 대해서 처음으로 털어놓았다. 그러고 보니 너무나 복잡한 문제라 이겼어도 안 될 경기 같기도 해.

잠깐, 너 때문에 정말 정신이 없다. 그러니까 그 남자가 체스 선수라는 말이니? 국제법 강의를 하러 너희 학교에 왔다고 하지 않았어? 어쩐지 남자의 눈길이 너무 공허해 보인다. 어쩌면 그런 사연이 있어서 그랬는지도 모르겠구나. 아니, 내 생각엔 그이는 프로 선수는 아니야. 체스 경기 중에 어떤 경기는 외부 사람들도 참가할 수 있는 것 같더라고. 그런데 저 사람 눈길이 공허해 보이니? 난 저이 눈이 그래서 매력적이던데.

내가 보기에 넌 그를 사랑하고 있어. 친구는 그렇게 말했다. 로베나는 글쎄, 난 잘 모르겠어, 라고 대답했다. 어쩌면 그럴지도 모르지. 하지만 그건 절대로 불가능해. 뭐가 불가능해? 모든 게. 모두들 기다리고 있는 대학에 그가 오는 것부터가……

그거야 물론 불가능하겠지, 더구나 그런…… 과오가 있고 난 다음이라면, 이라고 친구는 말했다.

티라나 도심에서 독재자의 동상을 질질 끄는 금속 체인 소리가 이따금씩 머릿속을 파고들었다. 모든 것을 둘로 갈라놓은 건 지진이라기보다 바로 그 소리였다. 그것으로 인해 불가능하던 모든 것이 갑자기 가능해졌다. 이를테면 어느 저녁 모임 식사 자리에서 알게 된 지 일주일 만에 중부유럽 어느 도시로 사흘 동안 여행을 가자는 그의 제안만 해도 그랬다.

로베나는 아무 말도 하지 않았다. 그녀는 죄지은 여자처럼 두 눈만 내리깔고 있었다. 한밤중이 되자 세상은 온통 오리무중이 되었다.

잠을 통 이루지 못하던 그 기나긴 밤에, 똑같은 질문이 머릿속을 맴돌았다. 이 초대는 무엇을 의미할까? 그의 초대를 에로틱한 의미로 받아들여야 할까? 물론 그럴 거야. 그게 아니라면 다른 뭐가 있겠어? 호텔에서 단둘이만 지내자는 거야. 사흘, 그러니까 사흘 밤. 아직 키스도 해보지 않은 남자와 단둘이서. 하느님 맙소사, 다른 이유가 있을 리 없어. 그러다 로베나는 모든 걸 처음부터 다시 생각했다. 그런 게 아니라면? 같은 방을 쓰는 게 아니라면? 아냐, 그럴 리 없어. 방은 하나만 잡을 게 분명해. 침대도 마찬가지고.

그로부터 일주일 후, 그는 침착한, 아니 심지어 쌀쌀맞은 듯한 목소리로 표를 구입했다고 말했다. 이 남자는 내게 대답할 시간도, 아니 불쾌함을 드러낼 시간도 주지 않고 어떻게 감히 이럴 수 있는 거지? 권세깨나 부리는 대단한 성주처럼 거드름 피우면서 젊은 여자한테, 사랑의 행각인지 섹스 행각인지 알 수 없는 그런 뻔뻔스러운 초대를 하는 거냐고! 게다가 나한테는 생각할 시간도 주지 않은 채 다짜고짜 표를 전해주겠다고, 그럼 출발 날짜를 알 수 있을 거라고 떠들어대고 있잖아.

나는 머릿속으로 "도대체 어떻게 이럴 수 있죠?"로 시작하는 온갖 종류의 항의 섞인 대답을 늘어놓았지만, 한결같이 무의미하고 적절하지 않은 것들뿐이었어. 그의 요구에 응하면서도, 스스로 자존심 강한 여자라고 생각하던 난 고개를 푹 숙이고서 그가 나에게 전해줄 표를 들고 기다리고 있는 '카페 유럽'으로 갔어. 여행을 가야 하는 이유를 둘러대는 건 생각보다 훨씬 수월했지. 시민단체, 종교단체, 소수민족 모임 등 스스로를 남과 다르다고 여기는 사람들이 마련하는 포럼에 참석할 기회가 무수히 많은 건 너도 잘 알잖아. 내 약혼자는 레즈비언 모임만 아니면 오케이, 라고 히죽거리면서 말하더군. 일주일 후, 잠을 못 자서 얼굴이 창백해진 나는 리나스 공항*에 도착했어. 우리는 서로 약간 떨어져서 인사를 나눴어. 그의 심각한 표정이 마음에 들었

---

* 티라나에 위치한 국제공항.

어. 그런 상황에서 장난기 머금은 표정을 짓고 있었다면 난 도저히 참을 수 없을 것 같았거든.

비가 내린데다 안개도 자욱하게 깔린 날이었지. 비행기가 항로를 찾기 어려운 날씨였어. 머리끝에서부터 발끝까지 온몸이 저리는 것 같았어. 문득 이 여행은 절대로 끝나지 않을 거라는 느낌도 들었지. 비행기가 무언가와 충돌해 산산조각 나기 전에 내 자리를 떠나 그 남자 옆으로 가서 그의 어깨에 머리를 기대고 싶은 마음도 들더라고……

도착한 날 저녁이 되어서야 우리는 마침내 가까이 있게 되었어. 도심으로 향하는 택시 안에서도 우리는 아직 서로에게 낯선 이방인이나 다름없었어. 반대편에서 자동차가 스쳐지나갈 때, 헤드라이트의 창백한 불빛에, 어둠 속에 잠겨 있던 그의 얼굴이 언뜻언뜻, 마치 가면을 썼다 벗는 것처럼 윤곽을 드러냈어.

우리는 말이 없었어. 그이는 내 등 뒤로 팔을 둘렀고, 난 그가 나에게 키스하기를 기다렸지만 그는 그렇게 하지 않았어. 어쩌면 나보다도 더 당황한 나머지 그곳에 없는 사람 같았어.

택시 백미러 속에서 내 시선은 도망치듯 운전기사의 두 눈과 마주쳤어. 기사의 두 눈은 마치 심문하는 사람의 눈처럼, 앞으로 뻗은 도로를 응시하기보다 오히려 나를 뚫어지게 바라보고 있는 것 같았어. 나는 피로해서 예민해진 거라고 생각하면서도 그 부담스러운 시선으로부터 벗어나기 위해 앉은 자리에서 몸을 약간 움직였지. 그러자 베스포르는 나를 자기 쪽으로 바짝 끌어당겼어. 하지만 우리는 여전히 키스는 하지 않았어.

호텔방에 들어서서 가방을 열면서 우리는 서로를 의식하지 않는 것처럼 행동했어.

우린 곧 식당으로 갔고, 나이트클럽으로 자리를 옮긴 다음에야 비로소 처음으로 몸을 맞댔지. 난 그이에게 무슨 말을 해야 할지 잘 모르면서도 아무 말이나 다 하고 싶었어. 그러다 나도 모르게 마음에도 없는 엉뚱한 말을 중얼거리고 말았지. 약혼자와 난 콘돔 같은 건 쓰지 않은 지 벌써 오래됐어요……

내뱉고 나니 너무 당황스러웠지만, 어쩌겠어, 이미 입 밖으로 쏟아낸 말을 주워 담을 수도 없잖아. 하지만 나중에 그이가 말한 것처럼, 그렇게 주책 맞은 말을 한 덕분에 우리 두 사람 사이에 놓여 있던 얼음 장벽이 무너졌어.

그이의 시선은 내 허벅지에 머물러 있었어, 마치 그게 거기 있는 걸 처음으로 발견했다는 듯이 말야. 난 그이의 시선이 내 검정색 미니스커트 천을 꿰뚫고 들어가 양 허벅지가 맞닿은 은밀한 곳에 도달하는 것 같은 짜릿한 느낌이 들었어. 그는 콘돔 없이 그곳에 들어가도 좋다는 허락을 받은 거나 마찬가지였으니까……

이제 올라갈까? 조금 후에 그이가 물었어.

거북함이 사라지고 두 볼이 발갛게 상기된 나는 마음속에서 끓어오르는 욕망을 도저히 감출 수가 없었어. 그래요, 빨리 올라가요. 계단을 한꺼번에 네 개씩 올라가서 제7의 하늘까지 가요……

나는 욕실에서 나와 그의 곁에 누워, 앞을 단단히 여민 가운을 벗기 전에 그이에게 속삭였어. 나, 너무 마른 것 같지 않아요?

그이는 내가 한 말을 못 알아들은 것 같았어, 아니 그런 척했는지도 모르지. 우리가 서로의 몸을 애무하는 동안 난 집시 여인 이세가 한 말이 떠올랐어. 그이에게 그 말을 들려주고 싶은 욕망이 불길처럼 타올랐지만, 어쩐지 그 말을 꺼내기가 거북했어. 그런데 그이는 내 속마음을 읽은 사람처럼 이상한 표정으로 나를 쳐다봤어. 그의 눈에서 순간 아주 놀라운 빛이 뿜어져나오는 것 같았어. 감동스러워하는 것 같기도 했고 즐거워하는 것 같기도 했지만, 실제로는 둘 다 아니었는지도 모르지. 나 스스로 흥분해 있던 탓이거나 그이가 나를 "내 사랑"이라고 불렀기 때문에 내 멋대로 그렇게 느꼈을 수도 있거든. 얼마 후, 오랜 애무 끝에, 약간 주저하기도 했지만, 모든 건 다 잘 끝났어.

불안이 엄습한 건 그 후, 그러니까 알바니아로 돌아온 다음이었어. 그이는 나와 공항까지 같이 왔다 일 때문에 곧바로 2주 동안 브뤼셀로 가야 했거든.

아무런 기별도 없이 기나긴 시간이 지나갔지. 처음으로 남자에게 몸을 허락한 후 어떻게든 전보다 더 많은 관심을 받으려 안달이 난 여자들이 으레 하기 마련인 온갖 추측들이 끊임없이 나를 괴롭혔어. 난 그 남자를 꼼짝 못하게 사로잡는 데 성공한 걸까? 아니면, 그는 조금이라도 실망했을까? 그이가 나에게 속삭였던 사랑의 밀어는 모두 진심이었을까? 처음에 그이가 약간 주저했던 건 현대 남성들이 겪는 스트레스 탓이었을까? 하긴 요즘 남자들은 예전처럼 그걸 수치스럽게 생각하는 것이 아니라 오히려 멋있는 것으로 생각하기도 한다지? 스트레스 때문이 아니었다면, 실망한 탓이었을까?

때때로 나는 함께 여행을 간 것이 실수는 아니었을까 하는 생각 때문에 불안하기도 했어. 그럴 땐 아주 깊은 한숨도 나왔지. 그 실수를 만회할 수만 있다면 무엇인들 못할까 하고.

가슴 한쪽에 통증이 느껴지기 시작했어. 처음엔 가볍다가 점점 묵직해지더니 때로는 심장 근처로 때로는 그 반대쪽으로 옮겨가는 것 같았는데, 난 그것이야말로 그이가 보내는 신호라고 생각하며 기뻐했어. 사랑의 고통 때문에 가슴에 통증이 생길 수 있다고는 믿지 않았지만 임신한 것일지도 모른다는 생각을 하는 것보다는 나았으니까. 임신 가능성을 염두에 두고 있기는 했지. 하지만 벌벌 떨지는 않았어. 마치 다른 몸에 관한 일인 것처럼.

남자가 사라져버린 창가는 텅 빈 것 같았다. 로베나는 자리에서 일어나 샤워를 하고 화장을 해야겠다고, 새로운 날을 맞이할 준비를 해야겠다고, 소파에 앉아서 남자를 기다려야겠다고 생각했다. 하지만 이 모든 절차는 오로지 머릿속에서만 맴돌 뿐이었다. 제대로 잠을 자지 못한 로베나는 반대편으로 돌아누웠다. 그렇지만 다시 잠이 들기는커녕 학교로 이어지는 골목길 근처, '당이 결정하면 인민이 실현한다! 인민이 원하면 당이 결정한다!'라는 표어가 서툰 솜씨로 적혀 있는 벽 안쪽, 손바닥만 한 마당에 감나무 한 그루가 심어져 있는 집시 여인 이셰의 집이 자꾸만 눈앞에 어른거렸다. 긴 쉬는 시간이 되면, 아니 그보다는 대부분 오후 시간에, 다른 여자아이들처럼 로베나 역시 집시 여인의 집 낡은 문을 밀고 그 안으로 숨어들어갔다. 거기엔 아주 다른 세상이 있었다. 향을 태우고 난 재 냄새, 벽에 가득 붙어 있는 사진들, 특히 그 안에서 들려오는 말소리. 무안해서 두 뺨이 빨갛게 달아오른 여자아이들은 사랑에 대한 질문, 집시 여인이 "난장"이라고 부르는 질문을 쏟아냈다. 집시 여인은 어떤 질문에도 놀라는 기색 없이 담담하게, 하지만 듣는 사람들에게는 전율을 선사하는 언어로 대답을 해주었다. 젖가슴이랑 허벅지? 쾌감을 느끼면 그것들이 부풀어오른다는 건 누구나 다 아는 사실이지. 넌 네가 너무 말랐다고 생각한다니 이 이셰의 말을 잘 들으렴. 그 방면의 선수라고 자부하는 남자들은 네 허벅지 정도 되는 다리라면 환장을 한단다. 그 말을 들은 로베나는 다리의 힘이 모두 빠져나가는 것 같았다. 그러니 너무 비싸게 굴지 마. 한 손으로 로베나의 음부를 가리키며 집시 여인이 한 말이 로베나의 귓가에 맴돌았다. 줘! 어차피 결국엔 땅속에나 묻혀 사라질 건데 뭐.

그 말 때문에 로베나는 지금까지 본 모든 영화와 학교에서 공부한 모든 책에 의문이 생기기 시작했다. 몇 주 후, 친구를 데리고 집시 여인을 다시 방문한 로베나는 처음 그곳을 찾았을 때와는 아주 다른 당당한 태도로 집시 여인과 포옹한 다음 귀에 대고 속삭였다. 됐어요, 난 이젠 더이상…… 집시 여인은 두 눈을 지그시 감고 그 말을 음미했다. 그런 다음 다시 가까이 오라고 신호를 보냈다. 그녀는 로베나가 자신에게 있었던 일을 다른 표현으로 묘사해주기를 바라는 눈치였다. 로베나는 그렇게 했다. 노골적인 표현, 흔히 상스럽다고 치부하는 말, 그래서 아직 한 번도 입에 올리지 않았던 단어를 사용해서 로베나는 다시 한번 반복해서 말했다. 그걸 했어요…… 눈빛과 자글자글한 주름까지도 광채를 발하며 집시 여인이 속삭였다. 대단한데!

그 일이 있고 두 달 만인 12월 어느 날, 집시 여인은 수용소로 끌려갔다. 부도덕성 추방 캠페인의 일환으로 벌어진 일이었다. 행실이 나쁘다고 의심받는 여자들은 물론, 동성연애자, 도박꾼,

방탕한 생활을 부추기는 자들에 대한 대대적인 색출 작업이 진행되었다. 집시 여인은 말하자면 제일 마지막 부류에 속했다. 담황색 옷을 입은 심사원들이 학교 건물에 들어와 이곳저곳을 누비고 다니며 꼬치꼬치 캐물었다. 잔뜩 겁에 질린 로베나는 만난 지 얼마 되지도 않는 약혼자의 청혼을 받아들였다. 그렇게 해야 조금이라도 안전할 것 같았기 때문이었다. 난 처녀가 아니야. 로베나는 약혼자와 처음 관계를 가진 날 그의 귀에 대고 속삭였다. 약혼자는 듣지 못한 척했다.

체제의 전복으로 인해 로베나는 졸지에 약혼한 몸이 되었다. 하루하루가 지날 때마다 그때껏 잊혔던 것들이 안개 속에서 새로이 모습을 드러냈다. 이를테면 '부인'이나 '아가씨' 같은 단어들, 세례 문구들, 기도문 등이 그랬다. 반대로 약혼은 사람들이 잊기 시작한 것들에 속했다. 너, 약혼했다며? 로베나의 대학 친구들은 놀라워하며 물었다. 그러자 유행 지난 옷을 입고 있는 듯 상황이 거북해지기 시작했다. 결국 자신의 약혼 사실을 밝히는 일이 점점 드물어졌고, 결국 언급조차 하지 않기에 이르렀다.

당신이 보기엔 모든 것이 예전 같지 않단 말이지? 로베나는 혼자 생각에 잠겨 있었다. 아니, 그땐 정말로 모든 것이 예전 같지 않았는데, 지금은…… 지금은 뭐?…… 혹시 지금은 다시 모든 것이 예전 같아진 거 아닐까?

솔직히 말하자면, 어느 모임에서 시작된 베스포르와의 만남이 체제가 무너진 것보다 훨씬 더 강력하게 로베나의 인생을 바꾸어놓았다. 그는 로베나에게 자신의 마음을 감추지 않았고, 당시 흥분 속에 흥청거리던 티라나에서 끊임없이 열리던 저녁 파티에 같이 가자고 청했다.

우리 두 사람이 마주 앉게 되자 자연스럽게 예쁜 여자들이 화제에 올랐어. 그이는 자신이 하는 말이 사실은 나랑도 관계가 있다는 걸 굳이 감추려 하지 않았고, 나도 그게 나를 두고 하는 소리라는 걸 모르는 척하지 않았어. 얼마 전부터 나 역시 예쁜 여자로 공공연히 인정받았으니까.

그런데 깜짝 놀란 게, 그이가 아름다운 여자, 그러니까 그저 예쁘기만 한 여자와는 다른 부류에 속하는 아름다운 여자는 아주 드물다고 말하는 거야. 그런 여자는 모든 것이 다른 사람들과는 아주 다르기 때문에 정말 드물다고. 그런 여자는 생각하는 방식도 다르고, 사랑하는 방식도 다르다고 했어. 게다가 괴로워하는 방식도 남들과는 아주 다르다고.

그이가 그날따라 이상하게 오랫동안 날 바라보더니 "당신, 당신은 말이요, 괴로움을 즐기는 법을 알지"라고 말했을 때, 난 그에게서 눈을 뗄 수가 없었어.

어떻게 그걸 아는 건지 심령술사 같다는 생각이 들었어.

그때 난 약간 뾰로통해 있었던 것 같아. 그이가 "혹시 내가 지금 한 말, 나쁜 의미로 받아들이는 건 아니지?"라고 조바심 치며 물었거든.

그래서 난 이렇게 대답했어. 솔직히 난 그렇게 느꼈어요. 당신 말이 모욕적이라고요. 난 아름다워요. 하지만 괴로워해야 할 이유는 없어요, 적어도 타인에게 그런 소리를 들을 이유는 없죠. 고통받는 건 다른 여자들이나 하라고 해요.

그랬더니 그이는 내 생각을 훤히 읽기라도 한 듯, 고통이란 그 어느 누구에게도 수치가 아니라고 했어. 그러더니 다시 냉정을 되찾은 목소리로 자기는 나를 칭찬하려고 그런 말을 했다고, 괴로움을 모르는 아름다운 여자들, 그런 여자들은 이 세상에 존재하지 않는다고 확신한다고 덧붙였어.

나는 문득 내 생각이 어리석었던 것 같아 얼굴이 빨개졌어. 그런데 그 실수를 만회하기 위해 또다시 멍청한 짓을 했지 뭐야. 그러니 나는 아름다운 여자에 속하지 않는군요, 라고 대꾸한 거야.

그이는 입을 비죽거리는 것 같더니, 도저히 바로잡기 어려워진 오해를 풀어보려는 듯 몇 번이나 고개를 저었어.

잠시 침묵이 흘렀고, 내가 미안해요, 당신을 불쾌하게 하려는 마음은 전혀 없었어요, 라고 말하자 그이는 내가 자신보다 훨씬 나이도 어리고 따라서 경험이 전혀 없다는 걸 문득 깨달은 사람처럼 아주 진지하게, 빈정거리는 투라고는 전혀 없이 덧붙였어. 고통을 감내하는 능력은 모두가 인정하는 재능이라고. 특히 아름다운 여자들이 겪는 화려한 고통일수록 더 그렇다고 말이야.

나는 어색해진 분위기를 풀어준 그이에게 고마운 마음이 들어서 미소를 지으며 이렇게 말했어. 혹시 나를 고통의 광고 모델로 쓰실 마음은 없으세요? 그리고 그이의 눈을 똑바로 응시하면서 의미심장한 투로 이렇게 덧붙였어. 어쩌면 그런 건 필요 없겠네요……

난, 사실 그런 건 아무런 필요가 없어요, 내가 괴로워한다면 그건 당신을 위해서죠, 라고 말하고 싶었어. 말이 제대로 나오지 않아서 못하고 말았지만 말이야.

그이가 눈을 내리깔고 있길래 나는 그이가 내 대답을 내 의도대로, 즉 사랑의 고백으로 받아들였다고 생각했어.

헤어지기 전 그이는 아주 들뜬 투로 중부유럽의 한 도시로 사흘 동안 함께 여행을 가지 않겠느냐고 물었어. 우리는 농담 반 진담 반으로 얼마 전의 알바니아였다면 정신 나간 짓으로 통했을 그런 일이 공산주의가 패망하고 나니 자연스러운 일이 되었다고 잠시 호들갑을 떨었지. 그러다 헤어질 때가 되자 그이는 내 눈을 한참 동안 바라보더니, 난 지금 아주 진지해, 그러니 너무 서둘러서 싫다고 하지 마, 라고 말했어.

난 아무 말도 하지 않았어. 그저 죄지은 사람처럼 눈만 내리깔았지. 그날 밤, 저녁식사 후, 세계는 그렇게 안개 속으로 빠져들어갔어.

2주 후, 세상에서 가장 불가능한 일이라고 생각했던 일이 실제로 벌어졌다.

그날 역시 비가 오고 안개가 자욱하게 깔린 날이었다. 티라나와 빈을 연결하는 항공 노선은 안개 속에서 허우적거렸다. 로베나는 온몸이 저리는 것 같았다…… 비행은 영원히 계속될 것만 같았다. 한순간 로베나는 비행기가 산산조각 나는 순간에나마 그와 함께 있고 싶어서 자리에서 일어나 남자 곁으로 갈 뻔했다.

이것이 로베나가 나중에 들려준 이야기다. 하지만 실제로는 로베나 혼자 여행했다. 어쨌거나 베스포르와 함께 비행기에 타고 가지는 않았다. 비행기 안에서 너무나 그와 함께 있고 싶었던 나머지 기억 속에서 스스로도 납득할 정도로 실제를 왜곡했으며, 다른 사람들에게도 이처럼 각색된 이야기를 들려주었다.

하지만 본질적인 면에서는 크게 달라질 것이 없다. 로베나는 베스포르 Y를 만나기 위해 빈으로 갔으며, 비행기를 타고 가는 동안 동체가 몹시 흔들리자 남자의 어깨에 고개를 얹고 있다고 상상했다. 로베나의 옆자리엔 베스포르 Y 대신 로베나가 소속된 시민단체의 여자 회원이 앉아 있었다. 그러니까 로베나는 남자로부터 직접 비행기 표를 받기 위해 '카페 유럽'에 가지도 않았으며, 심지어 그로부터 함께 여행하자는 제의를 받은 적도 없다. 로베나 자신이 먼저 그가 브뤼셀에서 일한다는 정보를 얻었고, 조만간 빈에 갈 일이 있다고 그 남자에게 말했던 것이다. 그러자 남자는 "빈에 온다고?"라고 물으며 자기도 그곳에 자주 가니까 잘하면 그곳에서 볼 수도 있겠다고 말했을 뿐이었다. 이렇게 해서 두 사람은 별일 아닌 것처럼 무심하게, 게임이라도 하듯 서로의 전화번호를 주고받았다.

시민단체 여자 회원과 함께 빈에 도착한 로베나는 호텔에 들어서자마자 여자에게 이곳에 애인이 있어요, 한 시간 후에 그가 나를 데리러 올 거예요, 라고 말해서 여자를 깜짝 놀라게 했다.

그러고는 여자가 눈이 휘둥그레져 쳐다보는데도 아랑곳하지 않고, 거북해하는 기색이라고는 전혀 없이 몸단장을 시작했다.

3

같은 날 아침. 다시 로베나.

로베나는 마치 낯선 누군가가 방 안에 들어선 것 같은 불안한 느낌에 몸을 떨었다. 잠시 후 그녀는 정신을 가다듬었다. 방 안에 낯선 것은 없었으며, 남자도 방에 없었다. 관자놀이 부근이 지끈거렸다. 억지로 자는 시늉을 하는 것은 심신을 피곤하게 하는 일이었다.

그이는 미쳤어, 라고 로베나는 생각했다.

그러나 욕실로 가면서는, 왜 그런 생각을 했는지 스스로도 이해가 안 됐다. 두 사람은 서로에게 너무도 자주 그 말을 했기 때문에 '미쳤다'는 형용사는 오히려 애정의 표시처럼 들리지 않았던가.

샤워꼭지에서 쏟아져나오는 물줄기 아래에 서니 '모든 것이 예전 같지 않다'는 문장이 가짜 다이아몬드 같은 빛을 발하는 것 같았다. 그 문장은 물줄기와 함께 흘러내려간 것 같으면서도 여전히 그곳에 남아 있었다.

이전에 로베나가 하던 생각들과 무언가 이어지지 않는 것이 있었다. 생각의 끄트머리에 안개 같은 것이 자욱하게 끼어 있었다. 로베나는 마치 새로운 발견을 한 듯한 기분이었다. 깨어 있어도 자는 시늉을 하면, 그러한 거짓이 모든 것에 영향을 끼치는 모양이었다.

샤워기는 말을 듣지 않으려는 것 같았다. 예전에 빈에서 돌아온 후에도 그런 일이 있었다. 그때 로베나는 자신의 몸이 예전 같지 않다고 확신했다. 흰 피부는 한층 더 하얘졌으며, 비단결처럼 작고 부드러운 젖가슴도 다른 세계에 속하게 된 것 같았다. 사실 두 사람이 만나고 나서 그녀의 가슴은 한층 더 아름다워졌다. 로베나의 마음속에서는 기적이 일어난 것 같다는 느낌과 더불어 그에게서 전화가 오지 않는다는, 그리고 그가 자신의 가슴을 다시 보지 못한 채 이렇게 헤어지게 될지도 모른다는 불안감이 마구 뒤섞였다. 로베나는 3월 말의 어느 오후에 그가 전화를 걸어오는 상상을 했다. 달려나가 그를 만나 서둘러 옷을 벗으리라. 그러면 남자는 바보처럼 호르몬제를 복용하느냐고 묻고 여자는 아니요, 그런 건 전혀 복용하지 않아요, 내겐 당신뿐이에요, 오직 당신뿐이에요, 라고 대답하겠지.

남자는 믿을 수 없다는 표정을 짓고 여자는 말로써, 안개처럼, 두려운 균열을 덮어버린다. 내겐 당신뿐이에요, 오직 당신뿐. 당신으로 인한 나의 두려움, 당신 마음에 들고 싶어 미칠 것 같은 초인적인 욕망. 마음속에서 울려퍼지는 호령. 제단 앞에서의 강론.

그이는 아마도 어안이 벙벙할지도 모르지. 어쩌면 그이는 마음껏 즐기지 못할 수도 있어. 눈부시게 흰 피부, 여신 같은 자태라고 찬사를 퍼부으면서도 마치 그곳에 없는 사람인 양 넋이 빠진 채일 수도 있지.

도취에서 깨어나고 싶지 않은 로베나는 몇 가지 핑계를 찾아낸다. 당신 덕분에 나는 자유로워졌어요. 로베나의 마음속에서 다른 생각들이 때로는 맹렬하게, 때로는 한 덩어리가 되어 제멋대로 충돌한다. 다른 사람도 이런 변화를 눈치챌 수 있을까? 물론 그럴 거야, 순식간에 눈치챌걸. 약혼자만 해도 그럴 거야. 외국에 갔다 온 후 로베나는 단 한 번도 약혼자와 잠자리를 하지 않았다. 온갖 핑계를 대며 그를 뿌리쳤던 것이다. 그러다 마침내 그를 다시 만났다. 자기가 보기에 내가 달라진 것 같아? 라고 묻자 약혼자는 황홀해하면서도 근심에 찬 표정으로 로베나를 만져보았다. 로베나는 다시 가벼운 목소리로, 어때, 혹시 내가 성형수술을 받았을지도 모른다고 생각하지 않아? 라고 물었다. 그 생각을 왜 안 하겠어? 요새는 그게 유행이라잖아. 게다가 자기가 외국에 간다고 해서 나는, 그러니까…… 자기 젖가슴을 만지면서 제일 먼저 떠오른 생각은 말이지, 솔직히 말하면, 아, 이래서 외국에 갔었구나, 였어.

아니, 자기는 어쩌면 그렇게 순진할 수가 있어, 하느님 맙소사! 내 몸에 흉터라도 생겼어? 다른 이유는 전혀 생각해보지 않은 거야? 예를 들어 내가 사랑에 빠졌다거나.

약혼자는 마치 생전 처음 그 단어를 듣기라도 하는 것처럼 두 눈을 휘둥그레 뜨고 로베나를 쳐다보았다.

로베나는 아무도 자신의 말을 믿지 않을 거라고 생각했다. 그리고 기억 속에 남아 있는 남자 서너 명을 차례로 떠올렸다. "남자는 전부 다르며, 한 남자의 연장이 일을 제대로 해내지 못하면 다른 남자의 연장이 대신한다"는 집시 여인의 충고에 따라 그 남자들과 각각 한두 번씩 정사를 나누었다. 로베나는 그 남자들 중에 자신의 변한 모습을 보여주고 싶은 사람이 있는지 생각해보았다. 처음 남자, 그러니까 로베나의 처녀성을 빼앗은 남자는 배를 타고 이탈리아로 떠났고, 두번째 남자는 아마 유치장에 수감되어 있을 테고, 세번째 남자는 차관 자리에 올랐으며, 마지막 남자는 외국인 외교관이었다.

베스포르는 아직 스트라스부르에 있었다. 밤보다 더 견디기 어려운 건 오후였다. 로베나는 유리창 쪽으로 눈길을 준 채 중얼거렸다. "왜?" 왜 기어이 그렇게 하기를 원했던 것일까? 집시 여인의 충고 때문이었을까? 쳐. 어차피 결국엔 땅속에나 묻혀 사라질 건데 뭐. 아니면 또다른 동기가 있었을까? 이따금씩은 그게 수도원으로 들어가 칩거하기 전 세상에 고하는 마지막 작별 인사처럼 느껴지기도 했다.

잔인한 오후가 이어졌다. 그러던 어느 날 오후, 로베나는 외국인 외교관과 함께 로그너 호텔에서 커피를 마셨다. 예전엔 흥미진진하게 들었던 그의 말에 이제는 아무런 흥미를 느낄 수 없었다. 로베나는 두 사람이 아파트에서 만났던 날로 화제를 돌렸다. 아, 참 근사했지! 남자가 감탄하듯 말했다. 그는 그 말을 반복했지만 로베나는 그 말을 들을 때마다 기분이 좋아지는 것이 아니라 오히려 괴로워졌다. 그 말에는 아무런 의미도 없었다. 마침내 남자는 강렬한 눈빛으로 자신이 "양성애자"라고 고백했다. 다행히 알바니아 사회는 점점 개방적으로 변모하고 있었으므로 양성애자라고 해도 특별할 건 없었다. 그러고 보니 로베나도 아주 미약하지만, 그런 느낌이 든 때가 있었다. 헤어질 때 남자는 그녀에게 언젠가 다시 만나기를 바란다고 말했다. "새로운 경험"을 했고 "근사했다"는 말을 하면서 남자의 시선은 다시 한번 강렬해졌다. 로베나는 고개를 끄덕여 동의를 표했지만, 마음 깊은 곳에서는 '절대로 그런 일은 없을걸'이라고 대답하고 있었다.

집으로 가는 길에 로베나는 집시 여인의 집이 그 근처 어디였다는 걸 기억해냈다. 주변으로 신축 건물들이 우후죽순처럼 들어서고 있었지만, 마당에 심어진 감나무 덕분에 쉽사리 그 찌그러진 대문을 발견할 수 있었다.

그녀는 두근거리는 가슴으로 문을 밀었다. 강제로 이주당했던 주인은 돌아왔을까? 혹시 나를 원망하고 있지는 않을까? 허술하기 짝이 없는 대문 안으로 채 들어가기도 전에 벌써 익숙한 냄새, 짚을 태운 톡 쏘는 연기 냄새가 코끝으로 전해왔다.

집시 여인은 돌아와 있었다. 그녀는 잔주름이 자글자글한 두 눈을 치켜떴다. 이셰 아줌마, 로베나예요, 기억나세요? 주름이

미세하게 움직였다. 로베나는, 로베나…… 기억하고말고! 한 명도 빼놓지 않고 모두 기억하지. 그럼, 모두 기억해, 너희는 내 작은 천사들이니까. 내 유일한 행복이지! 혹은, 암, 모두 기억해, 나를 배신한 나쁜 계집애들 같으니! 같은 말이 나올 거라 생각했다. 하지만 집시 여인은 아무런 말도 하지 않았다.

로베나는 무슨 말을 해야 할지 몰라 허둥거렸다. '그곳'은 끔찍했죠? 혹시 우리를 저주하셨어요? 어쩌면 아줌마를 밀고한 사람은 아무도 없을지도 몰라요. 그저 너무 순진했던 것이 이 같은 불행의 원인일 거예요.

그러는 사이 집시 여인의 두 눈은 차츰 따뜻하고 온화한 빛을 띠었다.

네가 제일 먼저 나를 찾아온 사람이야…… 집시 여인은 처음엔 그 한마디만 했다. 하지만 그 한마디가 이내 다른 말들을 생겨나게 하는 것 같았다. 이러리라 생각했지. 너한테 희망을 걸었으니까. 다른 여자아이들한테보다 훨씬 더 많이.

로베나는 집시 여인 앞에 무릎을 꿇고 용서를 빌고 싶었다.

여인의 얼굴에 가득한 주름살이 천천히 펴지면서 예전의 모습이 돌아왔다. 예전의 이셰가 되돌아온 것이다. 하느님 고맙습니다! 라고 로베나는 생각했다. 전과 같은 모습으로 되돌아왔군요……

그곳에서 우리는 모두…… 들릴 듯 말 듯한 작은 목소리로 집시 여인이 말했다. 그런데 여기는? 그 후 넌 뭘 하며 지냈지, 내 사랑스러운 공주님? 최소한 인생을 즐기긴 했어?

로베나는 고개를 끄덕였다. 네, 이셰 아줌마, 아주 많이…… 그리고 지금은 사랑에 빠졌어요.

집시 여인은 한참 동안 로베나에게서 눈길을 떼지 않았고, 로베나는 아마 방금 전 자기가 한 말을 듣지 못한 모양이라고 짐작했다. 그녀는 저는 사랑에 빠졌어요, 라고 다시 한번 또박또박 말했다.

그래봐야 마찬가지야. 조금 전과 똑같이 힘없는 목소리로 집시 여인이 말했다.

로베나는 그 순간 집시 여인이 하는 수수께끼 같은 말의 참뜻을 알 것 같았다. 어느 잠 못 이루던 밤에 베스포르는 사랑이 욕정에 불과하다고 인식되던 아득한 옛날에 대해서 이야기한 적이 있었다.

그녀가 말하는 방식이 그렇듯 신비하게 매력적인 이유가 바로 거기에 있었다. 집시 여인은 로베나를 다른 곳, 자신이 살고 있는 다른 시간 속으로 데려가는 것이었다.

집시 여인이 평온한 시선으로 바라보는 가운데 로베나는 넋이 나간 듯 기계적으로, 마치 의식을 치르듯, 먼저 스웨터를, 그다음으로는 하의를 벗어서 집시 여인에게 자신의 음모를 보여주었다. 로베나는 마치 배심원단의 판결을 기다리는 피의자처럼 한참 동안 꼼짝 않고 부동자세로 서 있었다.

해 질 무렵 집으로 돌아오는 길, 로베나는 집시 여인 앞에서 옷을 벗은 자신의 행동은 도저히 설명이 불가능하면서도 동시에 그럴 수밖에 없는 행동이었다는 생각이 들었다. 너무나 자연스럽게, 마치 어떤 신비한 명령에 복종하듯 나온 행동이었다. 너를 보여줘!

로베나는 다시금 자신의 손아귀를 빠져나가고 있는 무언가를 잡으려고 했다. 여자의 성에 관련된 것으로, 베스포르도 말했듯이 고대로부터 전해져온, 집시 사회에서는 여전히 통용되고 있지만 백인종은 잃어버리고 사는 그 무엇이었다. 은밀한 협약에 의해 여자의 몸에 단단히 뿌리내린 채 우월한 도구 역할을 하면서도 타협을 거부하며 자율성을 고수하는 그 무엇. 교회, 강제 이주, 율법, 정치 체제 등 수많은 법령으로 그것을 제거하려 했지만 헛수고였다. 때로 로베나는 이런 수많은 굴곡에도 꿋꿋하게 버티고 있는 그것이 모든 것을 전복시킬 수도 있으리라 생각했다.

집에 돌아온 로베나의 발걸음은 소파를 향했다. 그러고는 맥없이 베스포르가 돌아올 날을 헤아려보았다.

두 사람은 로베나가 기대했던 것과는 전혀 다른 방식으로 재회했다. 남자는 마치 이 세상의 먹구름은 모조리 몰고 온 사람처럼 얼이 빠지고 침울해 보였다.

로베나는 남자에게서 막연한 불안을 느꼈다. 그녀는 그가 자신에게 자유를 선사해주었다고 믿고 싶었지만, 의도와는 별개로 그녀에게서 자유를 빼앗아가는 사람이 될 수도 있었다.

로베나는 속으로 '당신은 위험한 사람이에요'라고 생각하면서 남자가 없는 동안 느낀 크나큰 그리움이며 집시 여인을 찾아갔던 일, 그리고 이제 '양성 외교관'이라는 별명으로 불리게 된 외교관과 함께 커피를 마신 일 등을 한껏 부드러운 목소리로 남자의 귓가에 소곤댔다. 로베나는 그라츠*에 가서 공부할 수 있는 오스트리아 장학금이 있으며, 자신에게 그 장학금을 신청할 자격이 있다는 이야기를 그 '양성'에게서 들었다고 남자에게 말했다. 그렇게 되면 우리는 지금보다 훨씬 쉽게 만날 수 있어요, 안 그래요? 당신이 일 때문에 그곳에 오게 되면 내가 호텔로 가서 당신을 만날 수 있을 테고…… 기쁘지 않아요?

물론 기쁘지. 누가 그렇지 않다고 했나? 당신 얼굴을 보니 별로 기뻐하는 것 같지 않아요. 그런지도 모르지, 당신이 그 얘길

---

* 오스트리아 슈타이어마르크 주의 주도.

하는 동안 요즘 여자들은 비자나 장학금을 위해서라면 몸을 맡기는 것쯤 아무것도 아니구나 생각하고 있었거든……

로베나는 기가 막혔다. 남자는 흘러내리는 눈물을 닦으려는 사람처럼 로베나의 두 뺨을 어루만졌다. 그렇게 생각에 잠겨 있는 당신 눈은 너무 아름다워. 아, 그래요? 로베나는 자신도 모르게 그렇게 대꾸했다. 난 진지해. 남자가 말했다. 당신 정말 장학금을 신청할 거요?

하느님 맙소사! 여자는 속으로 그렇게 중얼거리며 그럴 것 같지는 않다고 즉시 대답했다.

남자의 두 눈은 집요하게 여자를 응시했다. 그래서 로베나는 다시 잘 모르겠다고 덧붙였다.

남자는 로베나의 머리 위에 부드럽게 입을 맞추었다. 무슨 말인가 더 하려고 했죠, 안 그래요? 남자가 고개를 끄덕였다. 하지만 머릿속에 떠오르는 생각을 모두 말해야 하는지, 그건 잘 모르겠어. 그러면 왜 안 되죠? 로베나가 물었다. 살면서는 그러면 안 될지 몰라도, 우리는, 이렇게 말하는 게 어떨지 모르겠지만…… 사랑하고 있으니까……

남자는 크게 웃었다. 당신, 그거 알아? 조금 전에 당신은 전혀 꾸밈없이 나한테 대답했지. 그런데 그때 내 머릿속에선 진솔함이 여자를 아름답게 보이게 한다는 생각이 들더니 곧이어 정반대의 생각이 뒤를 따르더란 말이오. 유감스럽지만, 진술하지 않은 여자도 얼마든지 매력적으로 보일 수 있거든.

도대체 무슨 말이 하고 싶은 거죠? 그렇게 심각한 표정 짓지 마. 그저 일반적으로 배신하는 남자는 추하고, 그런 남자의 시선은 도망치는 듯 불안하고 병적이라고들 하잖아. 그런데 부정한 짓을 하는 여자는 반대로 환상적일 만큼 매력적일 수 있다는 말이야. 우리는 지금 사랑하고 있지, 안 그래? 당신도 당신 입으로…… 사랑할 땐 모든 것이 다르다고 말했잖아.

남자의 목소리는 한 시간 전과는 완전히 다르게 명랑하고 들뜬 것 같았지만, 로베나는 여전히 마음속으로 그는 위험한 사람이라고 거듭 중얼거렸다.

남자는 나락으로 떨어지는 걸 전혀 두려워하지 않는 사람 같았다. 어째서 이 남자는 이토록 자신만만한데 나는 그렇지 못할까? 분한 마음이 든 로베나는 남자에게 당신의 그 자신만만함은 어디에서 오는 거냐고, 나를 완전히 손아귀에 넣었다고 믿는 데서 오는 거냐고 묻고 싶었다.

하지만 로베나는 자신에게 그럴 배짱이 없다는 걸 알고 있었다. 로베나는 늘 불안해했고 남자는 그렇지 않았다. 그것이 바로 두 사람이 결정적으로 다른 점이었다. 그 같은 상황이 변하지 않는 한 로베나는 항상 자신감을 상실한 채 지내게 될 것이었다.

남자는 로베나의 가슴을 어루만지면서 집시 여인이 했던 말을 다시 한번 들려달라고 속삭이듯 간청했다. 당신은 나를 놀리고 싶은 모양이군요, 나도 그 정도쯤은 알아요. 전혀 그렇지 않아, 라고 남자는 대답했다. 이 세상에서 집시들이 존중받는 유일한 곳이 있다면 그건 바로 내가 있는 곳, 유럽회의일 거요.

침묵이 두렵기라도 한 듯 로베나는 거울 앞에 앉아 머리를 빗으며 내내 재잘댔다. 남자는 문 가까운 곳에 서서 벌써 익숙한 이 광경을 지켜보며 여자의 이야기를 들었다.

로베나는 립스틱을 바르면서 문득 고개를 돌리고는 지금까지와는 전혀 다른 목소리로 약혼자에 대해 이야기하기 시작했다. 오스트리아에서 공부하게 되면 당연히 그와는 점점 멀어질 것이고 결국 헤어지게 될 거라고.

로베나는 상대가 무슨 생각을 하는지 알아야겠다는 듯한 태도로 남자를 뚫어지게 바라보았다. 하지만 남자는 신중하게 보이고 싶은지 한마디도 하지 않고 그저 여자 쪽으로 두어 걸음 다가와서 여자의 목에 키스했다. 우리는 같이 있으면 행복할 거예요. 로베나가 말했다.

잠시 후 로베나는 그렇게 말한 것을 후회했다. 사실, 그런 말은 남자가 여자에게 해주어야 하는 말 아닌가. 여느 때처럼 로베나가 너무 앞질러간 것이었다.

도대체 이게 다 무슨 소용이람? 로베나는 한숨을 쉬었다. 모든 걸 다 잊었다고 생각했는데, 사실은 그게 아니었다. 모든 것이, 특히 모든 만남의 마지막 순간이 늘 기억 속에 남아 있었다. 일어나지 않았더라면 좋았을 무엇인가가 갑자기 떠올랐다. 잘못됐지만 수습할 시간이 없던 일들. 남자는 그런 일을 두고 작별을 앞두고 신경이 예민해졌기 때문이라고 설명했다. 그럴 때마다 로베나는 오해를 피하기 위해 최대한 말수를 줄여야 하는지, 아니면 공허감에 빠지지 않기 위해 두렵지만 서둘러 말하고 또 말해야 하는지, 어떤 쪽을 선택해야 할지 몰라 전전긍긍했다. 이제 로베나는 작별을 할 때마다 다음번 만남까지 어느 편에 서서 고통받을지 선택해야 하는 비운의 순간이 온다는 걸 알게 되었다.

이제 그런 일들은 모두 과거지사였지만 멀찌감치 떨어져 있어도 여전히 마음 한구석을 쿡쿡 쑤셔댔다. 로베나는 그것들에게 좋아, 난 너희를 벌써 만난 적이 있어, 그러니 이젠 나를 좀 가만 놔두는 게 좋을걸! 하고 외치고 싶은 심정이었다.

로베나는 한겨울에 그라츠에 도착했다. 2월의 구름은 고약한 비를 뿌렸다. 두꺼운 안개가 어디를 가나 하이에나처럼 먹잇감을 노리고 있었다. 라스구시 포라데치*가 살았던 곳은 도저히 찾

---

* 알바니아 시인.

을 수가 없었다. 로베나는 그라츠에 오면 베스포르 Y와의 관계에서 자신이 우월하지는 않더라도 최소한 동등한 입장이 될 것이라고 생각했다. 하지만 현실은 정반대였다. 오로지 로베나의 젖가슴만 한층 더 보드라워졌을 뿐이었다.

음산한 겨울 날씨에 남자의 전화는 구세주 같았다. 남자는 그다지 멀지 않은 곳에 있었다. 그는 토요일에 호텔에서 기다리겠다고 말했다. 기차에서 내려 택시를 타기만 하면 된다고 했다. 비용 같은 건 걱정할 필요가 없다고.

로베나는 이틀 내내 끊임없이 말했다. 당신 곁에 있을 수 있어서 너무 행복해요. 그런 다음엔 다시 겨울 속으로, 대학 기숙사로 돌아와야 했다.

로베나는 샤워꼭지를 머리에 대고 잠시 꼼짝 않고 서 있었다. 꼭지에서는 델 정도로 뜨거운 물이 나오다가 갑자기 얼음장처럼 차가운 물이 쏟아져나왔다. 샤워가 마음을 진정시키는 것이 아니라 오히려 불안하게 만들기는 처음이었다. 로베나는 단박에 그 이유를 알 수 있을 것 같았다. 샤워꼭지가 전화의 수화기를 연상시켰던 것이다.

두 사람 사이의 언쟁은 언제나 전화 통화할 때 벌어졌다. 최초이자 가장 심각했던 언쟁은 봄 즈음에 있었다. 그라츠에서는 모든 것이 변하기 시작했다. 로베나는 처음으로 자유를 만끽하고 싶은 유혹을 느꼈다. 그러면서 이유를 알 수 없는 짜증도 났다. 베스포르가 족쇄처럼 느껴지기도 했다.

그래서 절망한 나머지 전화기에 대고 제일 먼저 이렇게 말했다. 당신은 내 삶을 방해하고 있어요. 그게 무슨 소리요? 남자는 냉랭한 목소리로 물었다. 내가 당신 삶을 방해한다고? 그래요, 그렇다고요. 로베나는 못을 박듯 대꾸했다. 어제저녁, 당신은 나한테 당신이 두 번이나 전화했었다고 그랬잖아요. 그게 어쨌다는 거요? 남자의 말투가 무심하다고 느낀 로베나는, 그런 말을 한 스스로를 책망하는 대신 당신은 나를 인질로 잡고 있다고요, 라고 소리를 질러버렸다. 남자는 아, 그렇군, 이라고만 대꾸했다. 아, 그렇군이라니, 그건 무슨 의미죠? 당신은 내가 당신 마음 내킬 때 한 번씩 거는 전화나 기다려야 하는 사람이라고 말하고 싶은 거예요? 당신 지금 무슨 말을 하는지도 모르고 떠들고 있군. 남자가 로베나의 말을 끊었다. 로베나는 너무도 흥분한 탓에 귀에서 윙 소리가 나는 것 같았다. 당신은 나를 당신 노예 취급한다고요. 그러니까 나를 당신 마음대로 할 수 있다고 생각하죠. 당신 지금 무슨 소리를 하는지 알고 말하는 거요? 남자가 같은 말을 반복했다. 남자의 목소리는 점점 더 냉랭해졌다. 로베나는 그 위험성을 인식하면서도, 완전히 자제력을 잃고 말았다. 로베나가 자신의 입에서 나오는 말을 통제하지 못하자 남자는 그만하면 됐어! 라고 버럭 소리를 질렀다.

로베나는 남자가 이처럼 무자비하게 나오리라고는 전혀 예상하지 못했다. 남자는 로베나에게 그녀 스스로 멍에를 짊어지고선 이제 와 자신에게 책임을 전가한다며 신랄한 말을 내뱉더니 그것만으로도 충분하지 않은지 아예 전화를 끊어버렸다.

기가 막힌 로베나는 남자가 다시 전화를 걸어오기를 기다렸다. 하지만 희망이 사라져버리자 결국 스스로 전화기를 들었다. 그렇지만 남자 쪽의 수화기는 내려져 있었다. 내가 도대체 무슨 일을 저지른 거지? 로베나는 자문했다. 그러고는 곧이어 생각했다. 어쩌다 이런 끔찍한 일이 벌어지게 된 걸까?

그날 밤 내내 로베나는 남자에 대한 적개심이 어디에서 생겨난 것인지 생각하느라 끙끙댔다. 자신은 약혼자까지 버렸는데 남자는 여전히 장래에 대해 아무런 약속도 하지 않기 때문에? 어쩌면 그래서 그이에게 화가 난 걸까? 하지만 반드시 그렇다고 확신할 수는 없었다. 자유를 잃어버리는 게 두려워서도 아닌 것 같았다. 남자와의 만남은 처음부터 뒤죽박죽이었고, 로베나는 그 속에서 빠져나오는 방법을 전혀 몰랐다. 그런 걸 생각하기엔 너무 이른 것도 같았다.

그러다가도 이따금씩 마음이 진정되었다. 얼마든지 평온하게 해결될 수 있어. 그이를 조금만 덜 사랑하면 되는 거야. 맞아, 정말 간단한 문제야.

사흘 후, 로베나는 패배를 인정하며 풀 죽은 목소리로 남자에게 전화를 걸었다. 전화기 너머 남자의 목소리는 낮지만 침착했다. 아무도 두 사람 사이의 언쟁에 대해서는 언급하지 않았다. 그 후 몇 주는 그런 식으로 지나갔다. 드문드문 전화 통화를 했고, 그때마다 절제된 말들만 오고갔다. 다시 만날 때까지.

룩셈부르크행 기차 안에서 바라본 희끗희끗 눈 덮인 유럽의 들판은 로베나가 느끼는 무기력을 그 무엇보다도 잘 대변해주는 것 같았다. 로베나는 모든 것이 예전과 같은지 아닌지 도무지 알 수 없었다. 전화에서 남자는 아무런 언질도 주지 않았다. 예전 약혼자와의 관계에서는 모든 것이 달랐다. 그때는 화해하자마자, 이제 평화를 선언했으니 영원히 필요 없게 되었다는 듯, 그간 느꼈던 마음의 고통이나 마음에 품었던 계책 등을 순진하게 고백했다.

그런데 어째서 내 영혼이나 다름없는 당신과는 모든 것이 이토록 어려운 건가요? 여자는 기진맥진해진 기분으로 생각했다.

기차가 북쪽을 향해 갈수록 불안감은 커졌다. 하지만 동시에 로베나의 마음속에 있는 무엇인가가 점점 커지는 불안감을 억눌렀다. 이제껏 전혀 느껴보지 못한 이상한 감정이었다. 자신은 서리로 뒤덮인 유럽 대륙을 가로질러 연인을 만나러 가는 아름다운 여인이라는 생각. 그것이 그녀가 느끼는 감정의 복사판 같기도 했다.

로베나는 여전히 반쯤은 몽롱한 상태로 목적지에 도착했다.

남자는 호텔방에서 로베나를 기다리고 있었다. 두 사람은 아무 일도 없었던 듯 포옹했다. 로베나는 잠시 방 안을 왔다갔다하며 들고 온 짐을 정리했다. 그리고 이따금씩 객실이며 욕실이며, 이유는 알 수 없었지만 호텔에 놓여 있으면 어쩐지 좋은 징조라고 생각되는 하얀 가운에 대해 얘기했다.

더이상 이야깃거리가 없다고 느꼈지만 로베나는 새로운 화젯거리를 찾으려 하지 않았다. 네시가 가까워오고 있었고, 밖에는 겨울 하루가 슬슬 저물어가고 있었다. 로베나는 언제나처럼 준비할까요, 라고 물었다. 그러고는 욕실로 들어갔다.

로베나는 얼마나 오랫동안 욕실에 있어야 할지 가늠이 안 됐다. 어떤 땐 너무 서두르는 것 같았고, 또 어떤 땐 너무 시간을 끄는 것 같았다.

마침내 벗은 몸에 가운만 걸치고 욕실을 나왔다.

남자는 여전히 기다리고 있었다.

로베나는 고개를 숙인 채 침대 쪽으로 걸어갔다. 발이 다시금 말을 듣지 않고 제멋대로 움직이는 것 같았다. 이번 여행이 주는 특별한 느낌과 더불어 자신은 연인 그 이상으로, 침대에서 남편과 재회하는 아내가 된 듯한 생각이 로베나의 머릿속을 떠나지 않았다.

왜 그러는지 이유도 모른 채 로베나는 터져나오는 거친 신음 소리를 참느라 애썼고, 어느 정도는 마음먹은 것을 이룰 수 있었다. 일이 끝나고 난 다음에야 비로소 로베나는 남자의 귀에 대고 속삭였다. 천국 같았어요. 남자는 자기는 항상 그런 느낌을 받는다고 대꾸했다. 하지만 그 외에 다른 감정 표현은 없었다. 한밤중에도, 다음날 떠날 때까지도 아무런 언급이 없자 로베나는 모든 희망을 잃었다. 반쯤만 희끗하게 눈으로 덮인 똑같은 들판을 가로질러 달리는 기차 안에서 로베나는 이틀 전과 똑같은 감정의 기복을 맛보았다. 하지만 참아 넘길 만했기 때문에 우울하다고 해야 할지 말아야 할지 판단이 서지 않았다.

서글픔과 함께 로베나는 어떤 상황에서도 베스포르 Y는 위험한 존재라는 생각 또한 떨쳐버릴 수가 없었다. 그와는 모든 것이 어려웠지만 그 없이 지낸다는 것 역시 불가능했다.

약혼자와는 정상적인 관계를 회복하는 데 불과 몇 분이면 충분했지만, 베스포르와는 몇 달이 걸렸다.

로베나는 이런 자유로운 관계가 병적으로 변질되는 건 아닌지 자문해보곤 했다. 알바니아에서는 공산주의가 붕괴한 이후로 돈과 사치는 물론 레즈비언 모임에 이르기까지 모든 것을 찬양하는 경향이 생겨났다. 모두가 잃어버린 시간을 만회하기 위해 질주했다. 어느 날 오후, 로베나는 한 카페에서 자신을 바라보는 여배우의 시선에 크게 당황했다. 그 이야기를 듣던 베스포르의 태도에서도 로베나는 희미하게나마 무언가를 감지한 느낌이었다.

그때도 이미 모든 것이 예전 같지 않았어. 로베나는 생각했다. 그래도 난 그이처럼 온 사방에 떠들어대진 않았지.

그래, 예전 같은 건 아무것도 없어.

로베나의 머릿속에 자신이 저지른 첫 부정不貞, 알바니아어로 오직 '배신'이라는 단어를 부여할 수 있는 그 행동이, 마치 후회 없는 복수처럼, 뒤죽박죽 떠올랐다. 음악이 흐르는 가운데 나눈 키스, 강한 억양의 독일어. 남자의 대담한 포옹. 벗겨지는 옷, 콘돔, 여전히 강한 외국어 억양이 묻어나는 남자의 말. Ich hatte noch nie schöneren Sex. 지금껏 이렇게 황홀한 섹스는 처음이야.

당신은 벌을 받아 마땅해. 로베나는 생각했다.

사실 로베나는 룩셈부르크에 다녀오고 일 년쯤 지난 뒤에야 비로소 유혹으로 가득했던 그해 봄에 무슨 일이 있었는지 남자에게 털어놓았다. 대학 기숙사에서 열린 생일 파티에서 동기 한 명과 춤을 추다가 나눈 입맞춤. 입술 다음 서로의 배가 맞닿았을 때 들린 남자의 귓속말. 내 방으로 가자. 로베나는 아무 말 없이 남자를 따라갔다. 베스포르는 그날과 그 이튿날 무슨 일이 있었는지 다 알고 있었다. 다음날 동기들 절반이 나이트클럽에서 다시 만났는데, 그사이에 벌써 자기가 그 남학생과 그렇고 그런 사이가 되어버린 걸 알고 로베나는 깜짝 놀랐다. 동기들은 알바니아 출신 미녀가 마침내 슬로바키아 남학생과 밤을 보냈다는 사실을 알고 있었으며, 따라서 나란히 앉게 배려하는 등 두 사람을 마치 커플처럼 대하기 시작했다. 로베나는 자기가 이런 일에 엮이는 것이 재미있을 뿐, 전혀 당혹스럽지 않았다. 누군가가 알바니아에서 중대 사건이 일어났다고 말했지만, 로베나는 전혀 알지 못했다.

그 나머지, 그러니까 그 후에 일어난 일은 당신도 나만큼이나 잘 알고 있잖아요, 라고 로베나는 말을 마쳤다. 솔직히 베스포르가 알고 있는 사실은 실제로 일어난 일과 반드시 일치한다고는 할 수 없었다. 부정확성은 사람들이 로베나와 슬로바키아 남학생을 커플처럼 대한 나이트클럽에서부터 시작된다. 로베나는 그 학생이 마음에 들었다. 그는 이제까지 로베나에게 결핍되어 있던 다른 식의 애정을 맛보게 해주었다. 누군가가 알바니아에서 큰일이 일어났다고 반복해서 말했지만 로베나는 아무것도 정확히 알지 못했다.

새벽 두시경, 이들은 왁자지껄 헤어지면서 같은 나이트클럽에서 다시 모이기로 했다. 하지만 오전 열시쯤 울린 전화벨 소리는 잠을 깨우는 동시에 모든 것을 꼬이게 만들었다. 베스포르였다. 그는 전날 저녁 여러 차례 전화를 걸었다고 했다. 분을 참지 못한 로베나가 뱉은 말, 당신은 내 삶을 방해하고 있다는 폭탄 같은 말은 그 대목에서 터져나왔다. OECD 회의 참석차 그는 빈에 머무는 중이었다. 로베나도 들어서 알고 있었던 것처럼, 알바니아의 정세가 심상치 않았다. 베스포르는 그날 저녁이면 일이 끝난다고 했다. 로베나는 처음으로 망설였다. 그러고는 왜 좀더 일찍 연락주지 않았어요? 당장 그리로 가는 건 어려울 것 같아요, 라고 말했다. 세미나가 있어요…… 교수님이…… 당신 좋을 대로 해. 남자의 냉랭한 목소리가 로베나의 불안감을 일깨웠다. 아니, 잠깐만요, 혹시 당신이 이리로 올 수는 없나요? 잘 모르겠어. 남자가 대답했다. 그리고 일정을 확인해보고 나서 다시 전화하겠다고 덧붙였다.

남자는 한참 동안 전화를 걸지 않았다. 전화를 받지도 않았다. 남자는 이런 식으로 로베나의 망설임을 벌주는 것이 분명했다. 독재자! 로베나는 마음속으로 고함쳤다. 그러고는 스스로를 나무랐다. 고작 나이트클럽에서 하루 놀겠다고 모든 것을 그르치려 하다니. 지루한 날의 연속인 그라츠에서 다시는 나이트클럽에 가서 놀지 못할 것처럼 멍청하게 굴다니. 그이가 나를 필요로

하는 순간에 바보스럽기 짝이 없는 웃음을 흘리고 싱거운 농담 따먹기나 즐기다니.

마침내 전화벨이 울렸다. 축하할 일은 한 가지 더 있었다. 남자가 그라츠로 온다는 것이었다. 호텔 주소. 약속 시간.

꽁꽁 얼어붙은 거리를 종종걸음 치면서 로베나는 일종의 환희를 맛보았다. 친구들이 나이트클럽에 모여 있을 것을 생각하면 마음이 약간 찔리긴 했으나, 오히려 그 때문에 더욱 기분이 좋았다. 그와 통화하면서 주저하는 기색을 보인 것이 오히려 잘된 셈이었다. 십팔 개월 만에 처음으로 로베나는 자신이 우월한 위치를 차지했다고, 적어도 베스포르 Y와 동등한 위치에 있다고 느꼈다. 늘 그의 의지에 복종만 해왔다는 불만이 단숨에 해소되는 듯했다.

베스포르가 있는 호텔방까지 복도를 따라 죽 깔린 고급 양탄자도 위축시키지 못했던 로베나의 자신감이 희한하게도 그의 얼굴을 보는 순간 흔들렸다.

그의 무기력함을 강조해야 마땅할 지친 표정은 오히려 반대의 효과를 낳았다. 원인은 그의 눈에서 읽히는 공허함 때문인 것 같았다. 그의 눈빛은 다른 누구에게도 속하지 않는 그만의 것이었다.

두 사람은 소파에 엉거주춤 앉아 포옹했다. 왜 이 남자는 전혀 의심하지 않는 걸까? 어째서 이 남자는 늘 내가 자기 것이라고 확신하는 걸까?

남자의 눈에서 느껴지는 공허함에 로베나는 안절부절못했다.

로베나는 욕실에서 몸단장을 하다 허벅지 위쪽에 난 거무스름한 자국을 발견했다. 슬로바키아 남학생이 깨문 자국이었다.

로베나는 남자가 그 자국을 봐주기를 은근히 기대했다. 자, 이제 내가 당신한테만 속한 게 아니라는 걸 알겠죠? 아냐, 이건 미친 짓이야! 로베나는 생각을 고쳐먹었다. 욕실 바깥에서 전화벨 소리가 들렸다.

로베나가 욕실에서 나왔을 때도 남자는 여전히 통화중이었다.

무슨 걱정거리라도 있어요? 잠시 후 로베나가 남자 곁에 누우며 물었다.

남자는 아무 대답도 없이 로베나의 몸을 애무했다. 두 사람은 아무 말 없이 사랑을 나눴다. 레스토랑에서, 로베나는 엄청나게 비싼 가격이 적힌 메뉴를 훑어보면서 지금 친구들은 나이트클럽에 모여 있겠지, 생각했다. 그들은 로베나가 나타나지 않는 이유를 몰라 한동안 그녀의 빈자리만 멀뚱히 바라보고 있을 터였다. 나중에 이유를 알게 되더라도 진실을 알 수는 없을 것이었다. 그 친구들은 로베나가 예술가 기질이 다분하며 피자값도 나눠 내야하는 가난뱅이 유학생 대신, 연속극에서 신물이 나도록 읊어대는 것처럼, 화려한 생활과 권력을 제공하는 남자를 택한 모양이라고 지레짐작할 것이었다.

마음대로 추측하라지. 로베나는 생각했다. 술잔 아래쪽을 쥔 손의 매니큐어 색과 잘 어울리는 적포도주는 언제나처럼, 사랑을 나누기 전에 느껴지는 가벼운 취기를 안겨주었다. 레스토랑에서 나온 두 사람은 잠시 나이트클럽에 들렀다. 로베나는 그 생각은 털어버려요, 라고 말하면서 남자의 손을 어루만졌다. 남자가 그게 무슨 소리냐고 묻자 로베나는 당신도 잘 알잖아요, 그 나쁜 소식 말이에요, 라고 대답했다.

자정이 지났을 때, 다시 전화벨이 울렸다. 정말 끔찍하군. 로베나는 한숨을 쉬었다. 정신을 차릴 수도, 몇 시인지 알아볼 엄두도 나지 않았다. 새벽 두시. 당신, 정신이 나갔군요! 로베나는 푸념했다. 남자는 전화기에 대고 계속 얘기중이었다. 이런 시간에 전화를 거는 작자들은 머리가 어떻게 된 게 분명해. 아무리 베개로 귀를 막아봐도 소용없었다. 말소리가 고스란히 다 들려왔다. 남자는 계속해서 영어로 말했다. 공산주의 폭동 같군요…… 그래요, 그렇게 생각해요. 무력으로 권력을 다시 장악하려는…… 그거야 물론 끔찍한 일이죠……

화가 치밀면서도 한편으로 호기심이 동해 로베나는 말소리에 귀를 기울였다. 이제 대화는 띄엄띄엄 들려왔다. 즉각적인……

개입이 유일한 해결책…… 그렇게 되면 무력 침공으로 인식될까요…… 도대체 누가 그런 생각을…… 아, 예전 같으면 그랬겠죠. 하지만 지금은 절대로……

남자가 전화기를 내려놓자 로베나는 팔로 머리를 괴고 비스듬히 몸을 돌렸다. 브뤼셀인가요? 로베나가 물었다. 남자는 그래, 라고 대답한 다음, 알바니아에서 정부와 의회가 차례로 전복됐다는군, 하고 덧붙였다.

그럴 거라고 짐작했어요. 잠시 방 안에는 두 사람의 숨소리만 들렸다. 당신은 무력 개입에 찬성하나요? 남자는 고개를 끄덕였다. 내 생각이 틀리지 않다면, 예전엔 그런 걸 가리켜 배신이라고 했죠. 로베나는 대꾸했다. 학교에서 제일 자주 다루던 주제이기도 하고요. 그렇지, 그건 나도 알고 있어.

로베나는 남자의 머리카락을 쓰다듬었다. 자, 편히 쉬어요, 내 사랑. 벌써 새벽 두시가 지났어요.

지금쯤 나이트클럽에서는 친구들도 서로 잘 자라고 인사하며 헤어지고 있겠군. 온갖 추측을 다 했겠지. 하지만 내가 다음날이면 조간신문에 대서특필될 사건에 대해 전화로 이야기하는 남자와 한 침대에 있다는 사실은 까마득히 모를걸.

하긴 로베나 자신에게도 이건 상상하기 힘든 일이었다…… 가난한 학생의 피자보다 호화로운 호텔을 선택했다고 말하는 것처럼 쉬운 일도 없을 것이다. 하지만 이건 분명 그런 것과는 다른 일이다. 이 남자는 나를 복잡하게 만든다. 이 남자 덕분에 나는 사춘기 소녀 시절에나 꿈꾸었던, 수수께끼로 가득 찬 아름다운 여인이 되는 것 같다.

이제까지 겪은 적 없는 심한 현기증으로 로베나는 몸이 흐물거리는 것 같았다. 로베나는 남자의 귓가에 대고 사랑의 밀어를 속삭이면서 조심스럽게 입을 맞추었다. 제발 남자가 다른 곳에서 일어나는 일 따위는 잊어버리기를. 로베나는 모든 것이 다 잘될 거라는 예감이 들었다. 그걸 점령이라고 생각하는 사람은 아무도 없을 거예요. 로베나는 남자를 위해 스스로를 소진했다. 자, 이리 와요, 내 사랑.

사랑을 나누고 난 뒤 긴장이 풀리고 머릿속이 또렷해지자 이 남자는 남편이 아니라는 생각이 저릿하게 마음속을 스쳐지났다. 하지만 잠이 들 무렵, 잠시 전 느껴졌던 상실감이 갑자기 무뎌지더니 법적으로야. 어떻든 이 남자는 자신의 남편이라는 생각이 좀더 설득력 있게 여겨졌다.

아침식사를 마치고 나서 로베나는 세미나에 다녀오겠다고 했다. 얼굴만 비추고 최대한 빨리 돌아오겠다고.

어제저녁엔 어디 갔었느냐, 온 사방을 다 찾아다녔다, 너를 온종일 기다렸다는 등 질문 공세가 이어지자 로베나는 생각했던 것보다 훨씬 불쾌했다. 슬로바키아 남학생은 미리 연락이라도 해주지 그랬느냐고 그녀를 나무랐다. 그럴 수가 없었어, 알바니아에서 누가 갑자기 찾아왔거든. 알바니아 정부가 전복됐대. 아, 그래서 그렇게 슬픈 표정을 하고 있는 거야? 물론이지. 남학생은 어깨를 으쓱했다. 난 이곳으로 온 뒤로 슬로바키아에 대해선 거의 관심을 두지 않았어. 사실 이름도 듣고 싶지 않아.

그 심정이라면 로베나도 잘 알았다. 알바니아 사람들의 상당수도 그와 똑같이 말하곤 했다.

한 시간 후, 3월의 매서운 바람은 호텔을 향해 거의 뛰다시피 걸어가는 로베나의 눈에서 기어이 눈물을 빼고야 말겠다는 듯 끈질기게 불어댔다. 호텔 프런트에 있는 두 직원의 눈빛이 이상해 보였다. 그중 한 명이 로베나에게 작은 봉투 하나를 내밀었다. 내 사랑. 급히 떠나게 되었어. 이유야 당신도 짐작하겠지. 키스를 보내며, B.

마침내 로베나의 눈에 눈물이 솟구쳤다.

밀려오는 추억의 파도를 멈추게 하는 손잡이라도 발견한 듯, 로베나는 갑작스럽게 샤워꼭지를 잠갔다.

정적은 견디기가 더욱 힘겨워졌다. 로베나는 남자가 아직 돌아오지 않았다고 확신했다. 정적이 주는 공허함을 어떻게든 채워야겠다는 생각에 로베나는 헤어드라이어를 집어들었다. 쏟아지는 물소리를 피해 굉음의 소용돌이 속으로 들어간 셈이었지만, 결과적으로 그녀가 느끼는 분노와 아주 잘 어울리는 선택이었다.

두고 봐, 무엇이 예전 같지 않다는 건지, 당신은 나한테 반드시 말하게 될 거야! 로베나는 격정에 사로잡혀 중얼거렸다.

두 사람이 함께한 몇 년 동안, 남자는 한 번도 그런 말을 한 적이 없었다. 헤이그에서 열릴 재판 때문에 불안해할 때도, 로베나가 룰루와 사귈 때에도 그렇게 말하지는 않았다.

그해 겨울 내내 정신과 의사의 진찰실에서, 의사의 냉랭한 두 눈은 어떤 땐 거울의 오른편에서 어떤 땐 왼편에서 나타났다. 당신이 겪고 있는 위기는 흔치는 않지만, 상당히 고전적이라고 할 수 있습니다. 당신 내부에서 일종의 거리 두기, 이탈 현상이 일어나고 있습니다. 당신은 이미 경험해보고서도 그게 힘들지 않은 방식으로 일어날 거라고 믿고 있습니다. 사는 집만 옮겨도 우리 인간에게는 굉장한 스트레스라는 사실을 잊고 있는 거죠. 그러니 당신이 지금 겪는 일이야 말할 필요도 없지요. 아예 다른 세계로 이주한 거나 다름없으니까요.

진찰실을 나와 집으로 돌아오기 전, 로베나는 남자에게 전화를 걸어 끓어오르는 분노를 주체하지 못하고 퍼부어댔다. 난 변했어요. 당신도 그건 잘 알고 있죠? 당신은 더이상 내 주인이 아니에요, 알겠어요? 당신은 내가 생각했던 것만큼 무섭지도 않아요, 정말로요.

모든 것이 예전 같지 않다…… 로베나에게 그토록 상처를 준 베스포르의 이 말, 처음으로 그 말을 입 밖에 낸 것은 그러니까 로베나였던 것이다. 어쩌면 이제 그의 차례가 왔는지도 모른다.

그렇다면 실컷 복수해봐요. 뭘 기다리는 거죠? 귀청이 떨어질 것 같은 큰 소리 때문에 생각이 분명하게 정리되지 않았다. 그렇지만 베스포르가 상대방과 똑같은 방법을 사용해 복수하는 부류의 인간은 아니라고 느끼고 있었다.

혹시 그 역시 나름대로 일종의 이탈을 경험한 건 아닐까? 아닌 게 아니라 유럽회의에서도 그런 일이 종종 있다고 들었다.

헤어드라이어를 끄자 샤워꼭지를 잠갔을 때보다 훨씬 깊은 정적이 이어졌다.

만일 그가…… 그사이에…… 이탈을…… 했다면……

돌풍이 분 뒤 나뭇잎이 우수수 떨어지듯, 이 마지막 단어들이 천천히 공중에서 흩어졌다.

정적 속에서 로베나는 다시 한번 자신이 무방비 상태에 놓여 있음을 깨달았다. 그때 마침 거울 아래쪽에 놓인 화장품에 시선이 갔다. 로베나가 제일 먼저 집어든 것은 립스틱이었다. 립스틱을 입술로 가져갔지만, 급히 서두르는 바람에 그만 번지고 말았다. 로베나는 번진 립스틱 자국에 자극받기라도 한 듯, 천천히 조심스럽게 바르기는커녕 더욱 거칠게 칠해댔다.

나라고 살인범 노릇을 못할 것도 없지. 주인님, 당신처럼 말이야……

갑작스런 문소리에 로베나의 몸이 굳어버렸다. 그녀는 혼잣말처럼 중얼거렸다. "그가 돌아왔다!" 그러자 들끓어오르던 분노의 반이 어느 틈엔가 사라져버렸다.

증거를 인멸하는 범인처럼, 로베나는 서둘러 번진 립스틱을 지웠다.

눈썹 정리를 할 때쯤에야 비로소 마음이 진정되는 것 같았다. 언제나처럼, 거울 앞에서 화장하는 행위는 다른 그 무엇보다도 로베나의 생각을 명쾌하게 정리해주었다.

미소를 지어야겠다고 생각했지만, 표정은 말을 듣지 않았다.

로베나는 자신이 예뻐질수록 남자에게서 비밀을 캐내는 게 수월해지리라 확신했다. 가면을 쓴 사람은 상대에 비해 유리한 위치에 있는 게 아닐까?

4

같은 날. 두 사람.

로베나가 예상한 대로, 남자는 로베나를 보더니 기뻐했다. 왜 그렇게 꾸물거렸는지 이제야 알겠군.

오래 기다렸어요?

남자는 손목시계를 봤다. 이십 분쯤 된 것 같군.

아, 그래요.

남자는 커피를 마시고 방으로 올라왔더니 여자가 샤워 중이었 다고, 발코니에서 보는 바깥 풍경이 유난히 아름답더라고 말했 다. 그런데, 당신 왜 그래?

로베나는 양손을 두 뺨에 갖다댔다. 이유는 모르겠지만······ 그 집시 여인이 다시 생각났어요. 기억 안 나요? 내가 예전에 말 했잖아요. 우리 때문에 도시에서 추방당한 그 집시 말이에요······

남자는 물론 또렷이 기억했다. 어쩌면 마음이 좀 찔리는 것 같 기도 했다. 로베나에게 그 여자를 위해 어떻게든 손써보겠다고 약속했었기 때문이다. 그런 경우라면 특별 연금 같은 형식으로 보상이 가능했다. 그 여자 이름하고 주소 알려주겠어? 이번엔 정 말로 잊어버리지 않을게.

그 여자가 여태 살아 있기나 하면요. 로베나가 대꾸했다. 이름 은 이셰 지베리. 길 이름도 확실하게 기억해요. 힘콜리 가였죠. 번지수는 모르겠네요. 그저 마당에 감나무 한 그루가 있었던 것만 기억나요.

메모하는 남자의 손을 물끄러미 바라보던 로베나는 솟구치는 눈물을 참기 어려웠다.

아침식사를 끝낸 두 사람은 산책을 나갔다. 길을 걷다 분위기 좋은 카페를 발견하면 들어가는, 거의 언제나 같은 의식이었다. 빈은 여느 곳보다 그러기 좋은 도시였다.

성당 주변에는 예전처럼 마차들이 꼼짝도 하지 않고 늘어서서 관광객이 오기를 기다리고 있었다. 칠 년 전에 두 사람은 이곳에서 마차를 탄 적이 있었다. 한겨울이었다. 가볍게 날리는 눈발이 꼭 조각상들이 가까이 오라고 수줍게 손짓하는 것처럼 보였다. 로베나는 호텔과 거리 이름에 '프린스'나 '크라운'이 이토록 많이 들어간 곳은 처음 와보는 것 같았다. 그녀는 남자가 결혼에 대해서 생각해줬으면 하고 은근히 기대했다. 하지만 그녀의 기대와는 달리 남자는 합스부르크 왕조가 과도한 유혈 충돌 없이 멸망한 거의 유일한 왕조라는 등의 말을 몇 마디 했을 뿐이다.

두 사람은 카페에 앉아 서로의 손가락만 응시하며 각자 생각에 잠겼다. 반지에 박힌 작은 루비는 추위 때문에 꽁꽁 얼어붙은 듯 창백한 빛을 발했다.

왜 그런지 이유는 알 수 없었지만 남자는 티라나에서 최근에 치러진 시의원 선거 벽보와 칼라브리아*에서 온 알바니아인 가

톨릭 신부가 갑자기 "그 마을의 샘가에서 우리는 최후의 조르고를 죽였다네……"라는 노래를 불렀던 피아차 식당을 생각했다.

남자는 로베나에게 그 이야기와, 입후보자들이 모욕적인 언사를 주고받는 것에 깜짝 놀랐던 일, 특히 노래에 등장하는 조르고가 한 왕조의 세번째인가 열네번째 왕의 이름이라고 장담했던, 우연히 만난 농부 이야기를 들려주려 했다. 그런데 순간 선거 벽보와 술 취한 신부는 서로 아무런 연관성이 없다는 걸 깨달았고, 더구나 바로 전까지만 해도 환하게 빛나던 로베나의 얼굴에 갑자기 슬픔의 그림자가 드리워졌다는 느낌이 들었다. 스탈린이 등장하는 꿈도 마찬가지였다. 로베나에게 그 이야기를 들려줄 시간이 없었다.

로베나는 갑자기 기분이 바뀌었음을 굳이 숨기려 들지 않았다. 두 사람이 함께 지낸 세월이 어언 구 년이었다. 로베나는 이 남자에게 모든 것을 주었다. 그렇기 때문에 남자도 그녀에게 더이상의 것을 요구할 권리가 없었다. 중의적인 의미로 그녀를 고문할 권리 따위는 더더구나 없었다.

남자는 이런 상황에서 "도대체 당신 왜 그래?"라는 말이 가장

---

* 이탈리아 남부의 주. 산간 지역에 십오 세기에 투르크인에게 쫓겨온 알바니아인 마을이 남아 있다.

부적절한 말임을 잘 알고 있었다. 하지만 그는 기어코 그 말을 입 밖에 내고야 말았다.

로베나는 냉소적인 웃음을 흘렸다. 그런 질문은 남자 자신에게나 던져야 했다. 남자는 로베나에게 모든 것이 예전 같지 않다고 말했고, 로베나에게는 그 말이 무슨 의미인지 알 권리가 있었다. 로베나는 밤새도록 그 설명을 기다린 터였다.

남자는 아랫입술을 질끈 깨물었다. 로베나는 그에게서 눈을 떼지 않았다.

당신 말이 맞아, 라고 남자가 말했다. 하지만 그건 설명하기가 쉽지 않아.

그 순간 모든 것은 다시 굳어버렸다.

그렇다면 아무 말도 하지 말아요, 로베나는 그렇게 외칠 뻔했다. 하지만 로베나의 입술은 그녀의 의지에 복종하지 않고 전혀 반대되는 소리를 토해냈다. 혹시 당신에게 누군가 다른 사람이 있는 건가요?

하느님 맙소사! 남자의 머릿속에서 순간적으로 떠오른 말이었다. 낡은 시체 안치소에서 끌어낸 것 같은 이 말은 도대체 뭔가! 벌써 오래전, 로베나가 아니라 자기 자신이 폐기 처분한 말이 아니던가.

기억이 생생하게 되살아났다. 시의원 선거 벽보, 우체국 근처

깨진 공중전화 박스, 흙먼지를 자욱하게 일으키며 떨어지는 빗방울, 로베나의 침묵.

남자가 "당신한테 무슨 일이 있는지 말해봐"라고 내뱉었지만, 로베나는 아무 말이 없었다. 그래서 남자는 거의 소리를 지르다시피 따져 물었다. "혹시 우리 둘 사이에 누군가 다른 사람이 있는 건가?"

우리 두 사람은 같은 표현을 썼군, 마치 다른 표현을 사용해서는 안 되기라도 하는 것처럼 말이야, 라고 남자가 혼자 생각하는 동안 로베나는 내게 아무 말도 하지 말아요, 제발 부탁이에요, 라고 침묵으로 간청했다.

이 년 전에도 남자는 티라나의 부서진 전화박스에서 로베나에게 "나는 알고 싶소"라고 말한 적이 있었다.

하느님 맙소사, 그때와 똑같은 상황이로군! 다른 점이 있다면, 그때 남자는 감히 수렁에 다가가기로 결심하고 덤볐다는 정도였다.

아니, 로베나는 아무것도 알고 싶지 않았다.

남자는 그때 여자의 침묵을 어떻게 견뎠을까?

그러니 이제 남자에게 복수할 기회가 찾아온 셈이다.

침묵이 주위를 잠식했고, 이제 여자가 오랜 침묵 끝에 나한테 그런 걸 묻지 않는 편이 나을 거예요, 라고 말했던 것 같은 최후의 일격을 기다리는 일만 남았다.

내게 누군가 다른 사람이 있느냐고? 남자가 여자의 질문을 반복했다. 그 질문에 대답을 해야 한다면, 아니라는 게 그 대답이오.

갑자기 긴장이 풀리자 여자는 두 눈이 감기는 것 같았다. 그의 어깨에 머리를 뉘고 싶었다. 남자의 말이 평화로운 안개를 뚫고 자신에게 오는 것 같았다. 다른 여자가 생긴 건 아니었다. 다른 거야. 로베나는 남자가 한 말의 의미를 좀더 정확하게 파악하려는 듯 독일어로 번역해 마음에 새겼다. 'es ist anders.'

뭐든 괜찮아. 로베나는 생각했다. 그것만 아니면 괜찮아.

그보다 훨씬 복잡해. 남자가 다시 말을 이었다.

예전처럼 나를 사랑하지 않는 건가요? 내게서 멀어져간다고 느끼는 건가요?

내 문제가 아냐. 이건 우리 두 사람 모두와 상관있는 일이야. 그것은 자유에 관한 문제였다. 로베나가 그렇게 자주 불만을 토로하는…… 남자는 로베나에게 이번엔 말해야겠다고 결심했지만 그렇게 하지 못하리라고 느꼈다. 무엇인가가 부족했다. 아니, 솔직히 많은 것이 부족했다. 다음엔 아마 말할 수 있을 거야. 그때도 정 안 되면 글로 써봐야지.

어쩌면 아닐지도 몰라요, 어쩌면 당신 생각은…… 내 생각엔……

당신 생각엔?

내 생각엔 상황이 예전 같지 않아 보여요. 아니, 뭔가가 예전 같지 않아요. 그런데 당신에겐 모든 게 예전 같지 않단 말이죠?

그런 게 아니야. 남자가 대답했다.

교회 돔 지붕 아래서처럼 그의 목소리는 사방으로 메아리쳐나가는 듯했다.

로베나는 남자가 한 말의 의미를 알 것 같았다. 그러나 그것도 한순간, 곧 의미가 모호해졌다. 그도, 그녀와 마찬가지로, 두 사람의 관계에 구속감을 느끼며 그래서 그 관계를 청산하고 싶은 걸까? 그녀가 남자를 향해 "독재자! 노예제도 지지자!"라고 악을 쓸 때에 남자도 말없이 자신을 옭아매는 쇠사슬을 물어뜯고 있었단 말인가?

언제나처럼 자신이 한발 늦은 느낌이었다.

그녀는 갑자기 피곤해졌다. 남자는 머리가 아파왔다. 벌써 간판에 불이 켜진 호텔이나 상점이 금강석같이 냉랭한 기운을 위협하듯 거리에 흩뜨리고 있었다.

남자는 스탈린과의 점심식사 이야기 대신 여자가 처음으로 보낸 편지 이야기를 꺼냈다. 기온이 영하로 내려갈 정도로 추운 겨울을 맞아 꽁꽁 얼어붙은 티라나는 예전의 진지한 모습을 되찾은 것 같아요. 여자는 그렇게 적었었다. 당신이 궁금해하는 내 거기에 대해 말하자면, 조바심이 나서 거의 패닉 상태예요.

남자는 편지의 다른 부분들도 떠올렸다. 그녀는 기다림에 대해, 집시 여인의 집에서 마신 커피에 대해, 그 여인에게 들었지만 글로 옮기기 힘들다는 몇몇 이야깃거리에 대해 썼다. 그리고 다시 이 모든 일들이 영하로 내려간 날씨 속에서 이루어지고 있다고 적었다.

겨울 햇살처럼 간간이 미소를 지으며 두 사람은 그 편지의 내용을 떠올렸다. 브뤼셀에서 보낸 답장에서 남자는 그 편지가 아마도 이 계절에, 유럽의 가장 외진 곳이자 유럽연합에 합류하고 싶어 안달인 발칸반도 서부에서 북유럽으로 전달된 가장 아름다운 편지일 거라고 했다.

두 사람이 마침내 다시 만났을 때, 남자는 집시 여인이 말하는 방식이 어떤지 듣고 싶어 조바심쳤다. 남자는 집시 여인에게서 언제인지 확실하게 알 수는 없지만 하여간 아득히 거슬러 올라가는 먼 옛날의 특별한 관능이 느껴진다고 했다.

로베나는 문득 울고 싶어졌다. 과거에 주고받은 연애편지 이야기를 꺼내는 건 결코 좋은 징조가 아니었다.

남자는 침대에서 그녀와 사랑을 나누려던 찰나에, 늙은 집시 여인이 했다던 말을 들려달라고 했다. 로베나는 마치 기도문을 읊조리듯 나지막한 목소리로 그 말을 들려주었다. 집시 여인이 음부를 보여달라고 했느냐고 묻자 로베나는 그 여인은 그럴 필요가 없었다고 대답했다. 처음에 그랬듯이, 무의식적으로, 자기가 스스로 보여주었다고. 아뇨, 레즈비언처럼 보이지는 않았어요. 아니, 더 정확히 말하자면, 욕망의 도가니 속에서 동성애가 다른 것들과 섞여 희석되었는지도 모르죠. 아, 당신은 정말······

점심을 먹은 후 두 사람은 낮잠을 잤다. 이들이 밖에 나왔을 땐 이미 해가 지고 있었다. 호텔 입구에 걸려 있는 왕관 모양 구조물은 남자의 말에 의하면 대부분의 나라에서는 공포정치 때 파괴되었다고 하는데, 이곳에서는 비록 초라한 몰골이긴 하지만 아직 자리를 지키고 있었다.

이들은 산책을 하다 또다시 생테티엔 성당 앞에 다다랐다. 저녁노을 속에서 성당의 색유리는 가면을 바꿔 쓰듯, 빛을 받아 활기를 띠었다가 어느새 빛을 잃었다.

남자는 여자의 어깨 쪽으로 몸을 숙이고 귓가에 달콤한 말을 속삭였다. 로베나는 자신의 귀를 믿을 수 없었다. 남자는 평소 그런 말을 꺼내기를 주저했고, 그 때문에 자연히 여자도 점점 머뭇거리게 되어, 서로 그런 말을 주고받은 지가 너무 오래됐기 때문이었다.

잊고 있던 음악처럼 사랑의 밀어가 다시 들려오기 시작했지만 그 음악이 간직하고 있는 뉘앙스는 사실 같지 않았다. 이제부터 우리에게 추위가 닥칠 거요. 남자는 여전히 부드러운 목소리로 말했다. 가장 놀라웠던 건, 당연히 그랬어야 함에도 그런 말들이 여자의 귀에 전혀 끔찍하게 들리지 않았다는 사실이었다. 그중에서도 "결혼"이라는 단어는 마치 꿈처럼 비물질적인 상태에 머물러 있었다. 칠 년 전, 두 사람이 처음 이곳에서 만났을 때 로베나는 그 말을 애타게 기다렸지만 헛수고였다. 그런데 그토록 기다렸던 그 말은 칠 년이나 늦게 도착했으면서도, 그것만으로는 충분하지 않은지 끊임없이 모습을 바꾸었다. 당신은 내 전 부인이 되고 싶소?

로베나는 하마터면 남자의 말을 막을 뻔했다. 이건 또 무슨 헛소리란 말인가? 하지만 기다리는 쪽이 현명할 것 같았다. 남자가 이런 식으로 정신 나간 소리를 하는 건 처음이 아니었다. 통화 중에 말다툼이 벌어질 때면 로베나는 비꼬듯 말하곤 했다. 당신은 나한테 정신과 의사에게 가보라고 하지만, 정신과 의사가 필요한 사람은 내가 아니라 바로 당신이에요.

당신의 전 부인이라고요? 참다못한 로베나가 남자의 말을 끊었다. 당신, 분명 그렇게 말했죠, 아니면 내가 꿈이라도 꾸었나요?

남자는 로베나에게 가볍게 키스하며 자신의 말을 나쁘게 받아들이지 말라고 했다. 그리고 이건 언젠가 나눴던 이야기와도 관련 있다고 덧붙였다.

아, 이제야 대화가 어떻게 돌아가는 건지 좀 알겠네요.

남자의 목소리는 두 사람이 첫 키스를 앞두고 있었을 때처럼 낮게 가라앉아 있었다. 로베나는 그의 입장을 이해하려고 노력해야 했다. 둘 사이 사랑의 시간은, 아직 완전히 끝난 게 아니라면, 거의 끝나가고 있었다. 사람들 사이에서 일어나는 오해나 비극은 대부분 이 같은 종말을 인정하지 않으려는 데에서 비롯된다. 우리는 낮과 밤, 여름과 겨울은 얼마든지 구별할 수 있지만, 사랑의 시간에 직면해서는 장님이나 다름없다. 보이지 않으니 때를 놓치는 것이다.

우리가 헤어지기를 바라나요? 왜 그렇게 빙빙 돌려 말하는 거죠?

남자의 말로는, 로베나는 보통 사람들의 보잘것없는 기준에 맞추어 자신을 표현했다. 오합지졸의 기준, 이 세상 사람들의 시시한 생각들. 불행하게도 세상을 지배하며 돌아가게 하는 그러한 생각들은 진흙탕 속에서 나왔다. 남자는 로베나를 진흙탕에서 꺼내주고 싶었다. 붙잡고 일어설 수 있는 가지를 찾아주고, 다른 출구를 보여주고 싶었다.

로베나는 더이상 남자의 말을 이해하려는 노력을 하지 않았다. 이 남자는 이런 식으로 이야기하면서 마음을 비우는 모양이야. 로베나는 생각했다. 그의 말대로라면, 두 사람은 현재 매우 중요한 시간을 맞이하는 중이었다. 이 시간이 지나면 사랑의 마지막 불길은 해가 지듯 사그라져버릴 것이고, 그 후엔 부정적인 시간이 시작될 것이었다. 그는 부정적인 시간은 다른 법칙에 의해 움직이지만, 사람들은 그 법칙을 알려고 하지 않는다고 했다. 그렇기 때문에 갈등을 빚고 괴로워하며 서로의 신경을 건드리다가, 마침내 자신들의 사랑이 한 줌의 잿더미로 변했다는 것을 깨닫고 몸서리친다고.

좀더 계속해보세요. 로베나는 생각했다. 생각의 끈을 놓지 말고 계속해봐요.

그는 이젠 너무 늦었다고 했다. 어쩔 수 없는 노릇이라고, 하지만 그것만은 피하고 싶었다고, 조락하는 땅을 밟고 싶지는 않았다고, 아직 해가 떠 있는 곳을 발견하고 싶었다고. 에우리디케를 데려오기 위해 지옥에 내려간 오르페우스의 이야기는 다른 방식으로 해석되어야 해. 가령, 죽은 건 에우리디케가 아니라 사랑이라는 식의 해석도 가능하지 않을까. 오르페우스는 사랑을 되찾아오고 싶었던 거야. 하지만 어딘가에서 실수를 저지르고 너무 서두른 나머지 결국 사랑을 잃고 말지.

하지만 당신은 내게 말하지 않았나요. 사랑은 그 자체로 문제

투성이라고. 로베나는 속으로 그렇게 반박했다. 분명 그렇게 말했어, 벌써 오래전에. 이 세상에는 늘 존재를 위협받는 두 가지가 있는데, 그게 바로 사랑과 신이라고. 세 가지를 든다면 죽음까지도 꼽을 수 있겠지만, 누구나 알다시피 우리는 다른 사람의 죽음은 파악할 수 있지만 자기 자신의 죽음은 알 수가 없다고도 했어.

이 년 전, 룰루와의 관계가 절정에 달했을 때, 남자는 로베나에게 말했다. 이제까지 로베나가 했던 모든 상처주는 말을 용서하겠다고. 그 말을 할 때 로베나는 제정신이 아니었다고 생각한다고. 로베나 역시 그렇게 하리라 다짐했다. 남자가 무력하고 지쳐 보였기 때문이다.

호텔에 돌아와서 저녁을 먹고 나자, 남자는 "나에게 온 메시지가 있나요?"라고 물으며 프런트 직원을 뚫어지게 바라보았다.

어디에서 오는 메시지를 기다리는데요? 하고 로베나가 물었다.

남자는 싱긋 미소지었다.

소환 명령을 기다리고 있어. 재판에 출두하라는 명령이지.

정말요? 로베나가 애써 평범한 어조로 물었다.

농담이 아니야. 재판 출두 명령을 기다리고 있어, 아마 최후의 재판이 되겠지……

그는 엘리베이터 안 거울에 비친 그녀의 시선을 피했다.

그자들은 언젠가 나를 찾아내고야 말 거야. 남자가 나지막이 중얼거렸다.

당신은 지쳤어요, 베스포르. 로베나가 남자의 어깨에 고개를 기대며 말했다. 당신에겐 휴식이 필요해요, 내 사랑.

침대에서 로베나는 최대한 부드럽게 행동하려 노력했다. 남자의 귓가에 대고 그가 사랑을 나누기 전에 듣고 싶어하는 말들, 이를테면 이중적인 의미로 해석될 수 있는 애교 섞인 말들도 속삭였다. 그리고 남자가 자신의 옆에 털썩 눕자 작은 소리로 물었다. 어땠어요…… 당신의 전 부인?

마지막으로 몰아쉬는 가쁜 숨이 남자의 대답을 대신했다.

근사했군. 로베나는 마음속으로 몇 번이고 반복해 말했다.

로베나가 리자와 그런 사이가 된 이후에 남자는 자신과 로베나와의 묘한 관계에 대해서 점점 자주 생각했다. 남자는 분명 무슨 일이 있었다는 건 알았지만, 그 이상은 알지 못했다. 더군다나 상대가 여자였다는 사실은.

전등갓 사이로 퍼져나오는 창백한 불빛 아래에서 그녀의 얼굴은 이따금씩 그때처럼 불가해하고 낯설게 보였다. 다시 한번 그런 감각을 느껴보고 싶다는 열망은, 형언하기 어려울 만치 달콤한 꿈을 다시 꾸고 싶은 심정, 한층 온화한 세계로부터 인간의 삶에 단 한 번 대가 없이 보내주는 그 달콤함을 기다리는 심정과 다르지 않았다.

리자는 아마 이런 변질된 관계를 낳은 중간 지대에 속하는 인물일 것이다.

남자가 리자에 대해서 묻자, 로베나는 무엇 때문에 또다시 그때 생각을 하느냐고 되물었다.

남자는 웃음으로 무마하며 "그냥"이라고 대답했지만, 로베나는 전혀 웃지 않았다. 당신은 아직도 내게 뭔가 감추고 있어요. 도가 지나치다고 생각하지 않아요? 로베나는 지친 목소리로 그렇게 물었다.

그럴 수도 있지. 하지만 그렇다고 특별히 죄책감이 들지는 않는걸.

그가 그녀에게 죄책감이 들지 않는다고 말한 것은, 아무리 비밀이 많은, 아니 많은 척하는 남자라도, 남녀 관계에서 남자는 어디까지나 조연에 불과하다는 걸 알기 때문이었다.

여자들은, 그러니까 당신도 포함되겠지, 원하든 원하지 않든 비밀의 화신이야. 남자는 로베나의 아랫배를 슬쩍 만지며 속삭였다. 이 말없는 구멍 안에 무엇이 감추어져 있는지는 당신 자신도 모르잖아. 집시 여인의 혜안이 알려주지 않는다면 말이야.

남자의 말을 잠자코 듣던 로베나는 문득 학교의 여자 화장실과 거기 적혀 있던 낙서가 떠올랐다. '로베나, 난 너의 거기가 너무 좋아……' 로베나는 누가 그런 낙서를 했는지 전혀 감을 잡지 못한 채 거의 정신이 나간 상태로 교실로 돌아왔다. 이애 같기도 하고 저애 같기도 했다. 의심이 들 때마다 똑같은 질문이 머릿속을 맴돌았다. 도대체 그 아이는 내 음부에 대해 뭘 안다는 걸까? 엄마를 제외하고는 아무도 거길 만지거나 본 적이 없었다. 그다음 쉬는 시간에 다시 화장실로 뛰어갔지만, 낙서는 이미 사라진 뒤였다. 서둘러 다시 칠한 문에는 '칠 주의'라는 경고문이 붙어 있었다.

남자는 로베나의 머릿결을 쓰다듬으며, 당신이 나를 신비주의자인 척하는 사람으로 생각하지 않았으면 좋겠어, 라고 말했다. 로베나는 남자의 손에 입을 맞췄다. 아니야. 이 남자는 그런 시늉을 할 필요가 없지, 원래 그런 사람이니까.

새로 칠한 페인트 아래 감추어진 낙서는 드러나 있을 때보다 훨씬 위험하게 느껴졌다. 교실로 돌아오는 로베나의 다리가 후들후들 떨렸다.

남자는 곧 두 사람 사이의 오해가 풀릴 테고, 다음번에 만날 땐 모든 것이 훨씬 분명해질 거라고 장담했다.

로베나는 당신은 언제나 모든 걸 다음으로 미루죠, 라고 투정 섞인 투로 말했다. 당신, 정말로 재판에 출두해야 하나요? 모든 것이 예전 같지 않다는 말 진심이에요? 제발 그것만이라도 대답해줘요.

남자는 단숨에 대답하지 않았다. 그저 로베나의 머릿결만 계속 쓰다듬을 뿐이었다. 그는 머리카락 한 줌을, 마치 손수건인 것처럼 그녀의 눈꺼풀 위에 갖다댔다. 그리고 또렷하고 분명한 목소리로 그렇다고 말했다.

5
33주 전. 베스포르 Y가 본 리자.

모든 정황이 사고 발생 33주 전 베스포르 Y가 티라나에 있었으리라는 추정에 맞아떨어졌다. 2월 내내 광란의 밤이 이어지면서 수도 티라나는 기진맥진해 보였다. 몇 개 되지도 않는 화려한 고층건물들에서 나오는 불빛은 불안스레 깜빡였다. 베스포르는 어느 카페에 들어갈지 마음을 정하지 못한 채 과거 통행금지 구역이었던 곳을 배회했다. 그러면서 자기도 모르게, 유리 건물들에서 이 도시가 억누르고 있던 원한과 패배의식, 매일 아침 신문들이 떠들어대던 적개심이 뿜어져나오는 것을 느꼈다. 소송, 항소, 부채, 진정되지 않는 복수심 등, 모든 것이 그곳에 응집되어 폭발할 때를 기다리고 있었다.

그는 맨해튼 호텔 입구에서 잠시 망설이더니, 그 옆에 있는 카페로 발길을 옮기다 말고 다시 멈칫했다. 그러고는 별다른 생각 없이 스카이 타워로 들어갔다.

십육층 실내 테라스에서 바라보는 야경은 계절을 막론하고 항상 장관이었다. 그 정도 높이에서 도시를 내려다보는 동안만큼은 언론에서 떠들어대는 말들이 신빙성 있게 느껴졌다. 그가 앉아 있는 카페를 포함한 스카이 타워의 꼭대기 네 개 층은 국가와 소송중이었다. 건물 발치에서는 중이층과 다른 건물의 기저 부분과 토지를 놓고, 서로 대지를 침범당했다고 주장하는 건물주들, 시 당국, 스위스 대사관이 소송중이었다. 또 거기서 약간 떨어진 곳에 설치된 조각 작품 하나는 이와는 다른 이유, 역사적 상징성 내지 간접적으로는 뉴욕의 쌍둥이 빌딩 폭파로 이어지는 문명 충돌과 연관이 있다는 이유로 구설수에 올라 있었다.

베스포르 Y는 자기도 모르게 한숨을 쉬었다. 옆 테이블에서 독일어와 알바니아어가 번갈아 들려왔다.

알바니아에 진력이 나, 라고 1990년 벨기에로 떠난 한 친구는 말했다. 사람을 절망시키고 기운을 빼놓지. 하지만 떼어놓아버릴 수는 없어.

두 친구는 알바니아에 대해 의견이 같았다. 비난을 하면서도, 그럴수록 더욱 집착했다. 못된 여자에게 집착하는 것과 똑같은 이치지, 라고 친구는 말했다.

로베나는 다시 그라츠로 떠났다. 체류 기한을 세 번이나 연장하는 데 성공한 것이다. 당신을 위해서예요. 로베나가 전화로 그에게 말했다.

베스포르는 옆 테이블을 힐끗 보았다. 거기 앉아 있는 외국인들 가운데 한 명이 '양성 외교관'일 가능성도 배제할 수 없었다. 턱 선을 보자면 로베나와 잤을 리 없다는 확신이 섰지만, 불타오르는 듯한 붉은 구레나룻은 그와 같은 확신을 깡그리 무너뜨렸다. 아, 내 사랑, 당신은 어떻게 저런 자를 견딜 수 있었단 말이오.

그의 마음속으로 결핍감이 찾아들었다. 지난번에 만났을 때 약속한 편지를 써야겠어.

옆 테이블에서 웅성거리는 소리가 나더니 이내 사람들이 유리창 쪽으로 몰려갔다. 베스포르도 그쪽으로 고개를 돌렸다. 대로 양방향 모두 자동차들의 행렬이 꼬리를 물고 이어졌다. 누군가가 마더 테레사 광장을 뒤덮고 있는 군중을 가리켰다.

또 시위네요. 카페 종업원이 재떨이를 비우며 말했다. 땅을 돌려달라고 요구하나봐요.

군중의 머리 위로 치켜들린 플래카드가 파도치듯 넘실거렸지만, 뭐라고 쓰였는지는 제대로 읽을 수 없었다. 정부 청사 앞에는 전투모를 쓴 경찰들이 대열을 급히 정비하고 있었다.

베스포르는 또다시 커피를 주문했다.

그는 어쨌거나 편지 쓰는 일을 너무 미뤄서는 안 되겠다고 생각했다. 그녀에게 편지를 쓰고 전화를 두어 번 걸어주면 마음의 짐을 반쯤은 덜 수 있을 것이었다. 빈에서 수시로 거론된 리자라는 이름은 두 사람 사이에 끊어진 대화를 이어주는 좋은 징검다리로 활용할 수 있을 것이었다.

이전 지주들의 시위는 아니래요. 카페 종업원이 커피를 가져다주면서 말했다. 정부에 반감이 있는 차머리아 알바니아인들이에요. 그리스에서 추방당한 사람들.

어느 나라 정부에 반발하는 거요? 그리스 정부, 아니면 알바니아 정부?

종업원은 어깨를 으쓱했다.

둘 다일 테죠. 두 나라 사이에 협약이 성립될 때마다 저들은 거리로 뛰쳐나오니까요.

플래카드에 적힌 내용을 읽기엔 시위대가 너무 멀리 떨어져 있었다.

리자는 단순한 징검다리 이상이야, 베스포르는 생각했다. 어쩌면 지금 벌어지고 있는 일을 해명해줄 열쇠일 수도 있지. 우리 두 사람 모두가 오랫동안 잊고 있던 그 일을 빈에서 동시에 기억해낸 건 우연이 아닐지도 몰라.

이 년 전, 두 사람 사이에 요란한 말다툼이 있은 후, 베스포르
는 그때껏 한 번도 느껴보지 못했던, 다시 만난 여인과 사랑을
나누는 듯한 느낌을 맛보았다. 이 느낌은 틀림없이 아주 아득한
곳에서 오는 것 같았다. 시작된 사랑이 종말을 맞았다가 이내 다
시 시작되는 복잡한 조합이었다. 분명 그녀였지만, 그녀가 아니
었다. 품에 안고 있었지만 그곳에 없었고, 아주 은밀한 곳까지
세세히 알고 있으면서도 낯설었으며, 이곳에 함께 있으면서도
다른 곳에 있는 느낌이었다. 그러나 마치 무지개 위에서 나눈 사
랑인 듯, 순식간에 사라져버리는 허망한 감정이었다.

두 사람이 마지막으로 만난 이후, 베스포르의 생각은 그와 유
사한 감각을 주는 것들에게로 쏠렸다. 아마도 부활의 꿈이 거기
에 가장 근접한 것 같았다. 대학 시절엔 말도 안 되는 소리라고
웃어넘겼던 재인再認이라는 주제도 그랬다. 이제 보니 놀랍게도
수수께끼 같은 의미가 담겨 있었다. 가령, 초야에 어떤 표시 덕
분에 신부가 누이동생이라는 걸 알아보는 신랑, 아니면 신랑이
오빠라는 걸 알아보는 신부. 오랜 부재 끝에 집으로 돌아온 아버
지가 그사이에 훌쩍 커버린 아들을 경쟁 상대로 여기거나, 경쟁
상대를 자신의 아들로 여기는 상황 등등. 모든 근친상간의 이야
기들은 실행되지는 않은 것으로 표현되지만, 실상은 달랐을 것
이다. 깨진 금기, 같은 핏줄 사이에서 가져서는 안 되는 욕망은

안개에 뒤덮였고, 수치심과 두려움으로 인해 우화 같은 형태로 변형되어 나타났다.

당신은 이제 더이상 내 주인이 아니에요. 이제 독재는 끝났어요. 공포도 마찬가지죠. 난 그런 게 지긋지긋해요.

베스포르는, 전화선을 타고 들려오던 로베나의 목소리, 흐느낌으로 뚝뚝 끊어지던 이 년 전의 그 목소리가 밖에서 들리기라도 하듯 유리창 쪽으로 고개를 돌렸다.

시위 군중은 그사이 정부 청사에 더욱 가까이 접근했고, 그들이 외치는 고함 소리도 좀더 분명히 들려왔다.

"이전 지주들도 차머리아 알바니아인들도 아니에요." 어느새 다가온 종업원이 말했다.

넘실거리는 플래카드는 보라색이 대부분이었다.

"'다른 사람들'인 것 같아요." 옆 테이블에 앉은 여자 하나가 말했다. "요새는 레즈비언과 게이를 그렇게 부른다더군요."

전화 통화할 때 로베나는 완전히 다른 사람 같았다. 그는 너무 놀라서 대답할 말을 찾지 못했다. 그가 진정하고 내 말을 들어봐, 라고 하자 로베나는 난 진정할 수 없고, 당신 말도 듣지 않을 거예요, 하고 대꾸했다. 그는 화가 나서 그만 전화를 끊어버렸다. 하지만 로베나가 곧 다시 전화를 걸어왔다. 이제껏 그래왔듯이 그렇게 마음대로 전화 끊지 말아요. 당신은 이제 더이상……

146

그만해! 베스포르는 소리를 질렀다. 당신은 지금 제정신이 아니야. 정말 그럴까요? 그렇게 생각해요? 이제부터 매우 고통스러울지도 모를 이야기를 들을 마음의 준비를 하세요.

당신은 더이상 이제까지의 당신이 아니에요. 난 다른 사람을 사랑해요.

체념과 먹먹함 사이에서 그는 이런 말을 듣게 되리라고 짐작했다. 그런데 전화기 너머에서는 뜻밖에도 전혀 다른 말이 들려왔다.

당신은 내 성 정체성을 파괴했어요.

뭐라고?

순간, 로베나가 심리적으로 매우 불안정한 상태에 있다는 생각이 그의 뇌리를 스쳤다. 분노와 욕설, 심지어는 배신마저도 아무 의미가 없어 보였다. 그는 상냥하게 말하려고 노력했다. 로베나, 내 사랑, 제발 진정해요, 모든 게 어쩌면, 아니 확실히 내 잘못이야. 그래, 모두 다 내 탓이야. 당신, 내 말 듣고 있어? 아니요, 난 당신 말을 듣고 있지 않아요, 듣고 싶지도 않아요. 그리고 겉으로 보이는 것처럼 당신이 그렇게 무서운 존재라고 믿지 말아요. 물론 아니야, 난 그렇게 보이고 싶은 마음이 전혀 없어. 아, 그래요? 당신, 정말로 그렇게 생각해요? 그러면 당신은 내가 상대방에게 겁주기 위해서 온 얼굴에 검댕을 칠하고 다니는 아메리카 인디언이라도 된다고 생각했소? 기이하게도 그녀는 웃었다. 그 웃음소리에 묻혀 "내 사랑"이라는 말을 들은 것도 같았다. 그녀가 그의 농담을 재미있어할 때처럼. 하지만 그 같은 휴전 상태는 오래가지 않았다. 로베나의 목소리는 곧 다시 굳어졌고, 베스포르는 생각했다. 하느님 맙소사, 로베나의 상태가 정말로 좋지 않군.

다음날, 전화기 너머 로베나의 목소리는 피곤하게 들렸지만, 그래도 전날에 비해서는 한층 평온해진 것 같았다. 의사를 만났다고 했다…… 베스포르는 좀더 자세한 이야기를 해달라고 조심스럽게 말했다. 로베나는 남자친구와 대판 싸웠어요, 라고 했더니 의사가 진정제를 처방해주었다고 했다. 약 처방 외에 몇 가지 조언도 아끼지 않았다고, 고통의 원인과는 일절 접촉하지 말라는 게 요점이었다. 고통의 원인이란 베스포르를 가리키는 말이었다. 긴 침묵이 이어졌다. 당신은 우리 두 사람 사이에 누군가 다른 사람이 있느냐는 해묵은 질문을 또 끄집어낼 작정인가요? 아니, 베스포르가 대답했다. 입으로는 아니라고 하지만 머릿속으로는 그렇게 생각하고 있는 거, 다 알아요. 당신은 내가 더이상 당신의 노예가 아니라는 사실을 벌써 잊었군요. 베스포르는 로베나가 마음속에 품고 있는 말을 모두 털어놓게 내버려두었다. 로베나 말대로라면, 그는 로베나를 노예로 만드는 사람이었고, 로베나 앞에 열리는 모든 창문을 닫아버리고 어떠한 자유도 허락하지 않는 폭군이었다. 모든 독재자가 그렇듯, 로베나를 오로지 자신만의 소유물로 삼기 위해서였다. 그 때문에 로베나 자신은 결국 정신과 의사를 찾아가는 신세가 되었다. 베스포르가 그녀를 불구자로 만들고, 성 정체성을 왜곡시켰기 때문이었다.

이 점에 대해 베스포르는 모든 것이 로베나의 말과는 전혀 다르다고 주장했다. 베스포르는, 아니 두 사람은, 로베나 자신도 여러 차례 그렇게 말했던 것처럼, 다른 이들은 하지 못하는 내밀한 관계를 쌓아왔다고 반박했다. 그러자 로베나는 바로 그 점이 잘못되었다고, 베스포르는 그렇게 하지 말았어야 했다고 고래고래 악을 썼다. 그 때문에 자신의 천성, 다시 말해 정신 상태가 망가졌다고…… 당신이 만난 독일인 의사가 고작 그런 식으로 말하더냐고 베스포르는 벌컥 화를 냈다. 그래요, 그 사람이 그랬어요. 로베나도 지지 않고 대들었다.

베스포르의 눈앞에 로베나의 젖가슴이 떠올랐다. 다시는 그걸 볼 수 없으리라는 생각이 들자 고통이 엄습하면서 희한하게도 평온한 말투를 되찾을 수 있었다. 베스포르는 당신을 귀찮게 하지 않겠어, 라며 하지만 이 한 가지는 알아야 한다고, 자기는 로베나가 말한 것 같은 사람이 아니며, 오히려 로베나를 해방시켜준 사람이라고 했다. 그러나 이 천박한 세상에서는 해방자가 독재자 취급을 받는 것이 처음 있는 일이 아니며, 독재자가 해방자 행세를 하는 일 역시 비일비재하다고도 덧붙였다.

그는 대략 이런 식으로 말을 맺었다. 3주 후에 다시 걸려온 전화는 두꺼운 안개를 뚫고 그에게 도달한 것 같은 느낌을 주었다. 로베나의 목소리는 먼젓번과 사뭇 달랐다. 두 사람 모두 말다툼에 대해서는 언급하지 않았다. 로베나는 세미나 동료들과 런던에 다녀왔다고 말했다. 그러고는 아무 일도 없었던 듯이 이제 운동, 특히 수영을 시작했다고 말했다. 로베나가 우리 다시 만나게 될까요? 라고 묻자 두 사람 사이에 비로소 침묵이 감돌았다. 베스포르가 당신은 어떻게 생각해? 라고 반문하자 로베나는 잘 모르겠다고 대답했다.

베스포르는 그렇다면 전화는 왜 했느냐, 게다가 전화해서 다시 만나게 될까요, 라고 묻는 건 도대체 무슨 짓이냐고 반박하고 싶은 마음을 애써 억눌렀다.

베스포르, 하며 로베나가 다시 입을 열었다. 난 우리가 예전처럼 다시 만나면 좋겠어요. 하지만 당신한테 솔직하게 말할래요, 그동안 일이 좀 있었거든요⋯⋯

결국 그런 거였다. 이어진 긴 침묵 동안 로베나는 베스포르가 물을 법한 질문을 기다리는 것 같았다. 우리 두 사람 사이에 누군가 다른 사람이 있는 건가? 하지만 베스포르는 아무 말이 없었다. 그는 그러지 말아야 했던 순간에 그 질문을 했으며, 지금같이 정작 그렇게 물어야 할 순간엔 입을 꾹 다물었다. 그는 생각했다. 창녀. 시민단체 장학금이나 따내는 매춘부 같으니! 하지만 그는 말했다. 알고 싶지 않아.

로베나의 대답을 듣기까지도 시간이 걸렸다. 어쩌면 그녀는 그것과는 전혀 다른 반응을 기대했기 때문이었을 것이다. 그의 말을 무관심으로 해석한 게 아니라면 말이다. 아, 그래요? 모르는 편이 더 낫겠다고요? 그래도 말을 꺼냈으니 할 말은 끝까지 해야겠어요. 당신은 이제 예전의 당신이 아니에요. 그리고 난 이제 다른 누군가의 사람이에요.

잘 알아들었어. 사실 꽤 오래전부터 알고 있었지…… 당신은 그래도 아무렇지 않다는 듯이 행동했잖아요. 당신이란 사람은 그런 사람이니까요. 상대방 발밑에 무릎을 꿇고 있으면서도 결국 타격을 가하고야 마는 사람이 바로 당신이죠.

하지만 이 마지막 말들은 그 어떤 것도 입 밖으로 나오지 못했다. 길 잃은 새들이 출구를 찾지 못해 빙빙 맴돌듯 오직 로베나의 머릿속에서만 맴돌았을 뿐이다. 로베나의 숨소리는 마치 무언가에 짓눌린 듯했다. 그리고 그 숨소리 끝에 그녀는 말했다. 그렇다면 이리로 와요.

비행기 여행은 몹시 고단했다. 비행기가 한쪽으로 기울어진 듯했다. 아니, 베스포르에게는 그렇게 느껴졌다. 절름발이 비행기로군. 반쯤 잠이 든 상태에서 그는 로베나가 거울 앞에서 다른 사람을 위해 몸단장하는 광경을 상상했다. 속옷 선택이며 겨드랑이와 음부 손질에 신경쓰는 로베나. 불에 데인 듯한 고통과 질식할 것 같은 답답함에 심장박동이 멈춰버릴 것 같았다. 다른 남자가 두 사람 사이 반목의 원인이라면 그녀가 그에 대해 분노를 느끼는 이유는 뭐란 말인가. 이런 상황에서는 오히려 그 반대가 되어야 하지 않는가.

때때로 그는 마치 꿈속에서처럼 절대로 목적지에 도달하지 못할 것 같다는 느낌이 들곤 했다.

베스포르는 전에 한 번 만났던 장소에서 그를 기다리고 있는 로베나를 멀리서 알아보았다. 창백한 얼굴 때문에 그녀는 한층 더 아름다워 보였다. 머리 모양도 바뀌었고, 걸으면서 고개를 옆으로 갸우뚱하는 것에도 변화가 있는 듯했다.

두 사람은 택시 안에서 마치 유리창을 사이에 둔 듯 가볍게 키스했다. 로베나는 로베나이면서 동시에 로베나가 아니었다. 다시 태어나기, 다시 시작하기 등 앞으로 여러 날 동안 그의 생각을 지배하게 될 '다시'로 시작하는 말들은 어쩌면 바로 이 순간에 비약적으로 그의 의식의 표면에 도달했을 것이다. 침대에서 로베나의 곁에 눕는다는 것은 이곳에 왔다는 사실보다 더 비현실적으로 느껴졌다.

호텔을 예약한 건 로베나였다…… 베스포르는 호텔의 인테리어를 통해 뭔가를 짐작해보려 했다. 입구, 로비, 그리고 물론 호텔방과 커다란 더블침대, 아니면 침대 두 개가, 과거의 연인들의 무덤들처럼 떨어져 있을 수도 있겠지. 교토의 묘지에서, 슬픈 사연이 적힌 대리석 묘석들과 함께 본 그것들처럼.

객실 담당이 문을 열어주자 베스포르의 심장은 다시 진정되었다. 로베나의 두 눈은 침대보에 일본 도자기의 나른한 국화 무늬가 수놓인 커다란 침대가 보이기 전부터 평온한 빛으로 빛나고 있었다. 소지품을 정리하는 로베나의 가벼운 동작 또한 그 세계의 일부인 듯했다. 모든 것이 화병에 새겨져 있는 듯 조용히 이루어졌다. 로베나가 욕실로 들어가며, 눈을 내리깔고, 곧 맛보게 될 쾌락을 예고하는 장난기라곤 전혀 느낄 수 없는 목소리로 "조금만 기다려줄래요?"라고 말하기 전까지.

욕실 문이 닫히자 베스포르는 생각했다. 오래전부터 궁금했던 수수께끼의 답을 찾을 시간이 되었군. 욕실에서 로베나가 예전과 똑같은 모습으로 나오는 건, 당연하다기보다는 불가능하다고 보아야 마땅할 것 같았다.

베스포르는 침대 한쪽 구석에 걸터앉았다. 그리고 1917년 혹은 1913년에, 아니, 때는 중요치 않고, 묘지에서 아내가 돌아오기를 기다리던 어느 일본인처럼, 너무나도 긴 약혼 기간 동안 애써 욕망을 억누르며 살다 지쳐버린 발칸반도의 어느 남자처럼, 아니 그보다 더 고약한 경우로, 다른 사람 혹은 운명에 의해 납치된 약혼녀가 돌아올 거라 믿고 있는 어느 실성한 남자처럼, 그렇게 기다렸다.

마침내 로베나가 모습을 드러냈다. 아, 전통 결혼식에 등장하는 신부 같구나. 석고처럼 새하얀 생면부지의 여자. 로베나는 고개를 숙이고 침대로 다가오더니 그의 곁에 뻣뻣하게 누웠다. 예전에 두 사람이 익숙하게 했던 동작 하나하나는 어느새 모두 잊힌 듯한 느낌이었다. 베스포르는 로베나의 얼굴 쪽으로 몸을 숙였다. 입술도 눈도 모두 낯설었다. 베스포르는 키스 대신 로베나의 귓가에 속삭였다. 다른 누군가가 당신의 입술을 만졌어?

로베나는 눈꺼풀을 깜빡여 그렇다고 대답했다.

반쯤 벌어진 가운 사이로, 배신행위에 가담했을 것이 분명한 젖가슴이 보였다. 베스포르는 그 젖가슴에 대해서도 똑같은 질문을 던졌고, 로베나의 대답 또한 조금 전과 다르지 않았다.

베스포르는 고통 때문인지 욕정 때문인지 구별하기 힘든 현기증 때문에 몸을 제대로 지탱할 수 없을 것 같은 기분이었다. 도대체 그다지도 운이 좋은 그자는 누구였을까?

로베나의 배를 만지던 베스포르의 손길이 점차 아래로 향했다. 그 부분에 대한 질문에 대해서도 로베나는 눈꺼풀을 깜빡거려 대답을 대신했다. 베스포르는 생각했다. 그러니까 끝까지 갔다는 말이로군. 그러나 입 밖으로 나온 말은 그랬군, 할 수 없지, 였다.

로베나는 아무런 대꾸도 하지 않았고, 베스포르는 더이상 참지 않았다. 다른 때와 달리 그의 신음 소리는 마치 나오는 것을 도로 삼키려는 듯 잔뜩 억눌려 있었다. 그는 속으로 생각했다. 물론 그랬겠지.

멀리서 들려오는 경찰차의 사이렌 소리가 그들의 절정의 순간을 은밀히 동행해주었다.

갑자기 사이렌 소리가 아주 가까이에서 들려왔다. 룩셈부르크에서 보낸 밤에 울리던 거의 그 소리였다. 서구식 자동차로 무장한 알바니아 경찰의 사이렌 소리야말로 이 땅에 유럽의 분위기를 전해준 최초의 것이었다는 생각에 그의 얼굴엔 한순간 조소가 스쳤다. 그는 유리창 쪽으로 고개를 돌렸다. 대로에서 충돌이 일어난 모양이었다. 경찰이 최루탄을 쏘네요. 창가로 다가온 다른 투숙객 중 한 명이 말했다. 무서운 광경에 놀란 듯이, 손으로 눈을 가리는 사람들도 있었다. '양성 외교관'의 머리털은 마치 불이 붙은 것 같았다. 베스포르는 머리색이 붉은 사람들은 늘 충족되지 않는 성적 욕망에 목말라한다는 이야기를 기억했다. 가 없은 내 사랑, 저놈 때문에 당신이 얼마나 괴로웠을지는 하느님만이 아실 테지.

사랑을 나누고 난 뒤 기진맥진해져 여자 곁에 누웠을 때도 그는 그 비슷한 생각을 하고 있었다.

전화기를 통해 들리던 로베나의 목소리가 그의 상상력이 빚어낸 영상들과 마구 뒤섞여 몰려들면서, 의식에서 쓰이는 주문처럼 문장 구조마저 제멋대로인 "내 성 정체성, 당신이 파괴했어"라는 말이 그의 기억에서 맴돌았다.

당신을 망친 건 다른 사람들인데, 당신은 도리어 나를 나쁜 놈으로 몰고 있어. 베스포르는 생각했다. 그는 정사 뒤에야 비로소 로베나에게 대답을 듣지 못한 채 남아 있던, 끝까지 갔느냐는 질문을 다시 했다. 로베나는 잠시 망설이는 듯하더니, 그건 끝까지 간다는 말을 어떤 의미로 받아들이느냐에 따라 다르다고 대답했다.

몽롱한 상태를 그대로 유지하고 싶은 듯, 베스포르는 낮은 목소리로 응수했다. 그런 건 아무 의미도 없다, 다른 사람이 로베나에게 입을 맞추고 온몸을 애무했다면 그건 벌써 끝까지 간 것, 다시 말해 그자가 로베나의 몸속으로 들어간 것이나 다름없다고.

로베나가 조금 전과 똑같이, 그건 어떻게 받아들이느냐에 따라 다르다는 말을 반복하자, 베스포르는 소리쳤다. 어째서 그렇다는 거지? 그자는 발기불능이었나? 긴 침묵 끝에 로베나가 대답했다. 아뇨, 상대는 여자였어요.

아…… 베스포르는 탄식했다. 일이 그렇게 된 거로군. 잠시 그는 완전한 혼란 속에 빠져 헤어나오지 못했다. 모든 것이 분명하게 설명되는가 싶더니 의문이 배가됐다. 만일 당신을 유혹한 사람이 여자라면, 어째서 그로 인한 새로운 쾌락이 당신을 진정시킨 것이 아니라 오히려 나에 대한 절제할 수 없는 분노로 표출된 거지? 당신이 느꼈다는 고통과 내게 지른 고함, 정신과 의사와의 상담은 다 뭐야?

로베나는 어처구니없다는 표정으로 그의 말을 듣고 있었다. 그게 무슨 소리예요? 어째서냐구요? 그렇게 되는 건 당연한 일 아닌가요? 난 당신에게서 벗어나고 싶었지만 당신은 그걸 허락하지 않았죠. 난 당신을 배신하지 못했던 것뿐이에요, 알겠어요? 그뿐이라고요.

그 순간, 베스포르는 모든 것이 지극히 단순하다는 걸 깨달았다. 그는 수면제를 삼킨 사람처럼 베개 위로 쓰러졌다. 로베나 역시 졸음이 몰려왔다. 두 사람은 탈진한 것처럼 잠이 들었고, 두 시간 후 예전에 그랬듯 함께 잠에서 깨어났다. 그러자 그는 로베나를 되찾은 기분이 들었다. 물론 확신이 드는 건 아니었다. 말하자면 아주 미세한 떨림만으로도 사라져버리는, 수면에 비친 그림자 같은 것이었다.

그는 신중한 태도로 끊어졌던 대화를 이어보려 했다. 처음으로 리자라는 이름이 입에 올랐고, 로베나와 그녀가 만나게 된 정황이 언급되었다. 토요일 저녁, 그녀가 피아노를 연주하는 나이트클럽. 시선의 교환. 전화. 자동차에서의 첫 키스.

그다음엔? 나머지에 대해서 군이 설명할 필요가 있을까요?

글쎄, 그럴까? 베스포르는 흔히 여자들이 드러내곤 하는 호기심 섞인 말투로 말했다. 전부 다 말해봐. 당신들 두 사람이 어떻게 했는지 다 말해줘.

우리가 어떻게 했느냐고요? 솔직히 난 하나도 모르겠어요, 그여자가 다 했으니까…… 난 그저 하라는 대로 했을 뿐이거든요……

베스포르는 이제껏 그토록 관능적인 말은 들어본 적이 없는 것 같았다. 집시 여인의 말을 예외로 친다면 그랬다.

로베나는 사춘기 무렵, 여자아이들 틈에서 체육복으로 갈아입을 때 느꼈던 심적 동요에 대해서 털어놓았다. 어쩌면 그 이후그 같은 성향이 로베나 안에 잠재적으로 배태되었을 수도 있다. 하지만 대부분의 여자아이에게서 나타나는 성향인 만큼 로베나가 예외라고는 할 수 없었다. 의심할 만한 상황이긴 했지만 로베나는 결코 레즈비언은 아니었다. 남자에 대한 두려움에서 비롯

158

된 일시적인 해결책이라고 보는 편이 훨씬 설득력 있었다. 남자에 대한 두려움은, 로베나의 바람에 훨씬 미치지 못하는 작은 가슴에 대한 열등감에서 비롯되었다. 리자와 함께할 때 로베나는 한층 더 여자가 될 수 있었다.

한층 더 여자가 된다…… 베스포르는 속으로 그 말을 음미했다. 뭐가 더 여자가 되었다는 걸까?

처음으로 로베나는 그의 목에 입을 맞추었다. 가벼운 입맞춤이었다.

그러고 보니 당신과의 관계에 있어서는 이 순간까지도 항상 내가 모든 것을 다 했지.

베스포르는 사랑을 나눈 다음 여전히 가쁜 숨을 몰아쉬며 이 말을 반복했다. 그는 로베나가 자신에게 일어난 모든 일을 그의 잘못으로 돌린다고 불평했다. 여자에게 이끌려 새로운 경험을 했고, 그 경험이 주는 쾌감으로 몸을 떨었으면서도, 잘못한 사람은 베스포르라니! 두 사람 사이에 갈등이 한창일 때, 로베나는 무슨 이유에서인지 정신과 의사를 만나 상담을 했고, 그 이후 모든 건 베스포르의 책임이 되었다. 왜 잘못을 털어놓고 용서를 빌어야 하는 사람이 로베나가 아닌 자신이란 말인가!

그는 마음속에서 뱅뱅 도는 이 말들 중에서 극히 일부만을 입 밖에 꺼냈다. 그나마도 떠듬거리며 토막토막 잘라서 말했다. 로베나는 말없이 듣더니 조금 전과 똑같이 그윽한 말투로 대꾸했다. 정말이에요, 당신을 위해서 그랬어요.

베스포르는 도저히 화낼 수 없는 입장이 되고 말았다. 하지만 목소리에 묻어나오는 냉랭함은 어쩔 수 없었다.

난 당신에게서 들어야 할 말이 있어. 제발 아주 정확하고 분명하게 말해줘. 정신과 의사에게 당신 상태의 원인을 털어놓았을 때, 당신은 정확히 어떤 단어를 사용해서 의사에게 말했지? 당신의 남자 애인이라고 했어, 여자 애인이라고 했어? 독일어 명사에는 성의 구별이 있다고 알고 있는데.

로베나는 한숨을 쉬더니 리자와도 싸운 적이 있다고 고백했다. 하지만 뭐니뭐니해도 제일 중요한 원인 제공자는 베스포르였다. 베스포르는 로베나를 낚아챈 다음 절대로 놓아주지 않았다. 로베나는 우리 속에서 나오려 애썼지만 그럴 수 없었다. 그래서 자신의 여자친구와도 다투었다…… 로베나는 그녀와 싸우다 날개에 상처를 입었고, 그래서 울음을 터뜨렸다……

리자에 관한 두 사람의 대화는 이런 식으로 미완성인 채로 남았다. 로베나만의 책임은 아니었고, 베스포르도 안개가 완전히 걷히는 게 두려운 사람처럼 더이상 로베나를 압박하지 않았다.

로베나의 마음을 다시 돌리는 데에는 오랜 시간이 걸렸다. 베스포르 스스로도 자신이 원하는 게 뭔지 알 수 없었다. 명쾌한 첫번째 로베나인지, 석고 가면을 쓰고 있어 접근하기 어려운 두 번째 로베나인지.

로베나가 그와 다시 조금씩 가까워지면서 예전처럼 미소를 지을 때마다 그는 그녀를 되찾은 기쁨과 함께 로베나가 쓰고 있던 석고 가면이 사라져가는 것을 안타까워했다. 어떻게 하면 저세상에서 온 듯한 감각, 미지의 세계, 무한한 세계의 발로인 듯한 그 느낌을 로베나에게서 되살릴 수 있을까?

이따금은 모든 것이 지극히 단순하다는 생각이 들었다. 인정하기를 거부하고 있지만, 그 역시 시들어가는 욕망을 되살리기 위해 애쓰는 이 땅의 수백만 남자들이 겪는 고뇌를 겪고 있을 뿐이었다. 두 사람은 벌써 오랫동안 관계를 질질 끌어오고 있었다. 잡지나 인터넷에는 이와 같은 상황에 놓인 수많은 사람들을 위해 스와핑을 비롯한 온갖 형태의 처방을 시도해볼 수 있는 곳의 주소가 널려 있었다.

어느 날 저녁, 룩셈부르크의 한 성인용품점 쇼윈도 앞을 지나며 그가 공기주입식 인형을 뚫어지게 바라보자 로베나는 빈정거리는 투로 말했다. 그렇게 마음에 들면 사지 그래요? 그러자 베스포르는, 나도 그러고 싶어, 단, 한 가지 조건이 있지, 당신이 언제나 저 안에 들어 있다는 조건 말이야, 라고 응수했다.

로베나는 그 말을 어떻게 받아들여야 할지 몰라 입만 비죽거렸다.

베스포르 자신도 자기가 꺼낸 말을 제대로 설명하지 못했다. 어쨌거나 그는, 리자와의 모험 이후 로베나의 얼굴에 드리워졌던 수수께끼 같은 베일이 봄눈 녹듯 사라져버리는 걸 원치 않았다. 하지만 다른 한편으로 그것이 불가능한 일이라는 것은 베스포르 자신이 누구보다도 잘 알고 있었다. 몇 주가 지나자 두 사람은 예전처럼 가까운 사이가 되었고, 이는 의심할 여지없이 멋진 일이었다. 그는 이 말을 몇 번이고 반복했다. 하지만 마음속 깊은 곳에서 그가 느끼는 감정은 멋지다기보다는 평온하다는 쪽이었다. 로베나는 그에게 당신은 나와 있으면 지루해하니까 석고 마스크하고나 살아요, 라고 쏘아붙였다. 석고로 떡칠한 일본 여배우, 수수께끼를 몇 겹씩이나 두른 배우를 한 명 찾아요, 그러면 마치 관 속에 들어갔던 신부가 다시 살아난 것처럼 그 여자와 잠자리를 할 수 있을 테죠. 당신이 원하는 건 그런 거죠?

베스포르는, 이 꿈같은 감각은 예전에는 가까웠지만 시간이 지나면서 낯설어진 사람과의 사이에서만 가능하다는 결론을 내렸다. 요컨대, 이 년 전처럼 로베나를 모르는 사람으로 만들 것이었다. 다시 정복하기 위해 그녀를 잃을 것이었다.

베스포르 자신도 그것이 제정신으로는 할 수 없는 미친 생각이라는 걸 모르지 않았다. 두 가지 모순적인 상황이 서로를 배척하고 있었다.

인간의 두뇌가 자신을 에워싸고 있는 벽에 틈을 만들기란 불가능하다는 생각이 문득 명백해지는 듯했다. 결국 인간의 뇌도 우주의 다른 부분과 똑같은 물질로 만들어졌다. 모든 것을 자신의 영역 속에 가두는 압도적인 물질. 온 우주가 이 하나의 물질로 만들어졌다면, 희망은 어디에도 없다. 무지개와의 잠자리……신화나 전설에 등장하는 모든 일탈이 결국 성생활과 관련되어 있는 것도 따지고 보면 다 이유가 있었다…… 예전에는 그런 현상들이 돌발했다. 거기서 생긴 돌무더기들이 쌓여, 이를테면 무지개에 닿아 뜻밖에 벽을 넘으면 우리의 뇌는 뒤흔들렸다. 그러나 이제 그런 현상들은 도대체 어디에서 돌발한단 말인가? 조금이라도 다르게 생긴 곳, 아주 다른 법칙의 지배를 받는 이질적인 지대, 가령 블랙홀 같은 곳이 존재하지 않는 한. 하느님 맙소사, 어디를 보아도 온통 똑같은 우주만이 펼쳐진다……

이런 괴상한 생각을 하지 않으려면 진정제라도 먹어야 하지 않을까? 커피도 좀 줄여야 할 테지.

로베나와 러시안룰렛 게임을 해보려는 유혹은 틀림없이 이 수상한 지대로부터 도래했을 것이다. 자유에 대한 로베나의 강박관념의 기원 역시 그것만큼 수상했다. 그는 두 가지가 어쩌면 같은 질문의 공명일지도 모르겠다는 생각이 들었다. '사랑은 존재

하는가.'

자유가 완력에 의해서 주어지는 경우도 있다는 생각에 쓸쓸한 미소가 지어졌다. 베스포르는 석 잔째 커피를 주문했지만 막상 잔에는 입도 대지 않았다.

대로에서는 청소부들이 시위 도중 버려져 짓밟힌 온갖 쓰레기며 플래카드 조각들을 쓸어 담고 있었다. 방금 전 불어닥친 짧은 분노의 광풍은 이제는 쓰이지도 않는 언어로 작성되어 오토만 시절의 인장이 찍힌 유언장 및 재판들이 연관된, 아득한 옛날부터 전해내려온 해묵은 원한에 자리를 양보하고 어느새 사라져버렸다.

6

같은 주 주말. 로베나.

로베나는 내내 불안한 마음으로 한 주일을 보냈다. 처음엔 거듭 전화를 걸면 마음이 놓일 것으로 생각했다. 하지만 그렇게 전화를 하면 오히려 불안이 가중된다는 것을 곧 깨달았다. 그래서 반대되는 해결책을 찾아보았지만, 결과는 더욱 절망적이었다.

리자에 대해 얘기하지 말았어야 했어. 로베나는 후회했다. 이 년 동안 아무 말도 하지 않다가, 빈에서 재회하면서 마치 불길한 그림자처럼 망각 속에 있던 그 일이 불현듯 튀어나온 것이었다.

때때로 난 당신이 일부러 나와 그녀의 이야기를 끝까지 듣지 않았다는 느낌이 들어요. 무언의 질문과 의혹을 통해 나를 더 괴롭히기 위해서요. 난 당신이 그런 질문과 의혹을 품고 있다고 짐작하지만, 당신은 결코 그걸 입 밖으로 표현하진 않죠.

그것 때문에 얼마나 많은 편지를 썼다 찢어버렸는지 몰라요. 외로워서 혼자 끝없이 대화를 이어가기도 했지요. 우리 두 사람이 같이 있으면서 내가 당신에게 직접 이야기를 들려주는 동안에도 당신은 이야기가 절정에 도달하기만을 기다리고 있다는 걸 알아요. 당신에겐 절정의 순간만 중요하니까요. 당신의 눈길은 아주 주의깊은 것 같아 보이지만 실제로는 그렇지 않죠. 그 눈길을 덮고 있는 베일로부터 벗어나는 법이 없으니까요. 그 베일 뒤에서 당신은 마치 멀리 떨어져 있는 사람처럼 내가 처음으로 리자를 만난 나이트클럽, 그 클럽에서 그녀가 피아노 옆에 맥주잔을 놓던 방식에 대한 묘사를 듣죠.

그녀의 시선에서 내가 느꼈던 감정의 동요, 그 시선에 대답한 나의 시선, 자동차에서 나눈 입맞춤, 내 허벅지에 와 닿은 그녀의 손길, 학교 화장실 낙서의 기억, 그녀의 손을 잡아 허벅지 위쪽으로 가져간 나의 손, 그녀의 입에서 신음 소리가 터져나오자

열린 나의 지퍼, 원하는 것을 찾아 그 안으로 들어오는 그녀의
손길……

당신은 황홀경에 빠진 사람처럼 똑같은 질문을 반복하죠. 처
음이나 끝이나 늘 같아요. 지퍼를 열 때, 당신은 그렇게 하면 된
다는 걸 어떻게 알았지? 그러고는 내 대답은 듣지도 않고 질문을
계속해요. 그다음도 이야기해봐. 룰루가 당신을 가졌을 때, 하긴
두 사람 관계에 있어서도 이런 말이 통용되는지는 잘 모르겠지
만, 사실 말 자체가 뭐 그리 중요하겠어. 하여간 그녀가 당신을
자신의 것으로 만들었을 때 말이야……

내 이야기는 보통 그 대목에서 중단되었죠. 당신은 나와 사랑
을 나눈 다음엔 주의가 산만해지니까요. 그래서 난 내가 다른 사
람을 만난 건, 예전부터 내 안에 잠재해 있던 성향 때문이라기
보다는 당신의 지배로부터 벗어나기 위해서였다는 점을 당신한
테 제대로 설명할 수 없었어요. 나의 욕망은 무의식적으로 남자
가 아닌 여자에게로 향해 있었어요. 난 나 자신을 위해서 그렇게
행동했어요. 아마도 그 편이 훨씬 쉬웠기 때문일 거예요. 당신
두 사람은 서로 비교할 게 하나도 없었으니까요. 한편으론 당신
을 위해서 그렇게 행동했다고도 할 수 있어요. 경쟁자를 내세워
당신을 괴롭힐 마음은 없었으니까요. 그런데 당신은 내가 약간
의 휴식과 거리 두기를 필요로 하는 순간, 악마에게 홀린 듯 나

한테 계속 전화를 걸었죠. 평소 습관과는 다르게 매일 전화를 걸었어요. 리자와 그렇게 된 초창기였죠, 당신 때문에 처음으로 말다툼을 벌인 시기이기도 하고요. 그녀는 당신을 질투했어요. 당신이 내 인생에 있어 걸림돌일 뿐 아니라 나의 진정한 성 정체성을 왜곡시켰다는 주장을 몇 시간이고 늘어놓았죠. 물론 난 할 수있는 한 룰루의 주장을 반박했어요. 당신 덕분에 내가 몇 배는더 여자가 되었다고요. 그녀는 어떤 땐 나더러 순진하다고, 어떤땐 세상에 대해 무지하다며 내 주장을 비난했죠. 그녀는 내 몸을쓰다듬으면서 귓가에 대고 속삭였어요. 너는 신만이 누리는 쾌락의 정점에 도달할 수 있는 천부적인 자질을 부여받은 보기 드문 여자야. 하지만 그렇게 되기 위해서는 한 가지 조건이 선행되어야 하는데, 그건 바로 너의 지평을 가로막고 있는 장애물, 즉그 남자로부터의 해방이야. 그런데도 당신은 이런 주장에 맞설수 있도록 날 도와주기는커녕 오히려 그 반대로 행동했죠. 당신과의 통화가 씁쓸해질수록 그녀의 속삭임은 달콤하게 들렸어요.그런 상태는 도저히 믿을 수 없는 일, 아마 당신한테 고백하지않은 유일한 일이고 앞으로도 말하지 않을 거라고 생각하는 일,즉 그녀에게서 청혼을 받을 때까지 계속되었죠.

그 일은 어떤 카페에선가 대수롭지 않은 말다툼 끝에 터진 일이었어요. 내가 그녀의 질투심을 자극한 것이 발단이었죠. 그녀가 다른 여자한테 관심을 보이는 것 같아서 복수심에 나 역시 딴 여자한테 반한 척했거든요. 우리 두 사람 다 잔뜩 화가 나서는 그녀의 집으로 갔고, 침대에서 그녀는 자기가 알고 있는 모든 기술을 총동원해 그 어느 때보다도 훨씬 큰 쾌감을 안겨주었죠. 우리는 서로를 위해 태어난 사람들이야, 그녀는 내 몸을 어루만지며 속삭였어요. 난 피아니스트고 넌 내 손가락에 복종하는 악기야. 우리는 언제까지나 이렇게 살 거야, 모두가 동경하지만 선택받은 극소수만이 도달할 수 있는 제7의 하늘을 향해, 신의 경지를 향해 가는 거야. 그 방면의 전문가였던 그녀는, 주로 사도마조히즘 성욕자들이 그렇게 한다던데, 쾌락의 막바지에 '결혼'이라는 단어를 내뱉었어요. 아니, 한숨을 내쉬듯 토해냈다고 해두죠. 아마 쾌락과 결혼을 연결시키려는 의도에서였겠죠.

심신이 텅 비고 희미해지는 것 같은 상태, 당신 표현대로라면 무지개를 탄 것처럼 붕 뜬 상태에 있던 나는 그날 오후 늦게야 정신을 차렸죠. 난 사춘기 시절에 나를 동요시키던 일종의 꿈, 말하자면 무지개다리를 거의 건넌 상태였어요. 하지만 이번엔 예전과는 다른 방식이었죠. 확실하면서 자발적인 의지에 의한 것이었으니까요. 여자와의 결혼.

그렇게 한껏 감정이 고조되자 당신에 대한 분노가 치밀어오르더군요. 막연하지만 제법 묵직한 감정이었어요. 당신은 나한테

단 한 번도 청혼을 한 적이 없었으니까.

신부의 베일과 그 뒤를 따르는 무리, 그 외 모든 것들이 어쩐지 부자연스럽게, 마치 전혀 다른 세상으로부터 전해진 듯 그려지면서, 나는 다른 세상에서 결혼하게 되리라, 정말 그렇게 되리라 생각했어요.

리자와 나는 그리스의 한 섬으로 가서, 몇 년 전부터 세상의 눈을 피해 여자들끼리 결혼식을 올린다는 작은 예배당에서 비밀리에 결혼식을 올릴 계획이었어요. 머지않아 모든 것이 변할 것이었어요. 유럽회의에서 새로운 법안을 준비중이라고 하니 앞으로 몇 년만 지나면 우리는 길이나 카페에서도 우리의 관계를 숨길 필요가 없게 될 거고, 음악회장에서도 한 사람은 무대에서 다른 한 사람은 객석에서 서로를 향해 있는 시선을 돌릴 필요가 없게 될 터였죠.

이런 식의 상상에 잠긴 동안에도 당신을 향한 분노는 사그라들지 않았어요. 난 당신을 위해 희생한다는 생각으로 위안을 삼으려 했어요. 버려진 애인이 수치심을 느끼지 않도록 먼 곳으로 떠나는 여자들처럼 나도 다른 세상, 그러니까 여자들끼리의 세상에서 결혼하는 거니까요. 앞으로 하려는 일을 이런 식으로, 다시 말해서 쾌락을 위해서가 아니라 당신으로부터 멀어지기 위해서라고 생각하니 기분이 한결 나아졌어요. 말하자면 또다른 왕관을 욕되게 하지 않기 위해서였죠. 당신과 결혼식 왕관을 나누어 쓰는 건 이루어질 수 없는 꿈이었으니까요.

난 그 왕관을 너무도 오래 기다렸어요. 그해 겨울 빈에서는 우스꽝스럽게도 체류 기간 내내 기다렸죠. 마주치는 불빛이며 간판, 거리 이름이 모두 결혼을 암시했고, 축하의 종소리처럼 큰 소리로 그렇게 외쳐댔어요. 당신 혼자만 귀를 닫고 있더군요.

내가 황홀한 취기와 이별에 대한 불안, 앞으로 일어날 일에 대한 두려움, 당신에 대한 원망, 그리고 깊숙한 곳에 불법적이고 비밀스러운 예배당을 꼭꼭 숨겨두고 있는 것 같은 형언하기 어려운 공허감 등에 휩싸여 뒤숭숭한 기분으로 길을 걷고 있을 때 당신이 전화를 걸었죠.

처음 벨이 울릴 때부터 그 전화는 이상하게 느껴졌어요. 이 세상의 시간을 벗어난 것 같은 느낌이었죠. 당신의 목소리도 마찬가지였어요. 아마 내 첫마디도 냉랭하긴 마찬가지였을 거예요. 그러니 당신이 왜 그런 식으로 말을 하느냐고 물었겠죠. 그 질문 이후 모든 게 점점 더 나빠졌어요. 당신의 기운 빠진 목소리는 그래도 나은 편이었어요. 갑자기 신랄해진 태도에 비하면요. 당신은 내 감정 상태며 신부의 베일, 결혼식, 초현실적인 예배당 등, 모든 걸 두고 다 빈정거렸죠. 기분이 나쁠 때면 늘 그랬듯이 당신은 신경질적이고 파괴적인 태도로 모든 걸 넝마처럼 찢어버렸어요. 그러니 내가 어떻게 냉정함을 유지할 수 있었겠어요? 당신이 내 성 정체성을 파괴했다는 말, 당신을 그토록 괴롭혔다는 그 말은 이런 흥분 상태에서 튀어나온 거예요. 굳이 부인하지 않겠어요. 그 말은, 남자들의 거친 삽입으로 능욕당한 내 몸의 기억이 모두 사라지면 비로소 나는 지고한 사랑의 단계로 올라갈 수 있을 거라고 주장하면서 리자가 수없이 한 말이었죠.

그런데 그것만으로는 충분하지 않았는지, 두 시간 후 내가 말다툼으로 어안이 벙벙해져 있을 때, 리자가 나한테 전화를 걸더군요. 다른 어느 때보다도 다정한 목소리로, 아마 나도 그렇게 대해주기를 기대했겠죠. 어쩌면 그렇게 무심할 수 있느냐고 나무라더니 급기야는 화를 내더군요. 아직도 망설이고 있구나, 아니, 그보다 더 나빠. 혹시 마음이 변하는 거 아니야? 나는 정신을 집중할 수가 없었어요. 그녀는 점점 더 심하게 화를 냈죠. 끊임없이 망설이기만 하는 나한테 실망했다는 거예요. 자기는 나를 행복하게 해주려고 태어나서 처음으로 그런 제안을 했는데, 정작 나는 변덕스러운 계집애처럼 행동한다고 퍼부어대더군요. 잠깐만 내 말을 들어보라고 했지만 그녀는 들으려 하지 않았어요. 나를 배신자 취급하기에 무슨 말을 하는지도 모르면서 떠들지 말라고 했더니, 급기야 당신에게로 화살을 돌렸어요. 그 테러범한테나 돌아가버려! 헤이그 전범 재판소에 끌려갈 그 미친놈한테나 가버리라구! 네 인생도 그놈 인생처럼 거기서 끝장날 거야.

그런데 이상하게도 그녀가 화를 낼수록 내 마음은 평정을 되찾았죠. 그녀가 쏘아댄 마지막 말들이 특히 그랬어요. 룰루는 원래 평화주의자였고, 그렇기 때문에 세르비아 폭격에 반대했죠. 그런데 나를 통해서 당신이 하는 일을 알게 된 이후로는 당신에 대한 미움 때문에 친유고슬라비아 성향이 점점 더 강해졌어요.

자정이 되자 나는 다시 고민에 빠졌어요. 당신에게 전화를 걸고 싶은 마음과 그녀에게 전화를 걸고 싶은 마음, 그리고 아예 전화선을 뽑아버리고 싶은 마음이 번갈아 나를 괴롭혔죠. 불면증이 도진데다 맥박까지 빨라졌기 때문에 나는 어서 아침이 되어 의사를 보러 갈 수 있기를 조바심치며 기다렸어요.

그래요, 난 의사에게 남자 애인과 싸웠다는 말로 내가 처한 상황을 설명했어요. 나중에 당신은, 심령술사 같은 당신은 나한테 정확히 어떤 단어를 사용했느냐고 물었죠. 언제나 그렇듯이, 당신의 질문은 내 머리를 복잡하게 만들었어요. 난 남자 애인과 싸웠다고 말했노라고 주장했죠. 그 말을 할 때 난 진실했어요. 하지만 백 퍼센트 완전하게 그런 건 아니었어요. 남성 명사를 사용했다고 해도 그 안엔 여성과 남성이 모두 포함되어 있었어요. 룰루는 내 '여자 애인'이었다기보다 내 '애인'이었으니까요.

당신이 전화를 걸었을 때, 내가 '의사'라는 말을 꺼내자마자 당신은 태도가 완전히 달라졌어요. 갑자기 부드러운 태도로 미안하다고, 용서해달라고 그러더군요. 난 내 자신이 너무도 무력하게 느껴졌어요. 그래서 찔끔찔끔 울며 마지막으로 당신을 공격했죠. 하지만 내가 졌다는 걸 곧 깨달았어요. 리자가 내뱉은 독설에 내 입에서 쏟아져나오는 독재자니 이기주의자, 냉혈한 같은 심한 말들이 더해져 중세의 갑옷 위에 내리는 눈처럼 흩어졌어요. 하지만 그 말들은 당신에게 가 닿지도 못했을뿐더러, 당신은 계속해서 용서를 빌었어요.

뒤이어 찾아온 공허감은 더욱 끔찍했어요. 의사는 나에게 고통의 원인에서 떨어져 있으라고 충고를 했죠. 애인과 헤어지라는 말이었어요. 그런데 이상하게도 그 이별의 충고에서 '애인'은 오로지 당신만 해당되었죠. 리자는 나를 화나게 할 뿐이었지만, 당신은 공포 그 자체였어요.

당신은 나를 사막으로 데려간 거나 마찬가지예요. 사막의 적막은 말다툼의 소란보다 나를 훨씬 더 짓눌렀죠. 그곳은 진실과 거짓이 고통스럽게 교차하는 혼란한 지대였어요. 저의를 알 수 없는 당신의 사과, 사실이기도 아니기도 한 나의 부정, 리자의 청혼과 그에 따른 모든 혼란 등이 뒤죽박죽으로 엉켜 있었죠.

그런데 당신은 이제 우리 사이에 모든 것이 예전 같지 않다고 말했어요. 내가 그토록 격한 회오리바람 끝에 이제야 비로소 휴식을 되찾았으니 신께 감사드려야겠다고 생각하는 순간에, 당신은 그것도 모자라 나에게 당신의 전 부인이 되어주겠느냐는 기막힌 질문까지 덧붙였죠.

당신은 우리가 마치 꿈에서 빠져나온 듯, 대재앙을 겪은 뒤 다시 만나 내가 당신 옆에 누워 있을 때는 그런 말을 하지 않았죠. 십사 년 전 내가 그런 기적을 처음 맛본 이래 그것은 분명 최고의 결합이었어요. 당신은 나더러 달에서 내려온 사람 같다고 말했죠. 아마도 미래에는, 여행이 됐건 임무가 됐건 다른 별에 갔다 돌아온 연인과 나누는 정사가 이럴 거라면서요.

그때에도 당신은 모든 것이 예전 같지 않다는 말은 하지 않았어요. 그런데 지금은 그 말로 나를 괴롭히고 있어요, 게다가 너무도 진지한 태도로.

바람이 무언가를 실어온 것 같다는 생각이 들어요. 그게 느껴져요. 게다가 늘 그렇듯이 시간을 너무 지체했다는 생각도 들죠. 언제나 선수를 치는 건 당신이에요.

그러니 또 선수를 쳐봐요. 당신이 잘하는 걸 또 해보라고요. 하지만 나를 혼자 버려두진 말아요. 이건 사랑의 문제가 아니에요. 그 이상이죠. 당신은 내 안으로 침입했어요. 통상, 자연의 비밀 법칙이 허락하지 않았을 침입이었죠. 흔히들 연인 사이에는 정액을 통해서 자연에 반하는 융합, 실수로 씨족의 피가 이방인의 피로 대치되는, 일종의 역 근친상간이 이루어진다고 하죠.

그러니 당신은 새로운 법칙을 따라야 해요. 당신은 나의 전 남편이 될 수 있어요. 그러면 나를 당신의 전 부인이라고 선언할 수도 있겠죠. 하지만 그사이에 실수로 내가 당신의 누이동생이 되어버린다 해도, 당신은 나를 버려서는 안 돼요. 날개가 부려져 이 세상에 추락한 눈먼 제비를 버려서는 안 된다고요.

아니, 당신은 그러면 안 돼요. 당신은 그럴 수 없어요.

7

21주 전. 눈보라.

기차의 창을 때리는 눈보라는 한층 더 광폭해진 것 같았다. 또다른 기차, 로베나가 탄 기차에 대한 생각도 베스포르 Y를 정신적인 무기력 상태에서 구해주지 못했다. 그 생각은 그저 수면제를 먹었을 때처럼 기분 나쁜 평온함을 가져다주었을 뿐이다.

일어나야 할 일이 일어난 것이었다. 자정이 조금 지나, 저러다가 숨이 막혀 죽는 건 아닐까 걱정스러울 정도로 울어대던 로베나의 머리카락이 제멋대로 흩어져 있는 베개 위로 몸을 굽히며, 베스포르가 속삭이듯 물었다. 로베나, 괜찮아?

로베나는 대답하지 않았다. 그는 로베나의 뺨을 어루만지며 달콤한 말을 속삭였다. 몇 마디 하지도 않았는데 그녀의 뺨은 벌써 눈물로 축축하게 젖어들었다. 로베나가 울먹이며 중얼거린 말 중에 베스포르가 유일하게 알아들은 단어는 "내일"이었다. 내일이면 두 사람은 각자 다른 기차를 타고 멀어질 것이었다. 하지만 다른 때와는 달리 이번엔 이별의 불안감으로부터 자유로울 것이었다. 내일이면, 내 사랑, 당신은 처음으로, 다른 곳이 어디인지 알게 될 거야.

룩셈부르크에서 함께 지낸 오십 시간 동안 두 사람은 줄곧 그 이야기만 했다. 이야기를 듣는 로베나의 눈빛은 점점 더 침울해졌다. 몰려드는 피곤 때문에 로베나의 반박은 힘을 잃어갔다. 죽은 사람에겐 이별이란 없지. 베스포르는 로베나의 귀에 대고 속삭였다. 암, 없고말고. 두 사람은 천지가 창조되던 그날처럼 자유로울 것이다. 자유롭다, 다시 말해서 헤어지지 않는다. 원하면 언제든 만날 수 있을 것이다. 서로에게 권태를 느낄 수도, 서로를 잊어버릴 수도 있을 것이며, 다시 만날 수도 있을 것이다. 다른 사람들과 달리 두 사람은 늘 욕망이 새롭게 재창조되는 것을 느낄 수 있을 것이다. 마치 꿈속에서처럼 다른 세상 어디에선가 만난 적이 있으면서도, 다시 만날 때면 늘 서로를 낯선 사람처럼 새로이 발견하게 될 것이다. 리자와의 일이 있고 난 뒤에도 어느 정도 그랬었지만, 이번엔 그보다 훨씬 밀도 높은 만남이 이루어 질 것이다. 그러니 로베나는 믿음을 가져야 한다고 했다. 베스포르가 그녀를 콜걸 취급하는 건, 다시 말해서 로베나를 모욕하는 건, 오로지 때가 되면 쉽게 헤어지기 위해서라는 식의 불길한 생각들로 공연히 괴로워하지 말아야 한다고 했다. 정말 아니야. 베스포르는 자기가 늘 바라던 건 그와는 정반대로, 그녀를 자기의 성상聖像으로 대하는 것이라고 맹세했다.

부드러운 눈빛으로 베스포르의 이야기를 듣고 있던 로베나의 눈빛이 순간, 추궁하는 듯한 눈빛으로 변했다. 마치, 도대체 누가 당신을 이토록 병들게 했죠? 라고 묻는 것 같았다.

밖에서는 잠시 잠잠해졌던 눈보라가 다시 휘몰아치기 시작했다. 방금 전 비틀거리며 기차 객실 안으로 들어선 술 취한 여행객은 베스포르에게서 눈을 떼지 않았다. 그러다 마침내 베스포르에게 말을 걸었다.

난 독일어를 못합니다. 베스포르는 대답했다.

아, 그렇군. 잠시 혼자 뭐라고 중얼거리던 남자는 곧 언성을 높였다. 룩셈부르크가 역겨운 나라라는 걸 알기 위해 독일어를 알 필요는 없소. 룩셈부르크라는 나라는 영토가 작다는 점을 내세워서 그 안에서 벌어지는 온갖 역겨운 짓거리를 용서받으려 한단 말이오. 예를 들면, 이놈의 나라에서는 도로 표지판이 죄다

틀렸다오. 뉘우치는 시늉을 하는 소아성애자들한테는 은행이 자정 넘어 뒷문을 슬며시 열어주지.

베스포르는 커피나 한잔 마시려고 자리에서 일어나 식당칸으로 갔다.

로베나가 탄 기차는 아마 태풍의 영향권에서 벗어났을 것이다. 갑자기 베스포르의 마음에 로베나를 안고 싶은 욕망이 일었다. 간밤에 로베나는 자정 넘어서야 그의 어깨에 기대 잠이 들었다. 그러다 새벽 두시경 잔뜩 겁에 질려 잠에서 깼다. 베스포르, 베스포르. 로베나가 베스포르의 이름을 연거푸 불렀다. 궁금해요, 우리 대화 말이에요, 앞으로 어떻게 될까요? 무슨 대화? 장난치다 들킨 아이처럼 베스포르가 물었다. 자정 지나 사랑을 나눈 다음에 우리가 나눴던 대화 말이에요. 아, 그거? 베스포르가 무심하게 응수했다. 그거야 물론 끝없이 이어지겠지, 그러니 두려워할 것 없어. 우리 대화는 예전처럼 언제까지나 계속될 테니까. 정말로 그렇게 생각해요, 아니면 나를 안심시키려고 그렇게 말하는 거예요? 진심이야, 내 사랑. 정말로 그렇게 생각한다니까. 콜걸과 고객 간의 대화는 아주 특별한 거야. 게이샤와의 대화도 마찬가지고. 일본 문학 절반은 다 거기에서 나왔지. 잠깐만요. 로베나가 그의 말을 끊었다. 미안해요, 깜빡 잠이 들었어요. 음모에 대해 이야기하고 있던 것 같군요. 내가 열두 살 때 티라나에서 마지막 음모가 계획됐죠. 난 똑똑히 기억해요. 모두들 그 이야기뿐이었으니까요. 엄마는 아버지가 돌아오기를 기다렸다가 외투를 벗을 틈도 주지 않고 그 소식에 대해 물었죠. 겨울이었어요. 수상이 막 자살을 했다고 했어요. 하지만 나는 그저 정상적으로 부풀어가는 내 가슴에만 관심이 있었죠. 당신은요? 내 기억이 맞다면, 당신은 그때 몹시 슬펐다고 했던 것 같아요.

베스포르는 맞다고 대답했다. 그건 아주 특별한 슬픔이었다. 깊은 심연 같은 슬픔. 영원히 희망을 잃어버렸다는 느낌. 음모는 연이어 계획되었고, 심연은 점점 깊어만 갔다.

왜죠? 로베나가 물었다. 그 슬픔은 어디에서 오는 것이었나요? 어쨌거나, 음모가 사전에 발각되었다고 해도 언제나 실낱같은 희망은 남아 있게 마련이잖아요. 무슨 일이 있어도 언제나 누군가는 그런 시도를 하고, 독재 체제를 전복시키기 위해 자신의 목숨을 걸잖아요.

베스포르는 고개를 저어 아니라고 대답했다. 그 말은 맞지 않아. 뭔가 시도하는 사람은 아무도 없어. 아무도 자신의 목숨을 걸지는 않는단 말이지. 음모는 거짓이고 그 음모에 가담하는 동조자들은 더더욱 거짓말쟁이들이야. 당신은 그게 웃기다고 생각해?

전혀요. 로베나가 대답했다. 오히려 끔찍해요.

그 말이 맞아. 아마 이제까지 존재했던 그 어떤 음모보다도 끔찍한 음모였을 거야.

자장가와 동화 구연의 중간쯤 되는 단조로운 목소리로 베스포르는 음모에 관한 이야기를 이어갔다. 거짓 음모는 네로 황제 시절부터, 어쩌면 그보다 더 오래전부터 있어왔다. 음모란 하나의 목적을 위해 만들어진다. 국익을 위해, 위기를 극복하기 위해, 공격의 빌미를 얻기 위해, 겁을 주기 위해. 악에게 경고를 주려는 욕망 때문에 계획되거나(자, 너희는 음모를 꾸몄다. 하지만 그 음모가 나를 전복시키지는 못했다), 여자들에 의해 고무되기도 한다. 욕망에 의해. 광기에 의해. 이 세상에서는 온갖 종류의 음모가 꾀해졌지. 하지만 알바니아인이 획책한 음모 같은 건 절대 없었어. 정말이야, 내 말을 믿어. 당신 질문 한번 잘했네. 어째서 음모를 계획하는 시늉을 했느냐? 그렇게 해서 얻는 것이 무엇이냐? 내가 속 시원하게 대답해주지. 아무것도 없어. 그저 목덜미를 관통하는 총알 한 방이 다지. 하지만 그자들도 그 정도는 다 알고 있어. 그런데도 그렇게 하지. 당신은 혹시 이게 다 내가 지어낸 이야기라고 생각해? 아니야, 난 아무것도 지어내지 않았어. 과장한 것도 없고. 오히려 그 반대일 거야. 당신은 그러니까 얼마든지 그렇게 물어볼 권리가 있어. 결말이 어떻게 될지 뻔히 알면서 왜 음모를 벌이는 시늉을 하느냐고. 일반적으로 사람들은 반역자보다는 충신 흉내를 내지. 그런데 알바니아에서는 반역자 흉내를 냈어. 충신 흉내를 낼 수가 없었거든. 그자들은 원래 상상을 초월하는 대단한 충신들이니까. 하지만 독재자는 그자들과 그자들의 입에 붙은 아첨에 진력이 났지. 독재자는 새로운 걸 원했거든…… 당신은 어쩌면 내가 지금 헛소리를 하고 있다고 생각할지도 몰라. 당신이 열두세 살 무렵에 알바니아는 겨우 그와 같은 광기에서 벗어났으니까, 당신 같은 경우는 거의 영향을 받지 않았다고 할 수 있어. 하지만 나는 아니야. 당신은 이렇게 복잡하게 얽히고설킨 실타래에서 논리의 끈을 찾아보려고 애쓸 여유가 있을 수도 있겠지. 가령, 당신한테 독재자와 거짓 음모자, 이렇게 두 진영이 처음엔 오락 삼아 일종의 연극을 벌였다고 말할 수도 있을 거야. 그러니까 거짓 음모자 쪽은 배신자 역할을 하고 독재자는 그들을 처단하는 역할을 맡아 연기하다, 끝에 가서는 껄껄 웃으면서 잘 자라며 헤어지는 거지. 하지만 당신이 그 당시의 광기에 대해서 조금이라도 안다면, 이 일이 처음엔 놀이처럼 시작되었다가 어느 순간 갑자기 독재자의 머릿속에 의심이 싹트기 시작하면서 상황이 달라졌다는 걸 알 수 있을 거야. 깔깔거리는 웃음과 함께 시작된 일이 결국 수갑으로 끝나게 된 거지. 약간 복잡할지는 모르지만 그래도 논리적으로 추론 가능한 일이야. 하지만 그 후 일어난 일은 정말 인간의 뇌로는 이해하기 힘들어. 그렇기 때문에 설명하기 어렵다, 아니 불가능하다고 말하는 거지.

거짓말은 점점 짙어지는 안개처럼 모든 것 위에 내려앉았어. 거짓말은 모든 지평을 닫아버렸지. 어디에서도 빛은 들어오지 않았어. 음모자들의 공모 내용은 처음엔 태아의 초음파 사진처럼 안개 속에서 희미하게 모습을 드러내다가 점차 또렷해졌지. 이 음모가 독재자를 전복시키지 못한다면 또다른 음모가 꾸며질 것이고, 운이 좋다면 성공할 것이라고 생각하는 순진한 사람들도 있었어. 하지만 다음번 음모란 먼젓번 음모보다도 훨씬 더 독재자에게 충실했지. 감옥에 갇힌 음모 가담자들이 보내는 편지는 점점 더 우상숭배적으로 변해갔어. 몇몇은 알바니아어 사전을 요구하기도 했지. 독재자를 향한 흠모의 마음을 전하기에 이미 알고 있는 단어만으로는 부족하다는 것이 그 이유였어. 그런가 하면 음모 가담자들에게 제대로 고문을 가하지 않는다고 불만을 토로하는 사람들도 있었지. 강변의 외딴 모래밭에는 늘 똑같은 내용이 적힌 조서들이 돌아다녔어. 총살당하는 사람들은 마지막으로 "지도자 만세!"라고 외쳤다. 개중에는 자기들이 너무 많은 죄를 지었기 때문에 전통적인 수단이 아니라 대전차용 폭격기나 화염방사기로 처형해달라고 요청하는 사람도 있었다, 자신의 흔적이 전혀 남지 않도록 폭탄을 동원하라는 사람, 머리를 처박고 죽게 해달라는 사람, 죽은 다음에 시체를 매장하지 말고 옛날처럼 까마귀밥이 되게 내버려두라는 사람도 있었다……
하지만 이런 소식을 접한 그 누구도 진실과 거짓을 제대로 가려낼 수 없었어. 음모 가담자와 독재자의 목적을 제대로 파악하는 것도 불가능했지. 때로는 독재자의 의중을 파악하는 편이 훨씬 쉽다고 느껴지기도 했어. 그는 나라의 이쪽 끝에서 다른 쪽 끝에 있는 모든 것을 노예로 만들었고, 음모 가담자들이 그에게 보내는 찬사는 그에게 씌워진 왕관이나 다름없었어. 이보다 훨씬 대담한 분석을 제안하는 사람들도 있었지. 이를테면 충신들의 사랑에 진력이 난 독재자가 새로운 것, 겉으로는 도저히 불가능해 보이는 것, 다시 말해서 반역자들의 사랑을 갈구한다는 것이었어. 뒤에 서방 세계, 나토, CIA가 숨어 있는 반역자들의 사랑. 독재자는 자신이 겉으로는 그들을 증오하지만 사실은 비밀리에 그들을 사랑하고 있다고 확신했어. 그의 최초의 우상이었지만 결국 골칫거리가 되고 만 요시프 티토처럼. 골칫거리가 된 티토는 밤낮을 가리지 않고 그의 속을 끓였어. 하지만 그 골칫거리는 어느새 무지개다리를 건너가버렸지. 그 안에서 허우적거리고 있던 자신과는 차원이 달랐던 거야. 아마 밤이면 그도 어째서 세상은 그는 받아들이고 나는 받아들이지 않느냐고 소리 높여 외치고 싶었을 거야. 무엇이 그렇게 되는 것을 방해한 걸까? 그는 마침내 답을 발견했어. 그의 충신이라고 자처하는 자들에게 답이 있었던 거야. 충신들은 그의 외투 자락을 붙잡고 늘어졌기 때문에 도저히 떼어놓을 수가 없었어. 이들은 무지개다리 초입에서 그가 다리 위로 도약하려는 것을 막았지. (당신은 내 삶을 방해하고 있어요.) 그들은 그의 팔에, 단추에, 피투성이가 된 장화에 매달렸어. 우리와 함께 있어주세요, 저들과 함께 있어서는 안 됩니다. 우리를 버리지 마세요! 그럴 때마다 독재자는 외치고 싶었어. 더럽고 아니꼬운 충신 무리들아, 나를 수렁으로 끌어내리는 건 바로 너희들이다. (당신은 나의 성 정체성을 파괴했어요.) 좀 더 기다리면 알게 될 것이다. 그리고 그들에게 채찍질을 퍼부었지. 충신들이 그를 칭송할수록 그는 그들을 더욱 세게 내리쳤어. 때때로 들려오는 고함 소리를 들으며 그는 그들이 자신을 조롱하고 있다고 생각했지. 결국 승리는 그들의 것이었어.

밖에서는 눈보라가 조금 주춤하는 듯했다. 베스포르 Y는 몹시 피곤했다. 모든 것이 혼란스러워 자신이 혼자 머릿속으로 생각한 것과 실제로 로베나에게 말한 것을 구별하기조차 힘들었다. 그러니 로베나가 들었거나 듣지 못한 것을 짐작하기란 더욱 난감한 일이 아닐 수 없었다.

새벽 다섯시경, 로베나가 잠결에 몸을 떨기 시작했다. 그는 그녀의 몸을 쓰다듬었다. 두렵소? 로베나는 의미 없는 말을 중얼거렸다. 그런 다음 반쯤 잠든 상태에서 속삭이듯 물었다. 당신은 왜 이런 시련을 자처하는 거죠?

베스포르는 눈을 감고 있었다. 일단 잠이라는 피난처로 도피한 다음에야 좀더 수월하게 대답할 수 있으리라 생각하는 듯했다.

내가 왜 그러느냐고? 어느덧 드문드문 날리고 있는 눈송이를 응시하며 그는 생각에 잠겼다. 왜 그런지 알아봐야겠군.

그때 벌써 익숙해진 술주정뱅이의 목소리가 들렸다. 이 나라의 비열한 속성을 알기 위해선 굳이 영어를 알 필요도 없습니다, 선생.

하느님 맙소사, 정말 가관이로군. 다행히 술주정뱅이는 덩치 큰 붉은 머리 남자에게 말을 거는 중이었다. 내 말을 믿으시라니까요, 선생. 유럽은 점점 이슬람화될 겁니다. 아랍 국가들은 어쩌냐면 말입니다, 석유 생산이 고갈되면, 그러니까 산유국들에 가난이 몰아닥치면, 이천 년 전에도 그랬던 것처럼 기독교의 물결이 몰려올 테죠. 붉은 머리는 술주정뱅이에게 등을 돌리며 아니, 그렇지 않아요, 라고 반박했다. 하지만 술주정뱅이는 단념하지 않았다. 내 말을 듣기 시작했으면 끝까지 들어야지. 그렇게 되면 말이오, 지금으로부터 이천 년 전처럼, 기독교가 다시 유럽 쪽으로 밀고 올라오려 하겠지만, 때는 이미 늦어버렸을 게요. 너무 늦다, 이 말이오, 알겠소? Too late! 고층건물들 위로 이슬람

사원의 노랫소리가 둥둥 떠다니게 되겠지. Too late! 이봐, 자네 내 말 듣고 있어? 이 천재지변 같은 소식을 알아듣는 데 영어 따위는 필요 없다니까!

베스포르는 그쪽에서 조금 떨어진 창가 쪽으로 자리를 옮겼다. 갈기갈기 찢어진 신부의 베일 조각 같은 마지막 눈송이가 마치 두려움에 몸을 떨듯 유리창 너머로 멀어져갔다.

왜 이렇게 하느냐…… 함께 보낸 이틀 동안 두 사람은 너무도 자주 이 질문으로 돌아와야 했다. 그가 늘어놓는 설명이 그 자신조차 이해할 수 없을 정도로 애매하게 느껴질 때도 있었다. 그러면 그는 다르게 설명하려 노력했다. 두 사람은 자유를 되찾게 될 것이다. 로베나와 베스포르, 두 사람 모두 자유롭게 될 것이다. 의심과 헛된 모욕으로부터 멀어지게 될 것이다. 일상으로부터, 반복되는 의식의 중압감으로부터, 질투로부터, 한없이 길어지는 불안하고 불쾌한 전화의 침묵으로부터, 그리고 마침내 그 운명의 여인, 슬픔에 잠긴 과부 여인, 즉 이별로부터 두 사람은 해방될 수 있을 것이다.

로베나는 그의 설명을 이해하려 애썼다. 당신은 나와 헤어져도 힘들지 않을 것 같아요? 베스포르는 애써 웃어 보였다. 중요한 건 그가 고통스러우냐 아니냐가 아니었다. 두 사람은 언젠가는 이별하게 될 것이었다. 그러나 콜걸과 고객의 관계는 자의든

타의든 이별을 맞을 수 없었다. 그들은 이미 거울의 다른 편에 서 있었다. 말하자면 경박하고 무의미한 이 세상의 것들을 넘어서 있는 곳.

맥이 빠진 로베나는 베스포르의 말을 반박하려 했지만 확신이 없었다. 혹시 당신은 이런 식으로 우리 사이에 욕망의 불길을 다시 당기려는 건가요? 당신을 만날 때마다 내가 당신에게 낯선 사람이 되고, 먼 사람이 되고, 부정한 행동도 서슴지 않는 여자가 되면 당신을 육체적으로나마 훨씬 강력하게 끌어당길 수 있다는 말인가요?

베스포르는 뭐라 대답해야 할지 알 수 없었다. 아니라고 대답할 수는 없었다. 솔직히 그렇게 될 가능성, 아니 그 주제에 대해 대화하는 것 자체가 이미 상당히 마음을 동요시켰기 때문이다. 로베나가 하소연하는 듯한 목소리로 아니요, 아니요, 라고 거듭 말할 때마다 베스포르는 거부감이 들기보다 오히려 유혹되고 있다는 생각이 들었다. 그러고 나니 로베나 역시 무의식적으로 같은 생각을 하고 있을 것이라는 의심을 떨쳐버릴 수 없었다.

로베나는 똑같은 질문을 다시 한번 던졌지만 여전히 답변을 듣지 못했다.

나는 너무나 겁이 나요. 당신은 두렵지 않나요, 베스포르? 당신은 나한테 절대로 불가능한 일을 하라고 요구하고 있다구요.

베스포르도 자신이 두려움을 느끼고 있는지 아닌지는 알 수 없었다. 물러서기엔 이제 너무 늦었다는 사실을 알 수 있을 뿐.

왜 이렇게 하는 것일까? 이런 경우 사람들은 잘 모르겠다고 대답한다. 하지만 그는 알고 있었다. 모르는 척했지만 사실은 알고 있었다. 늘 알고 있었다. 그는 고의로 애매한 상황을 조장했다. 거기서 빠져나오기 위해서였다. 하지만 그는 여전히 빠져나오지 못했다.

두 사람은 서로 많은 말을 했지만, 사실 절반뿐인 말이었다. 절대로 모든 것을 다 드러낸 적은 없었다. 두려움은 당연히 있었다. 하지만 불가능한 무언가에 대한 두려움이 아니었다. 그에 대한 로베나의 두려움, 로베나에 대한 그의 두려움. 두 사람 자신에 대한 두려움이었다.

베스포르는 절대 잊지 못할 그날, 로베나가 저녁식사를 마치고 가벼운 발걸음으로 다가와 그가 앉은 소파 옆자리에 앉는 순간부터 그걸 알고 있었다. 당신은 내가 감당할 수 없는 사람이군. 그의 온 존재가 그렇게 외쳐대고 있었다.

베스포르에게 로베나는 감당하기 힘든 존재였다. 베스포르는 법의 테두리를 벗어난 기분이었다. 무슨 법인지는 그 자신도 알 수 없지만, 어쨌거나 그는 법의 보호망 바깥에 있었고, 그걸 확신했다.

로베나가 무슨 말을 하면 그에 대답했지만, 그가 입 밖에 내는 말들은 그의 머릿속에서 맴도는 내용과는 아무 상관이 없었다. 베스포르는 남자가 평생 만날 수 있는 아름다운 여자는 서너 명이라고 생각해왔다. 그리고 그는 이미 그 숫자를 채웠다. 그러니 더이상의 여자를 탐하는 건 위험한 짓이라고 생각했다.

몇 해 전부터 그는 아름다운 여자들의 수수께끼에 매혹되었다. 그 여자들을 알려주는 표지, 다시 말해 그저 예쁘기만 한 여자들과 구별해주는 표지는 간파하기 어려웠다. 두 부류의 여자를 갈라놓는 경계선은 마치 수면 위의 선이나 두 겹이 맞붙어 있는 거울의 면처럼 불안정해서 그 덧없는 속성을 그대로 반영하고 있었다. 정숙한 여자든 부정한 여자든 아름다운 여자들에게서는 항상, 그녀들도 모르는 무언가가, 천상의 낚싯바늘 같은 것이 이들을 붙잡고 있는 분위기가 풍겼다.

그런 여자들은, 곁에 있어도 언제나 결핍감을 안긴다. 그들이 품에 안고 사랑의 밀어를 속삭여주어도 늘 허기가 느껴진다. 부족한 건 아무것도 없다, 그러니 주어진 것 말고는 아무것도 요구하지 말라고 스스로에게 거듭 말해보지만, 보이지 않는 경계선 뒤로 애무나 눈물 같은 무언가가 항상 도망치고 있다는 느낌을 지울 수 없다.

아름다운 여자들은 고통으로 괴로워할 때조차도, 그래서 그녀들도 어쩔 수 없이 남들과 똑같아져버렸다고 생각할 때조차 완전히 무너지지 않는다. 나머지 반쪽이 이들을 구원하러 오기 때문이다. 그 여자의 모습이 아직도 시야에 들어오고, 그 여자의 울음소리가 아직 귀에 선명하게 들리고, 여자의 눈에서 흘러내린 눈물이 당신의 얼굴을 적신다 해도, 그 여자의 본모습, 파괴할 수 없는 영구적인 실체는 아득히 먼 어딘가에 안전하게 피신해 있음을 깨달을 수밖에 없다. 그건 어쩔 수 없는 일이다. 그런 이유로 당신의 분노가 폭발한다면, 그 여자가 당신에게 제공한 보드라운 목덜미와 가슴과 허벅지와 음부에 만족하지 못하고 당신의 지배력을 좀더 확장시키기를 원한다면, 당신의 손아귀를 빠져나가는 듯한 그 무언가까지도 차지하기를 원한다면, 그 여자를 죽이는 것만이 유일한 방법임을 당신은 느끼게 될 것이다.

로베나가 날렵한 제비처럼 천진하게 소파에 와 앉은 그 순간부터, 음습한 상상 속의 지대에서 베스포르는 벌써 알 수 있었다. 로베나가 사냥꾼이 겨눈 총구 앞에 무심하게 앉아 있는 한 마리 새라는 것을.

로베나는 의심할 여지없이 '그런 여자'들 중 한 명이었다. 일반적으로 이것은 창녀를 가리키는 표현이었다. 하지만 그녀의 경우는 그렇지 않았다. 로베나에게는 아름다운 여자들의 표지, 즉 불안정한 경계선과 천상과의 합일을 비롯한 여러 표지가 있었다. 다시 한번 그는 아니라고 말했다. 아니야, 난 여자 뒤꽁무니를 쫓는 남자가 아니었어. 지금은 더더욱 아니지. 흔히들 몸은 늙었어도 마음은 청춘이라고 하지만 딱한 말이지. 그의 경우엔 몸이 아니라 마음이 먼저 타격을 입었다.

로베나는 여전히 이런저런 이야기를 늘어놓았고, 그는 대답했다. 여자에게 잘 보이고 싶은 그의 바람은 예전에 비하면 상당히 약해졌지만 아주 사라진 건 아니었다. 그에겐 그렇게 할 이유가 없었다. 그의 생각은 그랬다. 더구나 누군가가 그렇게 해야 한다고 강요라도 하면 몹시 불쾌할 것 같다는 것이 솔직한 심정이었다.

두 사람의 대화는 계속 이어졌다. 분노도 계속됐다. 희한하게 대상은 바뀌었으면서도 사그라들지는 않았던 것이다. 그건 분노일 수도 있지만 무엇인가에 대한 거부일 수도 있었다. '그런' 관계에는 애초부터 유혹되지 말았어야 했다. 하지만 다른 한편으로, 그는 누구에게도 기존 질서 속에 편입되겠다고 약속한 적이 없었다. 이 세상 수백만 명이 경험하는, 평범하기 그지없는 일시적인 사랑…… 안 될 것도 없지 않은가?

그날 식사를 마치고 난 후의 일을 다시 떠올려봐도, 그는 과연 정확히 어느 시점에 자신이 그와 같은 유혹에 몸을 맡기기로 마음먹었는지 도무지 알 수가 없었다.

규칙적인 기차의 진동은 이런저런 일을 끊임없이 떠올리는데 도움이 되었다. 모든 일엔 언제나 리듬이 필요한 법이다.

들판엔 눈이 희끗희끗 덮여 있었다. 덕분에 어느 나라를 지나고 있는지 짐작하기가 어려웠다. 그는 거듭 생각했다. 유럽연합은 위대한 지도자들에 의해 구상되기 전에 이미 흰 눈에 의해 창조되었다고.

기차 소리가 단조로워졌다. 로베나와 벌인 게임, 역사 이래 수십억 번이나 반복되었을 평범한 그 게임은 생각보다 훨씬 오래 지속되었다. 로베나는 갑자기 까다로운 여자가 되었다. 하지만 로베나의 거부 행동은, 상대가 다른 사람이었다면 몸값을 올리는 효과가 있었겠지만, 베스포르에게는 오히려 역효과를 낳았다. 그는 아름다운 여인들은 그따위 작전은 쓰지 않으며, 전혀 그럴 필요가 없다고 굳게 믿고 있었다. 로베나는 그러므로 자신만의 고유한 표지를 상실해가고 있었다. 그가 몰염치까지는 아니더라도 그녀에 대한 배려라곤 전혀 없는 태도로 그녀에게 여행을 제안할 수 있었던 이유는 아마도 거기에 있었을 것이다.

호텔에서 사춘기 소녀같이 작은 로베나의 가슴을 본 그는 실망하는 대신 차라리 안도감을 느꼈다. 전혀 육감적이지 않은 그녀의 젖가슴은 하늘에서 내려준 행운 같았다. 덕분에 창백하고 섬세하며 무방비 상태에 놓인 가슴을 지닌 로베나가 위험한 여자라기보다 나이 어린 순교자처럼 느껴지기 시작했다.

그러나 그의 안도감은 잠시뿐이었다. 그로부터 몇 주 후, 로베나는 팽팽한 젖가슴은 물론 잘 드러나지 않는 경계선, 장난기 어린 시선, 수수께끼 같은 표정 등 모든 것을 되찾았다. 로베나의 두 눈은 그에게서 환희의 표정을 읽으려고 조바심쳤으나 베스포르는 놀라 굳어버렸다. "천상天上"이라는 말을 입 밖에 내긴 했지만, 갑자기 커진 로베나의 가슴에 대한 자신의 속마음은 반대라는 것을 그는 똑똑히 인식하고 있었다.

이 모든 이야기에는 무언가 거꾸로 뒤바뀐 것이 있었다.

그것만으로는 부족하다고 느꼈는지 로베나는 그의 귓가에 대고 자신의 가슴은 베스포르의 작품이라고 속삭였다. 그는 불안을 숨기지 못했다. 그보다는 "당신이 나를 임신시켰어요"라는 말이 백 배 천 배 자연스러웠을 것이다. 로베나가 속삭인 인과관계에는 카눈*에 묘사된 '젖의 나무'** 같은 것이 개입되는 것 같아 베스포르에게는 공포를 불러일으킬 따름이었다.

이제 위협받는 쪽은 먼 옛날의 어느 날 오후처럼, 그였다. 소

---

* 십오 세기에 만들어진 알바니아의 관습법. 죽음을 죽음으로 되갚는 '피의 복수'를 허용하며, 북부 알바니아를 중심으로 현재까지 시행되고 있다.
** '카눈'에서 아버지에 의한 혈족 관계는 '피의 나무'로, 어머니에 의한 혈족 관계는 '젖의 나무'로 칭한다.

파에 앉은 로베나가 총구의 표적이 된 한 마리 새처럼 여겨졌을 때처럼 그는 내면의 소리를 들었다. 이 관계는 안 돼.

지금까지 꾸었던 꿈 중에서 베스포르가 한사코 기억하고 싶지 않은 꿈이 하나 있었다. 참을 수 없는 그 꿈에서 로베나는 자신의 목에서 너무 하얀 가슴으로 이어지는 골, 십자가 같기도 하고 목을 조르는 끈의 흔적 같기도 한 칼자국을 닮은 뭔가를 바라보려 곁눈질하고 있었다.

수십 번 넘게 유럽을 가로지르며 여행할 때마다 그는 익숙한 기차의 소음에 몸을 맡긴 채 잠들면서 로베나를 떠나야겠다고 생각했었다. 다음번엔 꼭 그렇게 해야지, 다음번이 마지막이 될 거야, 라고 그는 다짐했다. 그러나 당장은 발칸반도가 화염에 휩싸여 있었다. 해서 모든 일은 무기한 연기되었다.

그때 벌써 당신은 나와 헤어질 생각을 했었어요? 모든 것이 예전 같지 않다고 나한테 말하기 훨씬 전에도 벌써 그런 생각을 했단 말이죠? 제발 속 시원하게 말 좀 해봐요. 나는 그것도 모르고 이 호텔 저 호텔을 전전하면서 우리 두 사람은 행복하다고만 생각했는데, 당신은 슬슬 이별 준비를 하고 있었단 말이죠?

그런 질문에 답한다는 건 매우 복잡한, 아니 어쩌면 불가능한 일이었다.

도대체 자신이 무엇을 준비하는지 아는 사람이 이 세상 어디에 있단 말인가? 사람들은 그저 어디론가 떠나며, 그것이 잘못된 방향이라는 것을 알면서도 제대로 가고 있다고 믿는 척할 뿐이다.

베스포르는 욕망의 눈금을 조금 더 올리기 위해 로베나를 로렐라이 클럽으로 데려가면서도, 사실은 자신의 목적이 다른 데 있다는 걸 마음속 깊은 곳에서부터 깨달았다. 그는 이별이나 부정에 따른 질투, 고통 등을 청산하고 싶었던 것이다. 신체에 지나친 무리를 주지 않으면서 이를 악물고 타격을 견디는 법을 익히는 권투선수처럼, 그는 다른 사람이 로베나의 몸을 만지는 광경을 자기 눈으로 미리 보고 싶었던 것이다.

자기 안에 도사리고 있는 이런 야수 같은 감정을 제대로 다스리게 된다면 로베나에 대해서도 그럴 것이며, 운명의 시간이 와도 로베나는 위험한 존재가 아니게 될 것이었다.

그는 추잡함과 음란함, 뻔뻔스러움, 금전욕 등을 마구 섞어놓은 듯한 이들 무리와의 결탁이 자신에게 아무런 도움이 되지 않을뿐더러 언젠가는 자신에게 해가 될 수도 있다는 사실을 알고 있었다. 하지만 그런 것 따위는 두렵지 않았다.

두 사람의 관계에서, 그에게는 가장 다행스럽지만 로베나에게는 가장 치명적이었던 방법은 로베나를 콜걸로 둔갑시키는 것이었다. 그것만이 로베나에게서 연인의 왕관을 벗길 수 있는 유일한 방법이었다. 티라나에서 저녁식사 후 소파에 앉아 있는 정상적인 모습으로 연인의 왕관을 쓴 로베나는 그에겐 감당 못할 존재였다. 흘러가는 시간이 로베나를 한층 더 위험한 존재로 만들어버렸다.

요란한 장식이 달린 이 새로운 가면은 그를 구원해주는 최후의 수단이었다. 그 후엔 무엇이…… 이 가면과 장식으로도 안 되면 그 후엔 무엇이 남게 될 것인가? 어쩌면 창백한 납빛만 남겠지. 얼음 표면에서 올라오던 김이 마치 지우개로 지워버린 듯 한순간 사라지는 것처럼 말야. 그렇게 되면 그것이 새로운 출발점이 될 것이고, 결국에는 살인이라는 헐벗고 비참한 생각도 자라나게 되겠지.

베스포르는 이 같은 유혹이 머릿속에 떠오르자 소스라치게 놀랐다. 그 생각은 자신의 뇌 속에서 태어나 그곳에 매달린 채 황량한 지대를 굽어보며 숨어 있었다. 마치 죽은 것처럼, 아무런 목적지도 없이, 유예 기간도 마감 시한도 없이 꼼짝 않고. 하지만 이 생각은 그 자체로서 이미 선사시대의 부정형적 삶의 형태를 배태하고 있었다. 유럽에서 살인은 그다지 어려운 일은 아니었다. 하물며 요즘 같은 시기의 알바니아에서는 더더욱 간단한 일이었다. 각종 통제에서 벗어난 사각지대에 위치한 작고 허름한 모텔, 이천 유로 정도면 아무런 흔적도 없이 사람을 없애버릴 수도 있는 그런 모텔들이 도처에 즐비했다.

베스포르 Y는 어두운 생각들을 떨쳐버리고 싶을 때면 그러듯 세차게 고개를 저었다.

이건 말도 안 돼. 생각이란 꿈이나 마찬가지야, 아무런 핑계나 이유 없이 나타났다가 사라져버리지.

그는 로베나가 긴 의자, 그녀가 타고 있는 기차 객실의 의자일 수도 있고, 그 옛날의 소파일 수도 있는 긴 의자 위에서 무릎을 세운 채 졸고 있는 모습을 떠올렸다. 그러자 문득 그리움이 몰려왔다.

베스포르의 코에 어렴풋이 술주정뱅이의 냄새가 스치는가 싶더니, 곧 그의 목소리가 들려왔다. 술주정뱅이는 저렇게 행선지를 잘못 가르쳐주는 틀려먹은 표지판이나 이해하자고 애써 외국어를 배울 필요는 없다고 떠들어댔다.

베스포르 Y는 그를 피해 다른 칸으로 가려고 몸을 일으켰다. 기차 바퀴처럼 수없이 맴돌았을 로베나의 질문은 여전히 그의 머릿속을 떠나지 않았다. 당신은 왜 그렇게 하는 거죠? 무엇을 원하는 거예요, 왜 그러는 거냐고요. 그는 분명 불가능한 것을 구하고 있었다. 또다른 한 사람…… 독재자처럼…… 배신자들의 사랑을……

괴물 같으니. 어떻게 네놈이 저지른 악을 우리에게 수혈한 거지?

8

12주 전. 다른 지대.

『돈키호테』에 나오는 세 개의 장.

처음에 그걸 '다른 지대'라고 이름 붙인 사람은 베스포르였다. 그러다 두 사람 모두 너무도 자연스럽게, 유로존이나 셍겐 지대* 라는 말을 쓰듯이, 차츰 그 표현을 쓰기 시작했다.

그는 로베나에게 알바니아행 항공권을 보냈다. "이번 기회에 식구들이나 만나보는 게 어때? 그러면 당신에게도 좋을 거야. 난 당신 결핍 상태야. B."라고 쓴 쪽지도 동봉했다.

로베나의 시선은 오랫동안 '결핍'이라는 단어에 머물렀다. 결핍이라니, 시대착오적인 분위기를 풍기는 말이었다. 무슨 미네랄 결핍이 생각나기도 하고. 당신을…… 애타게 기다리고 있어. 예전에는 '애타게 기다린다'였는데, 그 단어가 이렇게 바뀌다니.

로베나는 똑같은 어조로 답장을 보냈다. "항공권 고마워요. 나도 당신 결핍 상태예요. R."

---

*유럽연합 회원국을 중심으로 국가간 이동시 국경 검문검색을 폐지하고 여권 검사를 면제하기로 한 셍겐 조약이 발효된 지역.

어떻게든 되겠지. 로베나는 생각했다. 그를 다시 볼 수만 있다면 아무래도 좋아.

두 사람 모두 호기심이 발동하는 것은 지극히 당연한 일이었다. 처음으로 두 사람은 다른 영역에서 만나는 것이 아닌가. 그곳에서는 모든 것이 달랐다. 언어부터 달랐다.

알바니아에 도착하기 전 로베나는 베스포르와 몇 차례 안 되는 통화를 할 때마다, 티라나에서 이럴 수 있다니 정말 기분이 이상하다며 놀라워했다.

그들이 모텔에 간다는 사실도 놀라운 일이었다. 베스포르는 로베나가 뭐라고 입을 열기도 전에 걱정할 필요 없다는 말로 우려를 잠재웠다. 얼마 전부터 알바니아에서도 흔한 일이라는 것이었다.

오후 늦게 베스포르는 차를 몰고 로베나가 사는 집 앞 골목으로 그녀를 데리러 갔다. 멀찌감치 인도에 서 있는 로베나의 우아한 실루엣을 알아본 그는 왜인지 자신도 모르게 하느님 맙소사, 라고 중얼거렸다.

두러스 고속도로를 달리는 동안 그는 로베나의 옆모습을 흘끔흘끔 살폈다. 로베나의 안색은 예상대로 창백했다. 움직임 없는 인형에 일본 쌀가루를 칠해놓은 듯한 희한한 조합이었다. 이제껏 그는 그토록 열렬하게 로베나를 갈망한 적이 없었다.

자동차는 고속도로를 벗어나 해변을 따라 난 좁은 도로로 접어들었다. 군데군데 식당과 호텔의 불 켜진 간판이 눈에 띄었다. 그제야 로베나는 호텔 이름을 소리 내어 읽으며 활기를 되찾았다. 몬테카를로 호텔. 카페 비엔나. 모텔 Z. 모텔 르디스크레. 뉴저지 호텔. 퀸 마더 호텔.

아니, 도대체 어떻게 이런 일이 일어날 수 있죠? 로베나는 문득문득 되뇌었다. 도대체 언제 이런 걸 다 지은 걸까요?

두 사람이 묵을 모텔은 조금 외진 곳에 위치한데다 소나무에 가려 거의 눈에 띄지 않았다. 두 사람은 가명으로 숙박계를 작성했다. 주인이 방으로 안내했다. 식당은 위층에 있었다. 원한다면 저녁식사를 방으로 가져다줄 수도 있다고 했다.

방은 기분 좋을 정도로 난방이 되어 있었고, 바닥엔 와인색 양탄자가 깔려 있었다. 벽에는 약간 에로틱한 그림들이 걸려 있었고, 욕조 옆 벽면엔 벌거벗은 여자 세 명이 부조되어 있었다.

이상해…… 소나무 숲을 내다보기 위해 커튼을 젖히면서 로베나가 내뱉은 단 한마디였다. 소나무 숲 뒤로는 검푸른 바다가 넘실거렸다. 베스포르는 침대 머리맡에 앉아 로베나가 그림자처럼 방 안을 왔다갔다하는 모습을 물끄러미 지켜보았다.

준비할까요?

베스포르는 고개를 끄덕거렸다. 가슴 한구석에 산소가 부족한 듯한 느낌과 함께 기분 좋은 열정이 몰려오는 것 같았다. 이곳에서 로베나는 어떤 식으로 '준비'를 할까? 분명히 예전과는 다른 방식일 테지……

전등에서 희미한 불빛이 흘러나왔다. 천천히 옷을 벗고 있을 로베나를 상상하는 동안 자신의 심장이 점점 더 천천히 뛰는 것을 느꼈다. 모든 것이 다르니 로베나가 준비하는 데 시간이 더 많이 걸리는 건 지극히 당연했다.

순간 로베나가 다시는 그의 눈앞에 나타나지 않을 것 같은 느낌이 들었다. 얼마 안 돼 그는 생각했다. 로베나가 오늘은 정말 시간을 많이 들이네. 오래전부터 익숙해진 소리가 더이상 그의 귀에 들리지 않았다.

그는 침대에서 내려와 몽유병 환자처럼 천천히 욕실 쪽으로 걸어갔다. 문은 반쯤 열려 있었다. 그는 문을 마저 열고 그 안으로 들어갔다. 로베나, 하고 불렀지만 소리가 나오지 않았다. 로베나는 거기 없었다. 세면도구와 빗, 향수병, 립스틱 등은 모두 거울 아래에 가지런히 놓여 있었다. 욕조 가장자리에 놓인 파스텔 톤의 연푸른색 하늘거리는 실크 란제리들은 마치 도기 장식품 같아 보였다. 로베나가 없다니 도대체 어떻게 된 일이지? 그림자처럼, 문소리도 내지 않고 떠나버리다니.

거울 앞에서 그는 다시 한번 세면도구를 쳐다보았다. 그리고 나서 거울에 비친 자신의 얼굴을 바라보았지만, 누군지 알아볼 수가 없었다. 넌 그 여자를 네 것으로 만들었다가 놓쳐버린 거야. 그는 스스로를 힐책했다. 다 잡은 새를 네 손으로 놓치고 말았어.

그는 갑자기 몸을 돌렸다. 로베나가 다시 나타난 듯했기 때문이었다. 하지만 그녀가 아니었다. 그녀의 그림자일 뿐이었다. 욕조 옆 부조의 세 여자 가운데 한 명이 이상하게 로베나와 닮은 것 같았다. 아까는 왜 그걸 눈치채지 못했을까? 넌 늘 석고처럼 창백한 여자를 찾아 헤맸잖아. 베스포르는 혼자 중얼거렸다. 하지만 이건 닮은 것 이상이야. 이 여잔 로베나와 닮은 여자가 아니라 로베나야. 로베나는 이 여자의 몸을 빌려 그 안으로 들어갔어. 목덜미와 가슴, 순백의 배, 모두 천상에서 온 것처럼 낯설지만, 그가 늘 꿈속에서 찾아 헤매던 것들이었다. 이윽고 그는 생각했다. 미쳤구나, 정신이 나갔어.

그는 울고 싶어져서 손으로 머리를 감싼 채 욕조 가장자리에 주저앉았다. 이런 일은 처음이었다. 그렇게 영원히 시간이 이어질 것 같았는데, 몇 개의 손가락이 그의 머릿결을 스쳤다. 벽에 조각된 대리석 팔이 뻗어나와 자신을 어루만지는 것 같아 두려운 나머지 베스포르는 두 눈을 꼭 감았다. "베스포르, 자요?"라고 묻는 로베나의 목소리를 듣고서야 그는 비로소 몸을 떨었다.

로베나는 호텔 가운을 반쯤 풀어헤친 채 그의 옆에 몸을 뉘었다.

무슨 일이 일어난 건지 나도 잘 모르겠어. 깜빡 졸았던 것 같아, 라고 베스포르가 말했다.

방금 전 잠이 들었을 때 본 것과 똑같은 대리석 가슴과 배였다. 한가운데 수북이 덮인 검은 음모만 달랐다.

베스포르는 로베나를 끌어당겨 격정적으로 안았다. 마치 그녀가 따뜻한 살로 이루어져 있음을 확인하려는 것 같았다. 로베나도 똑같이 화답했다. 목이며 가슴, 보드랍고 따뜻한 겨드랑이에서 온기가 느껴졌다. 그러나 입술만은 대리석의 인질처럼 무심하게 남겨져 있었다. 두 사람의 입술은 소용돌이처럼, 요란하고 위협적인 회오리바람처럼 격렬하게 접근했지만, 그들은 몸 파는 여자와 고객 사이의 암묵적인 철칙, 즉 입술에 키스하지 않는다는 철칙을 거스르지 않았다.

그는 로베나의 배에 입을 맞추었다. 그리고는 검은 동굴 입구를 향해 고통스럽게 내려갔다. 그곳은 다른 법칙이 지배하는 곳이었다.

그가 가쁜 숨을 몰아쉬며 언제나처럼 어땠느냐고 묻기도 전에 로베나는 그의 귀에 대고 천국처럼 근사했다고 속삭였다.

그는 로베나의 머리를 쓰다듬었다.

밖에는 밤의 어둠이 내려앉고 있었다.

저녁을 먹기 전, 베스포르는 로베나에게 바닷가 산책을 제의했다. 어둠에 잠긴 바다는 불안한 마음을 불러일으켰다. 모텔의 경계를 따라 둘러쳐진 어두운 빛깔의 울타리 여기저기에서 음울한 빛이 반사되었다.

로베나는 남자의 팔에 매달렸다. 파도 소리 때문에 두 사람의 말소리는 산산이 부서졌다. 로베나는 멀리 보이는 희미한 불빛들이 조그 왕의 빌라에서 나오는 불빛인지 물었다. 베스포르는 그럴지도 모른다고 대답했다. 왕위 계승자와 그를 따르는 측근들은 얼마 전에 알바니아로 돌아왔다. 제랄디네 왕비도 마찬가지였다. 하지만 언론에서는 그녀의 목숨이 얼마 남지 않았다고 보도했다.

도저히 믿기지 않아요. 로베나는 뭐가 믿기지 않느냐는 베스포르의 물음에 대답을 했지만 자신의 의도가 그에게 제대로 전달됐는지 확신할 수 없었다. 도로변을 따라 즐비하게 늘어선 할리우드식 이름의 모텔과 빌라, 그 안에 숨은 수영장, 모텔 주인으로 변신한 과거의 공산주의자들, 역시 무언가 깜짝 놀랄 만한 것으로 변신했을 과거의 부르주아들, 향수에 젖은 과거의 왕족들, 이 모두가 믿을 수 없는 일이었다.

로베나는 이유 없이 울고 싶어졌다. 다른 무엇보다 믿을 수 없는 건 광기에 찬 베스포르, 그리고 당연히, 그와 함께 이 오리무

중 속에서 허우적거리는 자신이었다.

모텔로 돌아오는 길을 찾기란 쉽지 않았다. 모텔이 가까워지자 베스포르는 로베나에게 외투 깃을 내리지 말라고 당부했다. 로베나는 이유를 물어보려다 숙박계에 가짜 이름을 적은 사실을 기억하고는 이내 입을 다물었다. 두 사람은 방으로 저녁식사를 주문했다. 온갖 진귀한 음식들이 차려졌다. 값비싼 와인도 있었다. 주인은 갓 잡은 사냥물들과 알바니아 수상이 즐겨 마신다는 이탈리아산 와인, 가야를 추천했다. 베스포르는 그런 말은 잘 믿지 않는다면서도 주인이 권하는 대로 주문했다.

주인이 방을 나가자 두 사람의 시선이 부드럽게 마주쳤다. 이런 시선을 교환하고 나면 으레 로베나는 아, 당신과 함께할 수 있어서 정말 행복해요! 라고 말하곤 했다. 베스포르는 그 말을 기다리다가 로베나가 주저하는 모습을 보고는 고개를 떨구었다.

모든 것이 분명 예전 같지 않았다.

로베나가 뭐라고 말하고 있었지만 베스포르는 알아들을 수 없었다. 마치 외국어 같았다. 뭐라고? 그는 조그만 소리로 물었다. 로베나는 혹시 저녁식사 때 그녀가 옷을 갈아입기를, 좀더 우아한 차림으로 식사 자리에 나타나기를 원하냐고 물었다.

베스포르는 물론이지, 라고 말하며 생각했다. '진짜 콜걸처럼.'

검은 벨벳 원피스는 로베나의 가슴 윗부분을 한층 강조했으며, 검은색과 대조를 이루는 흰 피부는 눈부신 나머지 이성을 잃을 정도였다. 베스포르는 자신이 이 여자와 수백 번 잠자리를 같이했다는 사실이 도저히 믿기지 않았다. 방금 함께 보낸 두 시간마저도 있을 수 없는 일같이 느껴졌다.

"조금 전 바닷가에서 조그 왕의 빌라에서 새어나오는 불빛을 보고 있을 때, 당신이 거짓 음모 가담자들에 대해 들려준 말이 다시 생각났어요."

"아, 그래?"

"전혀 놀라운 일이 아닌걸요. 당신이 한 말은 모두 내 머릿속에 새겨져 있으니까." 로베나는 사람들이 흔히 스스로를 놀림감으로 삼으려 할 때처럼 자신의 이마를 톡톡 치며 말했다. "지난 3주 동안 논문 내용 가운데 조그 왕에 대항했던 음모 부분을 썼는데 당신이 한 말이 계속 머릿속에 맴돌았어요."

"그래, 그자들은 어떤 자들이었지? 그 음모 가담자들 말이야."

로베나는 소리 내어 웃었다. 와인 때문인지 뺨과 목 언저리가 발그스름해진 것 같았다.

"적어도 그 사람들 가짜는 아니더군요."

"물론. 당신, 그 얘기 해줄 거지? 나중에. 그렇지?"

두 사람은 서로를 바라보는 눈빛을 통해 똑같은 생각을 하고 있다는 걸 알았다. 적어도 자정 이후의 시간은 예전과 다르지 않으리라는 생각.

"당신이 왕에 대한 음모 이야기를 들려주면, 난 다른 이야기를 들려줄게."

"정말이에요? 멋지군요!"

"자, 얘기해봐, 내 여신. 왕에 대한 음모 이야기. 진짜 이야기."

"우리도 아까 호텔 프런트에서 가짜 이름을 댔잖아요." 로베나가 장난기 머금은 투로 말했다.

베스포르는 대꾸하지 않았다. 뿐만 아니라 잔뜩 긴장한 표정이었다.

로베나는 여전히 장난스런 눈길로 그를 응시했지만, 베스포르의 얼굴은 옆에서 보아서 그런지, 돌처럼 단단하게 굳어버린 것 같았다. 그러다 정신이 돌아온 듯 불쑥 물었다.

"당신, 우리가 처음 로렐라이 클럽에 갔던 날, 기억해?"

"스와핑 클럽 말인가요? 그건 왜요? 내 기억이 맞다면, 네 계절 혹은 다섯 계절 전이었던 것 같은데요."

베스포르가 웃었다.

"아니, 네다섯 계절 전이 아니라, 사오 세기 전이지!"

로베나는 여유로운 태도로 웃어 보이며 베스포르가 자기 앞에 와서 앉기를 기다렸다. 그는 와인 찌꺼기 빛깔의 작은 책을 한 권 손에 들고 있었다.

"방금 사오 세기라고 했어요? 아니면 내가 잘못 들었나?"

"아니, 제대로 들었어." 베스포르는 깊은숨을 내쉬었다. "당신, 우리가 로렐라이 클럽에 들어섰던 순간을 기억해? 우리뿐 아니라 거기 온 모든 사람들이 흥분, 아니 정확하게 말하면 금기를 넘어선다는 두려움을 느끼고 있었어."

그날 그는 자신이 그 저녁을 절대 잊지 못하리라는 걸 이미 알고 있었다. 그들은 불안감을 애써 감추며 그곳에 갈 준비를 하고 있었다. 방에서 왔다갔다하는 동안에도 어쩐 일인지 소리를 낮춰 소곤소곤 말했다.

로베나는 욕실에 들어가 나오지 않고 있었다. 불편한 심리 상태를 가장 극명하게 보여주는 증거였다. 그는 반쯤 열린 문틈으로 로베나의 동작 하나하나를 유심히 살폈다. 그녀는 거울 앞에서 정신을 집중한 채 화장을 했다. 그리고 마지막으로 눈썹과 겨드랑이를 손질했다…… 로베나가 자신이 아닌 다른 사람, 아니 남성 일반을 위해 화장하는 모습을 지켜본 건 그때가 처음이었다……

물론 기억해요. 로베나가 대답했다. 베스포르는 로베나를 뚫어지게 바라보았다.

"모두들 그게 대단히 새로운 경험이라고들 하고 실제로 유행이지만, 사실 아주 오래전부터 있어온 일이야. 적어도 이 책의 저자는 거의 사 세기 전에 그런 내용을 묘사해놓았으니까."

로베나는 책 제목을 소리 내어 읽었다. 미겔 데 세르반테스의
「분별없는 호기심」.

"『돈키호테』에 나오는 이야기 아니에요?"

"맞아. 오래전, 판 놀리라는 사람이 『돈키호테』 완역본을 출판
하기 전에 이 이야기를 따로 냈어. 현재 유행하는 스와핑의 원조
격인 내용이 등장하지."

"신기하군요."

"그런데 이 놀리라는 사람은 엄격하기로 이름난 알바니아의
대주교였어! 게다가 음모 가담자이기도 했고. 음모에 대해서라
면 당신이 나보다 더 잘 알겠지만."

"가담자도 보통 가담자가 아니라, 주모자였어요. 최소한 세 번
은 가담했을 거예요."

"참 이상한 소설이야."

숨겨진 코드라도 발견해내려던 것처럼 책 이곳저곳에 펜의 흔
적이 있었다.

로베나는 호기심에 가득 차 책장을 넘겨보았다. 그러나 베스
포르가 그 책을 도로 빼앗았다.

"식사 끝난 다음에. 궁금하면 그때 읽어봐."

베스포르는 술잔을 들어올렸다.

와인은 훌륭하지만, 벌써 너무 많이 마신 것 같아요. 로베나가 말했다.

기꺼이 사랑의 힘이라고 해도 좋을 광채가 뺨 주위에 어려 있는 듯했다.

로렐라이 클럽 입구에 도착했을 때 로베나의 안색은 창백했다. 베스포르는 이제 확신했다. 로베나가 죄악을 피하려 할수록 그것은 베스포르에게 끌리고 있다는 뜻이었다.

난 샤워나 할게. 베스포르가 말했다. 그동안 책을 보고 있으면 되겠군.

그럴게요. 궁금해 죽겠어요.

9

같은 날 밤. 세르반테스의 텍스트.

베스포르는 쏟아지는 온수에 몸을 맡겼다. 로베나의 상상 속에서 중세 에스파냐의 도시에 사는 절친한 두 친구 로타리오와 안셀모는 어떤 모습을 하고 있을까. 안셀모의 약혼녀이자, 본인의 의지와 상관없이 절친했던 두 친구의 사이를 멀어지게 한 상냥한 카밀라에 대해서는 어떻게 생각할지도 궁금했다. 젊은 신랑 신부는 데면데면해진 로타리오의 태도에 상심한다.

베스포르는 로베나의 가느다란 손가락이 책장을 넘기는 장면을 상상했다.

두 젊은 신랑 신부는 친구와 소원해진 것이 괴롭다. 그래서 친구에게 예전처럼 자기들 집에 편히 놀러오라고 말한다. 친구의 청을 뿌리치지 못한 로타리오는 안셀모와 카밀라의 집에 다시 오지만 마음이 불편하다. 안 좋은 소문이 날까봐 두려운 것이다. 하지만 갓 결혼한 신랑 신부는 전혀 개의치 않는다. 로타리오 역시 이따금씩 친구인 안셀모의 얼굴에 수심이 있다고 느끼지만 자신과는 상관없는 일이라 생각한다. 그러던 어느 날, 안셀모는 친구에게 고민을 털어놓는다. 그의 마음을 갉아먹는 걱정거리가 있다는 것이었다. 그것 때문에 미쳐버릴 것 같다고도 했다. 그는 아내와 사는 것이 행복하지만 그 걱정 하나가 한시도 마음을 떠나지 않는다고 고백했다. 그러면서 로타리오에게 그렇게 두 눈을 휘둥그렇게 뜰 것까진 없다고 했다. 안셀모는 다름아닌 카밀라의 정절을 의심하고 있었다.

베스포르는 로베나의 가느다란 손가락이 조바심치며 책장을 넘기고 있으리라 생각했다.

잠깐, 안셀모는 무슨 말인가 하려는 친구의 입을 막았다. 자네가 무슨 말을 하려는지 잘 알고 있네. 나 역시 카밀라가 정결하

다는 건 잘 알고 있어. 하지만…… 하지만, 단 한 번도 나쁜 유혹
에 빠질 기회가 없었던 여자에게 정결하다는 평가를 내릴 수 있
을까?

베스포르는 다가오는 폭풍우에 불안해진 제비들이 초조하게
날갯짓을 하듯, 정성껏 손질한 로베나의 눈썹과 속눈썹이 안절
부절못하며 가늘게 떨리는 장면을 상상했다.

로타리오는 친구를 안심시키기 위해 최선을 다했다. 하지만
친구의 강박증에 대항할 도리가 없었다. 그는 마치 최면에 빠진
사람처럼 암울한 생각을 곱씹을 뿐이었다. 그러다 마침내 그는
친구에게 황당한 제안을 했다. 안셀모 자신의 절친한 친구인 로
타리오만이 자신을 그 같은 고통에서 구해줄 수 있다고. 그는 방
법이 한 가지 있다며, 아마 그것이 유일한 방법일 거라고 했다.
카밀라의 정절을 시험할 수 있는 유일한 방법. 위험하긴 하지만
확실한 방법이었다. 카밀라를 시험에 빠지게 하자, 카밀라를 유
혹하자. 목표는 그녀의 마음을 훔치는 것.

베스포르는 로베나의 신경질적인 손가락이 앞 페이지로 돌아
가 그 부분을 다시 읽을 거라고 상상했다. 경직된 뺨에서 빛이
날 것이었다. 손가락에 낀 오팔 반지에서도.

로타리오는 말도 안 되는 소리라며 그의 제안을 뿌리쳤다. 그
는 몹시 불쾌해하며 이제 가겠다고 말했다. 영원히 떠나는 거라

212

고도 덧붙였다. 그런데 안셀모의 말이 그를 괴롭혔다. 협박에 가까운 말이었다. 안셀모는 그가 거절하면 누가 될지는 모르나 누구에게라도 부탁할 수 있다고 했다. 정처 없이 떠도는 놈팡이, 여자를 후리고 다니는 바람둥이가 그 대상이 될 수도 있다고.

로타리오는 양손으로 머리를 감싼 채 고민에 빠졌다. 안셀모의 협박은 주효했다. 로타리오는 결국 친구의 부탁을 들어주기로 했다. 아니, 그러는 시늉을 하기로 결심했다. 미친 사람에게 거짓말을 하듯이 정신 나간 친구에게 한 번만 거짓말을 하면 될 거라고 생각했다. 시험의 시간은 닥쳤고, 카밀라와 단둘이 마주한 로타리오는 그녀를 얼음장처럼 냉정하게 대했다. 안셀모는 초조하게 결과를 기다렸다. 다음날 로타리오는 그에게 카밀라는 수정처럼 정결하다고 전했다. 알프스의 흰 눈처럼, 상상 가능한 모든 순결한 것보다 더 무결하다고. 카밀라는 그를 불한당 취급했고, 그의 구애를 물리쳤으며, 남편에게 모든 걸 말하겠다고 으름장까지 놓더라고.

그러나 안셀모는 안심하기는커녕 한층 더 어두운 표정을 지었다. 배신자! 나쁜 놈! 내가 열쇠 구멍으로 다 들여다봤네. 자네는 나를 속였어. 목석처럼 서 있었던 주제에. 치졸한 놈! 위선자! 내가 진짜 변태 같은 놈을 데려오면 자네도 알게 될 거야. 올빼미 같은 건달 놈들 말이야. 그놈들은 최소한 거짓말을 하지는 않아.

로타리오는 그를 진정시키려 애썼다. 잘못했다고 용서를 구하며 다시 한번 기회를 달라고 간청했다. 이번엔 정말 충실하게 잘할 것이며, 마지막 기회로 여기겠다고도 했다. 그러니 제발 건달 놈을 고용한다는 말은 하지 말라고 부탁했다.

결국 두 친구는 화해한 다음, 함께 계략을 세웠다. 안셀모는 근처 마을로 가고, 로타리오가 그의 집에 혼자 남는다. 사흘 낮 사흘 밤 동안. 그것이 안셀모의 지시였다. 카밀라는 못마땅한 얼굴로 남편의 뜻에 따랐다. 첫번째 밤이 다가왔다.

베스포르는 샤워꼭지를 잠갔다. 로베나의 가빠진 숨소리가 들리는 듯했다.

로타리오와 카밀라 두 사람은 단둘이 집에 남았다. 두 사람은 함께 저녁을 먹고 포도주도 약간 마셨다. 난로 속에서 타들어가는 불꽃도 바라보았다.

이 대목의 묘사는 매우 짧았다. 하지만 그보다 더 표현력이 넘칠 수는 없었다. 로타리오가 사랑을 고백하자 카밀라는 이를 뿌리치려고 절망적으로 애쓴다. 하지만 저항엔 한계가 있는 법. 마침내 카밀라는 지고 만다. 글은 군더더기 없이 간결하다. 오직 "몸을 내어주다"라는 표현이 두 번 나왔을 뿐이다. 카밀라는 몸을 내어주었다. 카밀라는 굴복했다.

베스포르는 로베나가 이 대목을 읽으면서 두 눈을 감았으리라고 확신했다. 그가 아는 여자 중에서 사랑을 나누는 동안 로베나처럼 열정적으로 두 눈을 감는 여자는 없었다. 그러니 로베나가 두 눈을 감은 것은 굳이 보지 않아도 확실했다. 텍스트를 한층 더 확장시키기 위해, 텍스트와 하나가 되기 위해. 로베나는 카밀라의 추락을 안쓰러워할까? 아니, 오히려 그 반대의 가능성도 배제할 수 없지, 카밀라의 추락을 조바심치며 기다렸을 수도……

불 켜진 로렐라이 클럽 입구에서 베스포르는 벌써 몇 번이나 했는지 모를 해묵은 질문을 다시 끄집어냈었다. 당신은 이곳에서 벌어지게 될 일을 좋아할까? 로베나의 창백한 얼굴에서는 아무런 대답도 얻어낼 수 없었다.

두 사람은 마침내 그 안에 들어섰고, 곧 클럽의 여러 룸을 돌아다녔다. 클럽 규칙에 따라 로베나는 베스포르와 달리 얇은 속옷만 제외하고는 모두 벗은 상태였다. 두 사람은 그런 상태로 안개 속 같은 클럽 안을 걸어다니다 커다란 침대를 발견했다. 두 사람은 거기에 앉아서 마음을 다잡았다. 심한 감정의 동요가 사라지고 동시에 안개가 걷히면서 주변에서 일어나는 일을 또렷하게 분간할 수가 있었다. 여기저기 침대들이 놓여 있었다. 빈 침대들도 있었고 한창 사랑을 나누는 커플이 있는 침대도 있었다. 주변에는 사람들이 돌아다녔고, 아예 속옷마저 걸치지 않은 여자들도 눈에 띄었다. 남자들은 해변에서 입는 반바지 차림이었다. 혼자 온 남자들은 유령처럼 빙빙 클럽 안을 맴돌았다. 동행한 여자에게 음료수를 가져다주는 남자도 있었다. 조용하고 조화로운 분위기였다. 당신 가슴이 여기 있는 여자들 중에서 제일 예쁘군. 베스포르가 속삭였다. 그 말에 로베나의 눈은 빛났지만 입에서는 적당한 대답이 나오지 않았다. 베스포르는 조금 전에 했던 말을 다시 반복했다. 그리고, 가슴만 제일 예쁜 게 아니야, 라고 덧붙였다. 로베나가 한쪽 다리를 구부리자 아랫배 밑의 어두운 부분이 드러났다. 클럽 안을 유령처럼 돌아다니던 남자 하나가 바로 그곳, 속옷이 벌어진 사이를 감동한 듯한 눈길로 뚫어지게 바라보았다. 모두들 당신을 갖고 싶어하는군. 베스포르가 다시 속삭였다. 정말로요? 당신이 드러낸 사타구니 때문에 저자가 지금 미칠 지경이 되어가는 거, 안 보여? 나도 봤어요. 하지만 로베나는 남자의 시선으로부터 그곳을 가리려는 그 어떤 몸짓도 하지 않았다. 고대에, 나도 정확하게 언제인지는 모르지만, 하여간 그때엔 사람들이 공공장소에서 정사를 벌였다더군. 베스포르가 말했다. 그래요? 전혀 천박하지 않은 아주 중대한 행위였어, 신성한 제례 의식에 버금가는. 오늘날의 경축일 행사처럼. 로베나는 베스포르의 손을 잡았다. 우리도 그럴까? 여기서? 베스포르가 물었다. 로베나는 고개를 끄덕였다. 조금만 기다려줘, 난 아직 준비가 안 되었거든. 순간, 로베나가 몸을 떨더니 다리를 움츠렸다. 로베나를 바라보던 남자가 그녀 쪽으로 몸을 굽혀 로베나의 발목을 슬쩍 건드렸던 것이다. 두려워할 거 없어. 베스포르가 말했다. 남자는 죄지은 사람처럼 복종하는 자세로 여전히 로베나를 응시했다. 아마 이 클럽에서 통하는 신호인 모양이야. 당신하고 사랑을 나누고 싶으니 허락해달라는 표시인 것 같군. 로베나는 손가락을 잘근잘근 깨물었다.

주변엔 사이비 종교집단 같은 분위기가 맴돌았다. 한 바퀴 돌아볼까요? 로베나가 제의했다. 로베나는 자리에서 일어나자마자 베스포르의 손을 잡았다. 로베나가 그를 이끄는 편이 더 자연스럽게 느껴졌다. 베르길리우스*처럼, 베스포르는 생각했다. 두 사람은 한참 돌아다니다가 어느 문 앞에 멈춰 서서 서로를 바라보았다. '마사지.'

베스포르는 샤워를 마쳤다. 지금쯤 로베나는 마지막 부분을 읽고 있겠군. 마을에 머물다 집으로 돌아온 안셀모는 결과를 알고 싶어한다. 로타리오는 실제 있었던 일과 반대로 보고한다. 그제야 안셀모는 행복한 표정을 짓는다. 정절 시험은 끝났다. 로타리오는 이제 친구 집을 제 집 드나들듯 한다. 사기극은 성공

---

* 고대 로마의 시인. 『신곡』에서 단테가 지옥과 연옥을 거쳐 천국으로 갈 수 있게 안내한다.

을 거둔 셈이었다. 모든 것은 뒤집어졌다. 카밀라의 명성이 높아질수록 그 자신은 수렁 속으로 빠져들어갔다. 로타리오도 마찬가지였다. 그러던 어느 날 새벽녘 모든 것이 다시 무너졌다. 로타리오는 낯선 자가 안셀모의 집에서 몰래 빠져나오는 걸 목격하고 질투에 눈이 먼다. 그는 그 사람이 카밀라의 새 애인이라고 판단한다. 불한당, 건달, 쓰레기 같은 바람둥이. 안셀모가 그에게 했던 말들이 새록새록 그의 머릿속에 떠오른다.

베스포르는 늘 그 이야기가 이쯤에서 끝난다고 기억했다. 에필로그의 내용은 단 한 번도 주의깊게 읽은 적이 없었다. 카밀라에게 불같이 화내는 로타리오, 복수심에 불타는 로타리오, 하인들 때문에 빚어진 오해, 두 죄인의 도주, 스캔들, 그리고 마지막으로 세 주인공의 죽음(이들은 각각 광기로, 전쟁터에서 창에 맞아, 수도원에서의 권태로 죽는다).

베스포르는 젖은 머리를 말리면서 로베나도 자기처럼 마지막 몇 쪽은 건성으로 넘겼을 거라고 상상했다.

베스포르는 천천히 욕실 문을 열고 나왔다. 그리고 문 앞에 서서, 침대에 똑바로 누워 천장을 보고 있는 로베나를 바라보았다. 책은 로베나의 옆에 펼쳐진 채 놓여 있었다.

두 사람의 시선이 마주쳤다. 로베나의 시선은 마치 분노를 잔뜩 억누를 때처럼 공허했다. 베스포르가 활력 넘치리라고 기대했던 두 사람의 대화는 힘들게 이어졌다. 마침내 로베나가 그에게 왜 이 책을 읽어보게 했느냐고 단도직입적으로 물었다.

베스포르는 어깨를 으쓱했다. 그냥.

당신은 아무것도 그냥 하는 법이 없는 사람이에요, 베스포르.

한 번쯤 그냥 그랬다고 쳐. 뭐 잘못된 거라도 있나? 무슨 다른 저의라도 있을 것 같아 그러는 거야? 로베나는 대답하지 않았다. 베스포르는 사실 로베나가 이미 그 책을 읽지 않았을까 생각했다고 말했다. 『돈키호테』 말이에요? 물론이지, 고등학교 교과서에 나오니까. 풍차를 향한 질주, 토보소 마을에 사는 농부의 딸, 둘시네아. 하지만 이 이야기는 읽은 기억이 나지 않아요. 베스포르, 제발 솔직하게 말해봐요. 당신은 이 이야기가 우리와 한 가지 닮은 점이 있기 때문에 나한테 읽어보라고 한 거예요.

베스포르는 웃음을 터뜨렸다. 한 가지 닮은 점? 한 가지뿐이겠어? 모든 것이 닮았지. 베스포르는 로베나의 머리를 쓰다듬고는 옆에 누웠다. 그는 고심 끝에 선택한 단어들을 사용해 이 이야기는 하나의 원형이며 수많은 커플이 의식적이건 무의식적이건 사용하는 일종의 지옥 같은 술책을 묘사하고 있다고 설명했다.

로베나는 그의 논리를 이해하려 애썼다. 그러니까, 그 기제를 보여주는 기호들로 가득 찬 텍스트다, 이런 말인가요?

그런 눈으로 쳐다보지 마, 내가 꼭 헛소리를 늘어놓는 사람처럼 느껴지니까.

로베나는 베스포르의 손을 부드럽게 어루만졌다.

베스포르는 간호사같이 연민이 가득 담긴 로베나의 눈길을 언제나 좋아한다며 간호사들이 사랑을 나눌 때 매우 부드러운 건 우연이 아니라고 말했다. 그러면서 자신은 로베나가 생각하는 것처럼 미치지 않았다고도 덧붙였다.

로베나는 계속 베스포르의 손을 어루만졌다. 아니에요, 난 당신이 미쳤다고 생각한 적 없어요. 우리 두 사람 중에서 누가 정말 미친 사람인지 점수를 매긴다면, 둘 다 똑같은 점수를 받을 게 분명해요. 적어도 한 번은 둘 다 그랬잖아요.

로렐라이 클럽 말이야? 베스포르가 로베나의 말을 끊었다.

두 사람은 다시 그곳에 갔던 일을 떠올렸고,「분별없는 호기심」과의 연관성도 애써 외면하려 들지 않았다. 사실 두 이야기는 너무도 닮아서 거의 완벽하게 포개진다고도 할 수 있었다. "지옥 같은 술책"이라는 말은 우연히 등장한 것이 아니었다. 두 이야기에 공통적으로 등장하는 이것은 저세상을 연상시켰다. 그러나 우리가 흔히 알고 있는 지옥, 활활 타는 불 위에 무쇠솥이 걸려 있고 온갖 끔찍한 고문을 당해야 하는 그런 곳이 아니었다. 그곳은 다른 지옥, 조용하고 축축한, 기독교 이전 시대의 지옥이었다.

두 사람은 클럽으로 들어서면서 느낀 최초의 충격, 안개 속에서의 방황, 구원의 암석처럼 갑자기 눈앞에 나타난 커다란 침대 등을 기억했다. 그 뒤 음료수를 주문하기 위해 바를 향해 가는 동안 느낀 두번째 충격, 분위기에 익숙해지면서 점차 대담해진 로베나의 걸음걸이와 그에 따라 흔들리던 실크 란제리, 마사지라는 표지판이 붙은 문이 나타났을 때 로베나가 보여준 요염한 자태까지.

당신, 해보고 싶어? 베스포르는 말보다는 눈빛으로 로베나에게 그렇게 물었었다. 로베나는 그다지 오래 주저하지 않았다. 당신만 괜찮다면……

로베나가 들어가며 마사지실의 문을 닫자, 베스포르는 로베나를 기다릴 장소를 찾으러 뒤돌아 걸어가다 조금 전의 그 침대를 발견했다. 침대엔 여전히 아무도 없었다. 베스포르는 거기에 앉았다가 곧 팔꿈치를 괴고 옆으로 누웠다. 밀려왔다 물러가는 파도의 물결에 떠밀린 고독한 율리시스가 된 기분이었다. 파도는 밀려왔다 물러가기를 반복했다. 한 커플이 그의 곁에 멈춰 서더니 몇 마디 말을 주고받았다. 여자가 한 발짝 앞으로 다가와 베스포르의 발목을 건드렸다. 베스포르는 미안해하는 듯한 미소를 지었다. 그는 여자에게 당신은 매우 아름답고 고귀해 보이지만 난 지금 너무 피곤하다는 식으로 설명하고 싶었지만 그저 "I'm sorry"라고만 했다. 두 사람은 머리를 숙여 예를 표하고 물러났다. 그 모습이 어찌나 우아하던지 감동이 느껴질 정도였다. 베스포르는 팔짱을 끼고 멀어져가는 두 사람을 잠시 동안 응시했다. 하지만 굳이 자리에서 일어나 두 사람을 따라가서, 당신들과 좋은 시간을 보낼 수 있다면 기쁘겠습니다. 신사 숙녀 양반, 운 좋게 차지한 이 침대에서 당신들과 사치스러운 권태를 공유하고 싶습니다, 라고 말할 의욕까지는 없었다. 그는 정말 녹초가 된 기분이었다. 하지만 그것은 매우 독특한 종류의 피곤함이었다. 그의 생각은 잇달아 로베나를 향해 달려갔다. 그녀는 몇 광년쯤 떨어져 있는 듯했다. 자신의 주변을 도는 이 우주에 의해 흡수된 채, 최신 우주 사진 속에서처럼 잠들어 있는 성운을 연상시켰다. 로베나가 돌아오지 않을지도 모른다는 두려움은 그에게 너무도 자연스러워, 그는 그동안 그녀와 아름다운 시간을 보냈으니 무슨 일이 일어나더라도 불평할 이유는 없다고 스스로를 위로했다. 그보다는 마리화나라도 피운 것처럼 온몸이 기진맥진한 원인이 무엇인지 알아보는 편이 나을 것 같았다. 고단한 하루가 주는 긴장감 때문일까, 아니면 주치의가 누누이 강조한 것처럼, 도플러 검사를 받아보아야 할까?

마치 별들이 공전하듯 몽유병 환자 같은 사람들이 여전히 클럽 안을 천천히 돌아다니고 있었다. 여자 한 명이 튤립 한 송이를 손에 들고 눈물을 흘리며 절망적으로 누군가를 찾아다녔다.

베스포르는 어슬렁거리는 사람들 중에서 자신에게 클럽 주소를 알려준 유럽회의의 안면 있는 인사들을 어렵지 않게 알아볼 수 있었다. 로베나는 감감무소식이었다. 아까 그 여자가 다시 지나갔다. 이번엔 튤립 대신 서류 뭉치 비슷한 것을 들고 있었다. 여자는 누군가를 찾고 있는 것이 분명했다. 베스포르는 여자에게 조금만 가까이 다가가면 틀림없이 헤이그 국제사법재판소 약자를 확인할 수 있을 거라는 예감에 사로잡혔다.

혹시 법정에 출두하라는 소환장이 아닐까? 아, 이런 바보 같은 생각을 하다니. 그는 혼자 중얼거렸다. 그런 서류 따위는 다른 사람 앞에 가서나 흔들란 말야! 그는 여자와 눈이 마주치지 않으려고 고개를 돌렸다.

그가 이런 식으로 두세 번 졸고 났을 때 로베나가 드디어 다시 나타났다. 마치 안개 속에서 빠져나오듯. 수십 광년, 아니 수천 광년이 지난 것 같았다. 로베나의 모습은 당연히 달라져 있었다. 눈의 흰자위는 공허한 빛을 발했다. 분명 빈자리가 있어 보였다. 로베나의 입에서 나오는 말 역시 산발적이었다.

"내가 마사지실에서 돌아왔을 때 당신은 얼이 빠진 것 같았어요. 당신이 어땠느냐고 물을 거라고 생각했었는데……"

"나도 왜 그렇게 하지 않았는지 잘 모르겠군. 어쩌면 사실대로 말하고 싶으면서도 당신이 그러지 못하리라고 생각했었기 때문일 거야."

"그럴 수도 있겠군요. 아닌 게 아니라 정말로 그럴 때도 있거든요."

베스포르는 깊이 한숨을 내쉬었다.

"그럴 때도 있는 게 아니라 대부분 그러겠지. 실망스럽긴 하지만, 흔히 이 세상에서 가장 아름다운 감정이라고들 하는 사랑이야말로 진실에 가장 취약한 감정이니까."

"그런 말엔 뭐라고 대꾸해야 할지 모르겠네요."

"자, 이젠 모든 것이 달라졌어. 당신은 이제 자유로워. 우리 두 사람 모두 달라졌다 이 말이야, 알겠어? 우리는 다른 사람이 되었다고. 그러니 이제 얘기해봐."

로베나는 아무 말도 하지 않았다. 그저 그녀의 배를 어루만지고 있는 베스포르의 손을 잡아 자신의 쾌락이 있는 곳으로 이끌었다.

"당신, 정말로 알고 싶어요?" 로베나가 기운 빠진 목소리로 물었다.

이제 와서 정말로?

헐떡임 때문에 두 사람의 목소리는 뚝뚝 끊어졌다.

"이제야 당신이 왜 세르반테스의 소설을 읽어보라고 했는지 알았어요." 두 사람의 흥분이 가라앉고 나자 로베나가 말했다.

베스포르는 미리 계획한 일은 아니라고 대답했다. 그저 로렐라이 클럽 일과 비슷한 것 같아 호기심이 생겼을 뿐이며 나머지는 모두 나중에 일어난 일이라고 했다.

"당신은 나한테 그 텍스트가 기호화되어 있다고 했죠. 당신은 그 기호를 푸는 열쇠를 찾아냈나요?"

"찾아낸 사람이 비단 나 혼자만은 아닐 거야. 한번 들어보겠어? 그런데 당신, 너무 피곤한 건 아니야?"

"약속을 저버리지 말아요. 자정 넘어 시간은 예전과 똑같을 거라고 했잖아요."

"그래. 그렇게 약속했지."

로베나는 깊은숨을 내쉬었다.

이제 콜걸이 호기심 많은 고객에게 고아로 자란 자신의 운명을 들려주는 시간이군요. 알코올중독 아버지와 정신병자 엄마……

아, 그만! 베스포르는 손으로 로베나의 입을 막았다. 가벼운 입맞춤처럼 로베나의 입술이 그의 손바닥에 닿자 가슴이 저려왔다.

10
같은 날 밤. 불가사의한 텍스트.

베스포르는 천천히 이 텍스트에 대한 자신의 해석을 들려줬다. 이 정도 규모의 사기 행각이 이처럼 음험한 방식으로 대중에게 공개된 적은 아주 드물다. 이는 배신행위에 대한 예찬이다. 속은 사람, 속인 사람 모두 자신의 순서를 기다린다. 도입부에서 젊은 신부 카밀라는 우선 남편 안셀모에게 속는다. 이어서 젊은 신랑 신부의 친구로, 안셀모가 제안한 게임을 받아들인 로타리오에게 두번째로 속는다. 카밀라의 연인이 된 로타리오가 모든 일이 어떻게 일어난 것인지를 카밀라에게 말해주지 않기 때문이다.

호기심 때문에 어리석은 일을 저지르는 안셀모 역시 희생자이다. 그는 카밀라와 로타리오, 이 두 사람에게 속는다. 두 사람이 안셀모 몰래 연인이 되었기 때문이다.

부도덕성이 이야기 전반을 지배한다. 로타리오는 정직하게 행동했을 때에는 배신자 취급을 당하고, 거짓말을 했을 때에는 성인에 버금가는 선한 존재로 추앙받는다. 카밀라의 경우도 다르지 않다. 정숙한 아내였을 때는 혹시 부정한 아내가 아닌지 의심받지만 친구의 유혹에 넘어가 타락했을 땐 칭찬이 자자해진다.

로타리오만이 유일하게, 속지는 않고 속이기만 하는 인물로 나오지. 하지만 이런 일이 가능할까?

로베나는 얼른 대답할 말을 찾지 못했다. 베스포르는 어쨌거나 이 이야기 속에서는 그래 보인다고 했다. 하지만 사실은 정반대일 수도 있어. 어쩌면 그가 유일한 배신의 희생자일 수 있다는 말이야.

어느 날 새벽, 로타리오는 안셀모의 집에서 낯선 사람이 나오는 장면을 목격한다. 베스포르는 왜 이 부분이 이 이야기에서 가장 불가해한 대목인지 설명했다. 그는 카밀라에게 또다른 애인이 있다고 의심한다. 그 애인은 카밀라 스스로 찾아낸 애인일까? 아니면 안셀모가 또다시 아내의 정절을 시험하기 위해 새로 고용한 사람일까? 희한하게도 세르반테스는 첫번째 가정만 언급한다. 첫번째 가정만큼이나, 아니 어쩌면 그보다 훨씬 더 설득력 있는 두번째 가정에 대해서는 침묵한다.

그러니 이쯤에서 주의력 깊은 독자라면 질문을 던질 것이다. 그 새벽에 로타리오는 안셀모의 집 앞에서 무엇을 하고 있었나? 망을 보고 있었을까? 그렇다면 그는 무엇을 의심하고 있었던 것일까?

여기서부터 텍스트 전체가 흔들리기 시작한다. 이야기를 새로운 관점에서 읽어보자.

카밀라와 안셀모는 약혼 혹은 결혼을 통해 성생활의 환희를 맛본다. 서로 너무 잘 맞아서 흔히들 권태의 연속이라고 하는 부부의 침대가 이들에겐 끊임없는 욕망의 제단으로 변한다. 정제

되어가는 이들의 성적 욕망은 두 사람을 점점 대담하게 만들며 성적 해방을 갈구하게 한다. 두 사람은 이제껏 들었거나 상상한 모든 것을 실행에 옮긴다. 대담한 체위며 경험, 외설적인 행동도 마다하지 않는다. 친구들과 식사하는 자리나 시장, 심지어 일요일 미사 때에도 두 사람은 '그것'만 생각한다. 그들은 저녁식사 후 한 손에 초를 든 아내가 불꽃보다 심하게 요동치는 욕정을 끌어안고 남편이 기다리고 있는 침대로 가는 그 시간만을 생각한다. 성당들이 도처에서 위용을 뽐내고 종교 재판관들이 풀어놓은 밀정들이 즐비하게 깔린 까다롭고 장대한 에스파냐 영토 내에서, 다른 사람들과는 달리 이 두 사람은 보통 사람들은 알지 못하는 오묘한 육체의 쾌락 속에서 몸을 떤다. 안셀모를 미지의 세계로 이끈 것은 카밀라다. 수치심, 금기 등 해서는 안 되는 일의 경계가 차례로 허물어진다. 급기야 두 사람은 남자가 여자에게 "다른 사람과 해보고 싶지 않느냐?"는 질문을 던지는 결정의 문 앞에 선다. 긴 침묵. 이윽고 카밀라는 입을 열어 "안 될 것도 없지"라고 대답한다. "당신은 어때?" 다시 긴 침묵 그리고 대답. "솔직히 나도 그렇게 생각해."

욕망과 우려가 뒤섞인 가운데 두 사람은 이 엄청난 모험을 향해 전진한다. 모든 것은 쉽지 않다. 우선 동참할 희생자를 선택하는 일이 문제다. 맨 처음 떠오른 로타리오는 너무 가까운 사이라 두 사람 모두 반대다. 너무 무모한 짓일 수 있다. 다른 사람을 물색해보지만 낭패다. 한 사람은 대머리라서, 다른 사람은 또 다른 무슨 결점이 있어서, 세번째 사람은 개성이 없어서, 마지막 사람은 남성적이지 않아서 모두 탈락시킨다. 남편은 자신보다 열등한 사람만 골라잡으려 하지 않는다. 카밀라는 흡족하다. 그리고 그런 이유로 로타리오가 다시 물망에 오른다. 카밀라는 그가 자신의 기대에 부합하는 사람이라는 사실을 숨기지 않는다. 안셀모 역시 이의를 달지 않는다. 요컨대, 로타리오는 두 사람 모두에게 흡족한 상대다. 그를 보면 두 사람 모두 몸이 달아올랐던 것이다……

그리하여 우리가 아는 그 이야기가 전개된다. 한 가지 다른 점이 있다면, 안셀모는 자기 집에서 멀어진 적이 없다는 것이다. 욕정으로 달아오른 그는 카밀라가 로타리오를 받아들이기 위해 준비하는 과정을 지켜본다. 아내도 자신처럼 조바심치고 있다. 그는 이제 몸을 숨기고, 카밀라의 동의하에, 로타리오가 사랑을 고백하는 모습, 두 사람이 다가가 키스하는 모습을 빠짐없이 지켜본다. 두 사람이 침대로 올라가자 그 역시 자리를 옮긴다. 두 사람의 벗은 몸이 보이고, 그의 귀에 익숙한 카밀라의 신음 소리가 들리고, 사랑을 나눈 후 부끄러움 없이 벌어진 그녀의 새하얀 두 다리가 보인다…… 안셀모는 아내를 품고 싶은 욕정에 불타

속히 로타리오가 떠나주기를 애타게 기다린다.

이렇게 몇 주, 아니 몇 달이 흘러 마침내 운명의 날. 운명의 날이 오리라는 건 사실 처음부터 명백했다. 이제 로타리오가 감시인의 역할을 맡아 누군가 몰래 집에서 나오는 장면을 목격하는 건 얼마든지 신빙성이 있다. 하지만 세르반테스가 쓴 이야기는 설득력이 떨어진다. 하녀의 연애 사건 등은 구차하게 들린다. 사실 그가 본 사람은 하녀의 애인이 아니라 카밀라의 애인이다.

이제 이 새로운 독법에 따라 그다음 이야기를 구성해보자.

점점 더 새로운 것에 목말라하는 카밀라와 안셀모는 로타리오에게 금방 싫증을 느낀다. 흔한 해결책은 당연히 새로운 자극제를 찾는 것이다. 그 결과, 이야기의 초반부터 안셀모가 구상하던 계획, 즉 새로운 파트너를 구하는 일이 실행에 옮겨진다. 새로운 파트너는 곧 나타났다.

로타리오는 자기가 모르는 무언가가 있음을 알아차리고 의심하기 시작한다. 해서 친구 집 앞에서 망을 보기로 한다. 망보기는 며칠 동안 계속된다. 그리고 어느 날 그는 진실을 알게 된다.

여기서 이 이야기의 막이 내린다. 우리는 어둠 속에 남겨진다. 그 후 뭔가 심각한 일이 일어나 세 사람은 모두 죽음에 이른다. 하지만 작가가 입을 다물기 때문에 우리는 이유를 알 수 없다.

피곤한지 베스포르는 벌써 한참 전부터 아무 말이 없었다. 그러나 긴 침묵 끝에 로베나가 입을 열 때면 언제나 그랬듯이, 베스포르의 속눈썹이 움찔했다.

"정말 이상한 이야기로군요." 로베나가 그를 쳐다보지 않은 채 입을 열었다. 그리고 잠시 후 덧붙였다. "당신, 로렐라이 클럽에서 무슨 일이 있었는지 알고 싶어요?"

베스포르는 잠깐 말이 없다가 대답했다.

"그런 목적으로 이 이야기를 한 건 아니야. 내 말을 믿어."

"당신을 믿어요. 하지만 그러고 싶지 않아요."

베스포르는 가슴 한구석이 저려오는 걸 느꼈다.

로베나는 시선을 위쪽에 고정시킨 모습이 마치 천장에게 말을 하는 사람 같았다.

두 사람은 서로를 바라보지 않았다. 로베나는 모르는 사람에게 말하듯 단조로운 목소리로 그때 일을 이야기했다. 베스포르는 잠자코 들으면서, 자못 서글픈 마음으로 생각했다. 어떤 호기심이건 유효기간이 있게 마련이라고. 로렐라이 클럽에 대한 호기심은 이미 유효기간이 지난 지 오래였다. 그녀는 마사지용 침대에 누웠다. 그러자 로베나와 베스포르, 혹은…… 카밀라와 안셀모 모두 '숙련되었다'고 인정할 만한 마사지 전문가가 나와서 마사지랄지 애무랄지 애매한 행위를 했다. 이어진 유혹, 망설임, 마지막 수치심의 포기, 최후의 순간 설명할 수 없는 거부 반응.

로베나는 이 모든 것을 놀라울 정도로 세세하게 묘사했다.

"자, 이게 전부예요. 유감스러운가요?"

베스포르는 대답을 피했다. 일단 침을 삼킨 다음 기침을 했다.

"유감스럽다니, 왜?"

두 사람 사이의 침묵이 거북해지기 시작했다.

"지나간 일들…… 비록 아무 일도 일어나지 않았지만 말이에요."

"아무 일도 일어나지 않았잖아."

로베나는 갑자기 가슴이 텅 비는 것 같았다.

"다른 식으로 질문을 했어야 했나봐요. 아무 일도 일어나지 않아서 유감스러운가요?"

"아니." 베스포르가 딱 잘라 대답했다. "그것 역시 아니야."

순간 로베나는 우롱당한 기분이 들었다. 언제부터 두 사람의 관계가 꼬이기 시작했는지에 대한 해묵은 질문이 다시 고개를 쳐들었으며, 로베나 스스로 완전히 떨쳐버렸다고 믿었던 불안감도 한꺼번에 밀려왔다. 대부분의 사람이 실수를 만회하기 위해 허둥대다 오히려 사태를 악화시키듯, 절망감에 사로잡힌 로베나는 "그럼 당신은 아무래도 상관없다는 건가요?"라고 덧붙였다.

낙심한 로베나는 엉엉 소리 내어 울고 싶었다.

"이봐, 로베나. 당신한테 뭐라고 말해야 할지 모르겠어. 어제까지만 해도 당신은 당신에게 충분한 자유가 없다고, 그리고 그게 내 잘못이라고 불평했잖아. 그런데 지금은 당신한테 너무 자유가 많다고 불평하고 있어. 그것도 역시 내 잘못이라며……"

"미안해요." 로베나가 그의 말을 중간에서 끊었다. "나도 알아요, 잘 알고 있어요. 제발 부탁이니 날 용서해줘요. 우리는 이제 달라졌어요. 그러기로 협약을 맺었죠. 당신은 고객이고 난…… 콜걸이죠. 그러니 나한테는…… 권리가 없어요……"

"그만해! 자꾸만 더 신파조가 될 건 없어. 지금까지의 일만으로도 충분해."

몇 해 전, 베스포르는 지금과 비슷한 어투로 "그만해!"라고 소리 지르면서, 백짓장처럼 창백해진 얼굴로, 손을 떨며, 창가에서 로베나의 머리채를 움켜잡았었다. 로베나는 정신이 아뜩해져 생각했다. 하느님, 제가 이렇게 유럽 한복판에서 인간 말종 취급을 받는 날이 오고야 만 건가요?

베스포르는 로베나에게 손찌검하지는 않았다. 대신 누군가에게 한 대 얻어맞은 사람처럼 멍한 얼굴로 소파에 털썩 주저앉았다.

그 모든 것이 지금은 옛날 일이었다. 로베나는 곧 자신이 이 두 번의 "그만해!" 중에서 이전 것을 훨씬 더 좋아한다는 걸 깨달았고, 그러자 이내 주르륵 눈물이 흘러내렸다. 독재자! 당신은 권좌에서 추락한 척하지만 그래도 여전히 독재자야.

"벌써 새벽 세시가 넘었어." 베스포르가 말했다. "잠이나 잡시다."

"네, 그래요." 로베나는 작게 대답했다.

잘 자라는 인사를 한 지 얼마 지나지 않아, 숨소리를 듣자 하니 베스포르는 잠들어 있었다. 로베나는 깜짝 놀랐다.

그가 로베나보다 먼저 잠이 든 건 이번이 처음이었다. 문득 방 안의 공허가 수상쩍게 느껴졌다. 그녀는 생각했다. 모든 게 다 부질없는 짓이야. 이 남자를 상대로는 절대 이길 수가 없어. 그럴 기회는 벌써 오래전에 지나갔고, 이제는 너무 늦어버렸다. 로베나가 그보다 우월한 점이 있다면 그건 젊은 나이였다. 하지만 로베나는 한 번도 그 무기를 쓰지 않았다. 벨트 아래는 가격하지 않는 법이다.

이제 베스포르는 전혀 위험한 존재가 아니었다. 그는 로베나에게 두 사람이 위기를 잘 견뎠다고, 이제까지 겪은 수많은 망설임, 의심, 헤어질까 말까 하는 생각, 어디서부터 잘못된 것일까 어디서부터는 잘못되지 않은 것일까 하는 불안 등은 모두 지나간 일, 다른 세상에 속하는 일이라고 했다. 세르반테스의 소설이나 무성영화 혹은 그리스 비극처럼.

로베나는 평소처럼 순진하게도 그 말을 믿었다. 베스포르는 이제 마음의 평정을 얻었다. 하지만 로베나는 아니었다. 그의 고른 숨소리, 무자비한 숨소리는 그가 여전히 로베나를 지배하고 있다는 증거였다.

독재자. 추락이 임박하자 그는 자기 손으로 왕관을 벗었다. 나는 왕위를 포기한다, 추락한다, 아무도 나를 추락시키지 못하도록.

자, 해봐, 쓰러지든 일어서든 당신 원하는 대로 해보란 말이야. 난 당신을 피할 수 없었어. 당신 그림자까지도. 만일 당신이 무너진다면 그땐 당신 먼지도 피하지 못하겠지. 난 당신 거였어. 난 당신이 내 위에 군림한다는 걸 알고 있고, 그걸 부끄럽게 생각하지 않아. 난 왕관 따위는 갖고 싶지 않아. 내가 원하는 건 다른 거니까. 난 여자이고 싶어. 끝까지 여자로 남고 싶단 말이야. 감수하는 사람. 설사 군림한다 해도 복종을 통해 군림하는 사람.

여자. 양다리 사이에 틈이 있는 여자. 일종의 결여지만, 당신도 말했듯이 성서에서는 결핍이 아닌 보물이라고 묘사한, 바로 그 갈라진 틈이 있는 여자.

잠은 점점 더 멀리 달아났다. 로베나는 천천히 침대에서 내려와 베스포르의 침대맡 탁자로 갔다. 탁자 위에는 유리잔과 신경안정제가 놓여 있었다.

로베나는 떨리는 마음으로 신경안정제를 집어들었다. 이것이었군. 그를 잠들게 한 것이. 복잡한 머리를 진정시킨 것이.

유리잔을 향해 손을 뻗던 로베나의 눈에 검은 물체 하나가 들어왔다. 반쯤 열린 서랍 안에 권총이 있었다.

순간 로베나는 숨이 멎는 것 같았다. 이번 여행에서 느껴지던 비밀스러운 분위기, 숙박계에 적은 가짜 이름, 외투 깃을 내리지 말라던 그의 말 등이 뒤죽박죽 떠올랐다. 도대체 이게 다 뭐지? 하지만 이내 마음이 진정됐다. 알바니아를 여행할 때는 항상 무기를 소지한다던 베스포르의 말이 떠올랐기 때문이다.

그녀는 신경안정제 한 알을 주저 없이 삼켰다.

그리고 침대에 누워 잠이 오기를 기다렸다. 어쩌다가 이 지경이 되었을까? 이제 이 남자를 '내 사랑'이라고 부를 권리조차 없다니.

로베나는 아무런 생각도 하지 않으려 애썼다. 어쩌면 내가 세상에게 너무 많은 것을 요구하는 건지도 모르지. 나 같은 여자한테는 그다지 많은 것이 필요하지 않은데 말이야.

어쨌거나 곧 잠이 들 것이었다. 그녀는 수면제가 어떤 망각 증세를 가져올지 호기심이 동했다. 수면의 성격을 조사해보면 베스포르가 감추고 있는 것에 대해 뭔가 더 알아낼 수 있지 않을까 하는 생각이 들었다.

하지만 그런 비밀이라면 내가 모르는 편이 더 나을지도 몰라.

나 같은 여자한테는 딱 한 가지 사실만 중요하지. 가령 베스포르 Y가 혹시 나 때문에 이따금씩 수면제를 먹어야 했는지…… 그래, 중요한 건 그것뿐이야.

베스포르의 고른 숨소리를 듣는 동안 로베나의 생각은 언제나 신경안정제로 돌아왔다. 그 약 덕분에 로베나는 마침내 베스포르의 머릿속으로 들어갈 수 있을 것 같았다. 제아무리 도망치려 해도 이제 더는 도망치지 못할 것이었다.

그의 숨소리가 약간 달라졌다. 하지만 로베나는 경계를 늦추지 않을 심산이었다. 이제부터는 로베나 자신이 자는 척 베스포르를 속일 것이었다.

베스포르는 마치 로베나가 잠들기를 기다리고 있던 것 같았다. 그는 잠든 로베나를 깨우지 않으려고 천천히 몸을 움직였다. 그리고 탁자 서랍 쪽으로 손을 뻗었다. 이 사람, 지금 제정신이야?

그가 무엇을 하려는지는 명백했다. 모르는 척 시치미를 뗄 수는 없었다. 로베나는 베스포르의 손이 서랍에 닿고, 그 손이 서랍에서 권총을 꺼내는 걸 느꼈다. 오, 하느님. 좀 전에 품었던, 모텔방에서 살해당하지 않을까 하는 우려가 현실이 되고 있었다. 상황을 모면할 수단을 강구할 생각은 나지 않고 로베나의 머릿속엔 거리의 창녀들이 부르는 노래의 후렴구만 맴돌았다.

커다란 구덩이에서 나를 찾지 못하거들랑,

골렘*의 모텔을 모두 뒤져서라도 나를 찾아주렴……

금속성 무기의 차가운 감촉이 옆구리, 오른쪽 가슴 약간 아래쪽에 와 닿았다. 소음기가 달려 있었지만 로베나는 폭발음을 들을 수 있었고, 총알이 자신의 살을 관통하는 것을 느낄 수 있었다.

아, 이게 바로 당신이 원한 거로군요.

몸동작으로 미루어 베스포르의 팔은 무기를 제자리에 놓기 위해 조금 전과 똑같은 포물선을 그렸다. 그리고 베스포르는 아무 기척도 내지 않았다. 로베나의 마음속에서는 탄식이 메아리쳤다. 어쩜 이럴 수가! 사람을 죽였으면서도 아무 일도 없었던 것처럼 다시 태평하게 잠을 자다니.

로베나는 출혈을 멈추기 위해 상처 부위에 손을 갖다댔다. 베스포르의 고른 숨소리가 이어지고 있었다. 이 고통스러운 형벌을 가하느라 저렇게 기진맥진해진 모양이네. 마치 남자에게 마지막 변명을 허락하듯 로베나는 생각했다.

로베나는 조용히 침대에서 일어나 욕실로 갔다. 그리고 상처 부위를 살폈다. 상처는 전혀 끔찍하지 않고, 마치 손으로 그려넣

---

* 티라나 자치주 카바야 지구의 소도시.

은 듯 깨끗했다. 거울 아래쪽, 세면도구들 사이에서 로베나는 늘 가지고 다니는 반창고를 집었다. 상처 위에 그걸 붙이고 나니 금세 마음이 차분해졌다. 적어도 모텔을 전전하는 창녀처럼 죽는 꼴은 면한 셈이었다.

어쩜 이럴 수가 있을까. 침대에 다시 오르며 로베나는 생각했다. 그리고 여전히 아무 일도 없었던 것처럼 곤히 자고 있는 베스포르 옆에, 천 년 전에도 그랬던 것처럼 몸을 눕혔다.

11
다음날. 아침.

그에겐 이렇게 행동할 권리가 없어. 대부분의 아침을 로베나는 그의 부재 속에 맞았다. 그렇기 때문에 오늘만큼은 그럴 권리, 자기 옆에 없을 권리가 없다고 생각했다. 로베나는 눈을 뜨기도 전부터 맨팔로 베스포르를 찾았다. 하지만 그는 없었다. 잠이 덜 깨 느릿한 동작으로 팔을 좀더 앞으로 내밀어보았지만, 그는 없었다. 침대 끝까지, 아니 더 나아가 오스트리아까지, 유럽의 드넓은 들판까지 뻗어보아도 소용없었다. 대도시의 이름들이 불을 밝혔다. 창백한 그 불빛들은 초기 라디오의 불안정한 전파를 타고 흘러나오는 소리처럼 두려움에 떨며 명멸했다. 아니, 어떤 경우에도 이럴 권리는 없어. 그가 먼저 떠나리라는 건, 로베나를 이 세상에 오래도록 홀로 남겨둔 채 떠나리라는 건 기정사실이었다. 바로 그렇기 때문에 벌써부터 사라질 권리는 없는 것이었다.

마침내 로베나는 눈을 떴다. 모든 것은 즉시 단순하고 명료해졌다. 그는 로베나가 잠에서 깨기를 기다리며 소나무 숲을 산책하는 중이었다. 바깥의 햇살이 덧문을 뚫고 들어오려 애쓰고 있었다. 와인색 표지의 세르반테스 책은, 오랜 비밀을 털어놓아 허탈해진 탓인지 풀이 죽은 채 놓여 있었다.

로베나는 그가 걸어와 방문 손잡이를 돌리는 소리를 들었다. 그는 로베나에게 다가와 몸을 굽혀 관자놀이 근처에 입을 맞추었다. 손에는 조간신문을 들고 있었다. 두 사람은 아침식사를 하면서 신문의 헤드라인을 차례차례 훑었다. 왕비가 편찮으시다는군요. 로베나가 말했다.

베스포르는 대꾸하지 않았다.

로베나는 들고 있던 커피잔을 내려놓고 집에 전화를 걸었다. 엄마, 친구들하고 두러스에 있으니 걱정 마세요.

커피가 더 맛있게 느껴졌다. 세상은 때로 무척 온화해 보였다. 아픈 왕비들과 여자들이 하는 사소한 거짓말들이 있으니.

"읽어봐요." 로베나가 베스포르에게 신문을 내밀며 말했다.

베스포르는 웃더니 이내 소리 내어 기사를 읽기 시작했다. "'티라나 수도담당국 대변인인 파티메 구르시 남작 부인은 단수 현상에 대해서 해명했다.'"

"요즘 작위 거래가 극성이라더군." 베스포르가 잠시 후 말했다. "천 달러만 내면 누구나 백작이나 공작이 될 수 있다는 거야."

"처음엔 농담인 줄 알았어요. 농담이라고 해도 좀 지나치다 싶고요."

"농담이 아니야. 국제적인 조직들이 작위 밀거래에 관여하고 있고, 동유럽 국가들이 거기에 혈안이 되어 있으니까."

"아, 그러고 보니 우리한테도 그런 게 하나쯤 필요할 것 같군요."

베스포르는 어디 찾아보면 라프라카 지구에서 문과 유리창 방탄 작업을 한다는 샤베 둘라쿠 남작이라는 사람의 명함이 있을 거라고 했다. 교통경찰인 백작과 『알바니아어 불규칙 동사』라는 책을 집필한 백작 부인 얘기도 들었다고 했다.

아침식사를 마친 두 사람은 바닷가로 산책을 나갔다. 바람 때문에 하루 종일 궂은 날씨가 계속될 조짐이 보였다. 베스포르의 팔에 안겨 걷던 로베나는 자신의 머리카락이 베스포르의 얼굴을 때리는 걸 느꼈다.

로베나는 베스포르에게 모든 걸 털어놓아야 하는 건지 판단이 서지 않았다. 바람 때문에 두 사람의 눈이 유리 눈이 된 것 같았다. 안 돼, 아무리 말하고 싶어도 모든 걸 다 이야기할 순 없어. 내 자신에게도 마찬가지일 테고.

수영장 물이 얼었네, 로베나는 생각했다.

철책 너머로 보이는 수영장은 수면 위에 덮인 얇은 얼음막 때문에 마치 장님의 눈 같아 보였다.

결국 점심을 먹기 위해 식당에 들어갔다. 그들은 오후 내내 호텔방 안에 틀어박혀 있었다. 침대에서, 사랑을 나누기 전, 로베나를 애무하며, 베스포르는 리자에 대해 무슨 말인가를 속삭였다. 베스포르는 세부 사항은 거의 잊어버린 것 같았다. 아니, 어쩌면 그런 척하는 것일 수도 있었다. 로베나 역시 베스포르처럼 속삭이며 대답했다. 그는 로베나보다 남자를 더 잘 이해하는 여자는 없을 거라고 추어올렸다. 로베나 역시 그에게 칭찬을 해주었다.

해가 질 무렵 로베나는 다시 한번 엄마와 통화했다. 베스포르는 왕비의 건강 상태를 알아보기 위해 텔레비전을 켰다. 엄마, 여기 아주 멋진 곳이야. 하룻밤 더 묵고 갈게.

로베나가 전화하는 동안 베스포르는 로베나의 배꼽 주변을 어루만졌다.

밖엔 이미 어둠이 내려앉아 있었다. 자정 무렵이 되자 파도 소리는 점점 더 신음 소리처럼 변했다. 아침이 되어 두 사람은 자신들도 이유를 잘 모른 채 서둘러 호텔을 떠났다. 티라나가 가까워지면서 교통량은 차츰 많아졌다. 국도와 서부 공동묘지로 가는 길이 교차하는 길목엔 꽃장수들이 여느 때보다 붐볐다. 우리 모두를 위한 꽃이겠지. 로베나는 생각했다. 두 사람이 거짓 음모 가담자들에 대해 나눴던 대화의 파편들이 머릿속에 다시 떠올랐다. 그들 중 몇몇은 아마도 저 공동묘지에 묻혔을 거야. 최소한 저들에게도 다른 사람들처럼 꽃을 선사받을 권리는 있겠지.

티라나에 다다르자 자동차는 거의 앞으로 나아가지 못했다. 혹시 무슨 사고가 났습니까? 베스포르가 마침 오토바이를 타고 지나가던 교통경찰에게 물었다. 경찰이 자동차 번호판을 흘끗 쳐다보더니 대답했다. 왕비가 죽었소.

베스포르는 라디오를 켰다. 과연 왕비의 사망 소식이 흘러나오고 있었다. 너나없이 극도로 신경질적인 목소리였다. 한 가지 사항에 대해 의견이 분분한 모양이었다. 두 사람은 카바야로 가는 길에 들어선 후에야 비로소 그 불협화음의 원인이 무엇인지 파악할 수 있었다. 장례 의전 문제였다. 정부 측은 늘 그렇듯이 아무런 준비 없이 허둥대기만 했다. 아마 저러다 브뤼셀에 있는 어느 위원회에 도움을 청할 테니 두고봐요. 로베나가 말했다. 두 사람이 스칸데르베그 광장을 지날 무렵 왕실의 공식 성명서 발표가 있었다. 진혼 미사가 오후 세시 생폴 성당에서 거행될 예정이었다. 장지에 대해서는 단 한마디의 언급도 없었다. 정부에서는 아직까지 수도 티라나 남부에 위치한 왕실 전용 묘지를 포함한 왕실의 사유재산을 돌려주겠다는 입장을 발표하지 않은 상태였다.

로베나의 집 앞에 거의 도착했을 때, 왕실의 두번째 공식 성명서가 발표되었다. 장지는 여전히 공표되지 않았다. 이건 말도 안 되는 일이에요. 로베나가 차 문을 열면서 말했다.

베스포르는 성당이 있는 길로 돌아가려 했지만, 그 길은 이미 통행이 불가능했다. 라디오에서는 오후에 임시 국회가 소집된다는 소식이 흘러나왔다. 행인들을 상대로 한 거리 인터뷰도 간간이 전파를 탔다. 정말 수치스러운 일입니다! 왕비에게 땅 한 뙈기 떼주는 데에도 그렇게 인색하게 굴다니, 정신이 온전하고서야. 선생님은 어떻게 생각하십니까? 난 이런 일들에 대해선 잘 모르오. 그저 모든 일이 법 안에서 순리대로 진행되기만 바랄 뿐이지. 왕의 부인에 관한 법률, 대통령의 부인에 관한 법률, 그리고 나머지 사람들에 관한 법률이 있기를 바랄밖에. 혹시 독재자의 미망인을 말씀하시는 겁니까? 뭐라고? 아니, 절대 아니오! 날 혼란스럽게 만들 생각은 말게나, 젊은이. 난 왕비와 고귀한 것들에 대해서 말한 거야. 서민들이 흔히 늑대나 하이에나에 비유하는 그런 자들 이야기를 하는 게 아니란 말일세.

갑자기 인터뷰 방송이 중단되더니 왕실의 세번째 공식 성명서 발표가 있을 것이라고 했다.

12
헤이그에서. 마지막 40일.

시간은 빠르게 흘러갔다. 모든 것이 끝나기 40일 전인 이날, 베스포르 Y가 헤이그에 있었다는 증거는 아무것도 없었다. 로베나와 함께였다는 증거는 더더군다나 없었다. 반면, 보다 확실하게 그런 의심을 덜어내려는 듯, 모든 정보는 두 사람이 그날 덴마크에 있었음을 암시했다. 자신없는 증언을 하기 일쑤였던 스위스 친구도 이 점에 있어서만큼은 단호했다. 덴마크로 들어가는 중이라면서 로베나가 기차에서 전화를 걸어왔다는 것이었다. 여행을 나흘 앞두고 수첩에 기록한 로베나의 메모도 이를 입증했다. 유틀란트 반도. 삭소 그라마티쿠스*. 〈햄릿〉의 무대로 추정

---

* 덴마크의 역사가.

되는 마을들. 사십팔 시간 일정.

　사실 헤이그와 관련한 추측의 진원지는, 로베나의 애인 친구리자가 던진 너희 두 사람이 헤이그에서 끝장나는 꼴을 보고 싶어! 라는 말이었다.

　하지만 그와 관련된 기차표나 호텔 숙박 기록 등은 전혀 확인되지 않았기 때문에, 문제의 헤이그 체류는 고려 대상이 된 것만큼이나 충분히 배제될 수도 있는 것이었다. 헤이그 여행은 흔히 말하는 내면 여행, 즉 여행 당사자의 머릿속에서나, 혹은 헤이그 같은 여행지의 경우 그곳 재판정 피고석에 앉은 제3자의 모습을 보고 싶어하는 누군가의 머릿속에서만 계획됐던 여행으로 처리될 만했다.

　더군다나 덴마크 여행이라는 확고한 알리바이가 있는 만큼 헤이그 건은 쉬이 배제해도 될 것처럼 보였다. 그런데 로베나의 동기이자 한동안 사귀기도 했던 슬로바키아 출신 남학생 야네크 B의 일기장을 보면, 헤이그라는 위협적인 이름이 다시 등장한다. 이 일기에는 누군가가 꾼 악몽이 아주 난해하게 묘사되어 있다. '그'에게는 아파트 매매 광고나 전신주에 나붙은 광고지나 모든 게 다 헤이그 소환 명령서처럼 느껴진다.

　그의 또다른 일기장이 발견되면서 의문은 상당 부분 해소되었다. 이 일기를 쓴 사람의 문체를 점차 이해하게 되었고, 일기에 등장하는 다양한 요소를 통해 이 슬로바키아 출신 청년과 알바니아 출신 미녀와의 관계도 밝혀지는 동시에 악몽은 슬로바키아 청년이 아니라 베스포르 Y와 관련되어 있음이 드러나게 된 것이었다.

"나에게 갑자기 뜻하지 않았던 선물을 준 그날 밤 이후 로베나는 전과 같은 사람이 아니었다." 야네크 B는 이렇게 적었다. 그는 정확한 단어로 슬픔을 표현하면서도 '고통'이라는 개념과 단어만큼은 애써 피했다. 그가 적은 메모들은 혼란스러웠고 불완전한 문장이 많았다. 그렇지만 하룻밤을 함께 보내고 난 다음날 저녁, 로베나가 나이트클럽에 모습을 드러내지 않자 그가 느꼈을 당혹스러움은 충분히 가늠할 수 있었다.

그는 술을 마셨다. 다른 사람들에게는 속마음을 드러내지 않았다. 그 일이 있기 며칠 전엔 반쯤 농담으로, 우리 같은 동구권 출신들은 지금까지 충분히 고통받았으니 이제는 너희들, 서구권 차례라고 말하기도 했다.

그 자리에 있던 한 명의 시선이, 이봐, 어떤 정치체제하에서도, 고통은 우리를 놔주지 않는 법이야, 라고 반박하는 것 같았다.

다음날, 로베나는 초췌한 얼굴로 학교에 나타났다. 그리고 전날은 알바니아에서 누가 찾아오는 바람에 약속을 지키지 못했다고 변명했다. 얼굴은 창백했고 정신은 산만했으며 초조한 기색이 역력했다. 누가 온 것일까. 마피아? 인신매매범? 애인? 세 가지 가정을 해보았지만 판단이 서지 않았다. 언론은 연일 알바니아 출신 불한당들의 비행에 대해 보도했다. 그들은 멀리서 찾아와 위험을 퍼뜨리고는 공허와 공포를 남기고 사라졌다.

야네크 B가 조심스럽게 이런 얘기를 꺼내자, 로베나는 영문을 몰라 두 눈을 동그랗게 떴다. 그러다 결국 말뜻을 이해했는지 고개를 절레절레 흔들었다. 아니, 아니, 협박이나 밀거래와는 전혀 상관없는 일이야.

그는 로베나의 어깨를 잡아 흔들며 그럼 도대체 무슨 일이냐고 묻고 싶었지만 그렇게 하지 못했다. "R은 다시 나와 함께 나이트클럽으로 갔다. 하지만 그 이상은 아니었다." 두 사람은 예전처럼 친구들의 수상쩍은 눈길을 받으며 나란히 붙어 앉았다. 저 두 사람은 동구권에서 왔잖아, 그러니 우리가 저들을 이해하긴 쉽지 않을 거야. 독재 체제 아래에서 그들이 무슨 일을 겪었는지는 신만이 아실 테니까.

로베나는 이따금씩 다시 쾌활해지는 것 같다가도 이내 멍하게 생각에 잠겼다. 그들이 하룻밤을 보낸 사이라는 걸 대체 기억은 하는지 묻고 싶었지만, 어떻게 해야 로베나의 마음을 상하게 하지 않으면서 그걸 물어볼 수 있을지 고민이었다. "어젯밤 그녀에게 말했다. '우리가 처음 서로의 품에 안겨 춤추던 날, 그리고 이어

서로의 몸을 만지게 된 그 밤이 얼마나 아름다웠는지 기억해?'"

그는 잔뜩 굳은 얼굴로 로베나의 반응을 기다렸다. 로베나의 속눈썹은 지나치게 길고 무거워 보였다. 마침내 그를 올려다보면서 로베나가 말했다. "응, 아름다웠어." 하지만 로베나의 목소리는 스쳐지나가며 본 그림 평을 하듯 그저 밋밋했다. 냉랭하지도 않았지만 감격에 겨운 목소리도 아니었다. 야네크 B는 운명에 맡기는 심정으로 먼 곳에서 찾아왔다는 방문객에게로 화제를 돌렸다. 로베나는 눈을 내리깔았다. 그렇지만 그 질문 때문에 곤란해하는 것 같지는 않았다. 오히려 그 반대였다. 그에 용기를 내어 야네크는 그녀에게 그 사람 생각이 떠나지 않느냐고 물었다.

아주 부드러운, 거의 속삭이는 듯한 말투였다. 그를 올려다보는 로베나의 눈길에 짜증이 서려 있지는 않았다. 오히려 고마워하는 기색이었다. "아무리 바보 멍청이라도 로베나가 그에 대해서 이야기할 수 있는 기회가 오기를 기다렸다는 건 대번에 알 수 있었다."

난 복잡한 남자를 좋아해. 로베나는 기나긴 침묵 끝에 입을 열었다. 복잡하다니, 어떤 면을 말하는 거야? 로베나는 모든 면에서, 라고 대답했다.

그는 곧 좀 전에 세웠던 가정을 떠올렸다. 수상하고 위험한 사업을 하느라 복잡한 사람일까? 하긴 범죄 조직에 있는 남자를 좋아하는 여자도 있지. 요즘 같은 시기엔 그게 '유행'이기도 하고.

로베나는 사랑에 빠진 여고생처럼 머리카락 끝을 만지작거렸다. 그러면서 마치 혼잣말처럼, 그는 아주 복잡한 사람이야, 라고 말을 이었다. 야네크는 로베나의 두 눈에 이슬이 맺히는 것 같아 가슴 한편이 찡했다. 어느 날 밤, 그는 악몽을 꾸었는지 소스라쳐 놀라며 소리를 질렀어 하고 로베나가 말했다. 어, 이것 봐라, 야네크는 생각했다. 여자를 감동시키기 위해 그렇게 하는 게 필요하다면 나도 잠결에 소리 지르는 것 정도는 얼마든지 할 수 있지. 벽이 흔들릴 정도로 큰 소리로 말이야! 그러나 자기 혼자 용기백배했을 뿐, 겉으로는 감히 아무 말도 하지 못했다. 그러기는커녕 그녀에게 시선을 단단히 고정시킨 채 로베나가 늘어놓는 다른 사람의 악몽, 전신주며 버스 정류장이며 포플러나무 둥치에 붙어 있는 헤이그 재판정 소환장에 관한 이야기를 듣기만 했다.

"우리가 이런 식으로 속삭이는 광경을 보며 다른 사람들은 틀림없이 남의 속도 모르고, 하느님 감사합니다, 저 두 사람이 다시 결합했군요! 생각했을 것이다."

그로부터 며칠 후, 야네크는 '발견'과 '치욕'이라는 단어로 일기를 시작했다.

"새로운 점을 발견했다. 발견은 동시에 치욕이기도 했다. 하지만 이상하게도 나를 전혀 괴롭히지 않는 치욕이다. 치욕은 삼켜 버렸다."

슬로바키아 출신 청년은 로베나를 자기에게서 멀어지게 만든 장본인으로 보이는 수상한 방문객 덕에 두 사람 사이가 가까워 지고 있음을 알게 된 것이다.

그는 대부분의 사람이 치욕의 극치라고 여겼을 상황 앞에서 꼬리를 내렸다. 그리고 자기 아닌 다른 남자에 대한 이야기를 잘 들어준다는 조건으로 여자와 데이트를 해나갔다.

물론 공개적으로 이 같은 조건을 얘기한 건 아니지만, 로베나 는 암묵적으로 그가 동의하고 있다고 짐작했다. 이 얘기 저 얘기 하긴 했지만 결국 화제를 '그'에게로 돌리려는 로베나의 조바심 은 한눈에 드러났다. 로베나는 두 사람이 오래전부터 사귄 사이 라는 사실을 감추려 들지 않았다. 두 사람이 함께한 여행, 호텔 이나 겨울 해변에 대해서도 스스럼없이 이야기했다. 두 사람 사 이가 좋지 않다는 말은 한 번도 입 밖에 낸 적이 없었다. 하지만 뻔한 일이었다.

"도저히 믿을 수 없는 일이 일어났다! 우리는 또다시 잠자리 를 같이했다."

더욱 믿기 어려운 건, 그런 일이 있고 난 다음에도 전혀 달라 진 게 없다는 사실이었다. 외려, 몸을 주었으니, 로베나가 사례

비를 요구해도 자연스럽게 여겨질 정도였다.

그는 그로부터 이틀 후 일기장에 기록했다. "더이상 아무런 희망이 없다……"

아닌 게 아니라 상황이 그에게 유리하게 펼쳐지리라는 희망은 어디에도 없었다. 몸은 예전처럼 그의 곁에 누웠어도, 그건 로베나가 아니었다. 예전처럼, 로베나의 생각은 언제나 다른 곳에 가 있었기 때문이다. 반면, 야네크는 마지막 남은 자존심까지도 남김없이 써야 했다. 참을 수 없는 부재자, 그 누구보다 증오할 권리가 있는 그자에 대해서 로베나가 하는 말을 듣고 있어야 했던 것이다.

그는 둘 사이의 위기가 지나가면 로베나가 더이상 그에 대해 말하지 않으리라는 실낱같은 희망을 품었다. 하지만 그렇게 될 경우 뒤이어 무슨 일이 벌어질지도 쉽게 상상이 됐다. 로베나와 야네크 사이의 암묵적인 계약은 존재 이유를 상실하게 되며, 따라서 두 사람 사이엔 아무런 관계도 남지 않게 될 터였다.

곧 우려하던 일이 일어났다. 두 사람은 만나는 횟수가 차츰 줄더니 결국 만나지 않게 되었다. 야네크는 새로운 상황에 적응하려고 노력했다. 두 사람은 이제 친한 친구로 남았다. 요새 그와 다시 잘돼가? 어느 날 그가 물었더니 로베나는 고개를 끄덕였다. 그렇지만 그는 언젠가 다시 두번째 위기가 올 것이고, 그렇게 되

면 체면 불구하고 다시 로베나를 차지할 수 있으리라는 희망을
품었다.

가슴을 짓누르는 듯한 느낌에서는 어느 정도 해방되었지만,
새로운 상황에 마음이 씁쓸해진 그는 알바니아 출신 불한당들에
대한 얘기를 다시 거론했다. 요새 다시 말이 많이 도는 거 같아. 하
지만 로베나는 경멸하는 듯한 태도로 어깨만 으쓱할 뿐이었다.

오랜 시간이 지난 후 카페의 테라스에서 베스포르 Y에 대한
이야기를 듣던 슬로바키아 청년은 로베나에게 불쑥 그는 왜 그
렇게 헤이그를 두려워하느냐고 물었다.

로베나는 웃었다. 헤이그를 두려워한다니, 그게 무슨 소리야?
내 말은 그러니까, 헤이그 여행 말이야, 왜 헤이그 여행을 두려
워하는 건데? 로베나는 고개를 저었다. 그 반대라고 했다. 우리
는 그곳으로 여행을 가려 했어. 네덜란드에 가서 튤립 구경도 하
고…… 하지만 헤이그는 꽃동산이기 전에 국제사법재판소가 있
는 곳이지. 양심이 시커먼 사람들한테는 불안하고 두려운 곳이
라고…… 아, 이제야 네가 무슨 말을 하는지 알았어. 로베나는
신경질적으로 대답했다. 잘 들어, 우리는 그곳에 놀러가려던 거
야, 튤립 구경…… 너도 잘 들어! 야네크는 버럭 소리를 질렀다.
그가 악몽을 꿀 때 본 건 튤립이 아니라 재판정에 출두하라는 소
환 명령장이었어……

침묵이 이어졌고, 두 사람은 화가 나서 서로를 노려보았다. 네가 뭘 안다고 그래? 로베나는 얼음처럼 차가운 목소리로 쏘아붙였다. 야네크는 대답 대신 두 손으로 얼굴을 감쌌다. 미안해, 미안해, 그런 말은 하지 말았어야 했어. 그는 그렇게 말하며 울먹였다.

그가 얼굴을 감싸고 있던 손을 내리자, 로베나는 야네크가 정말로 울고 있었다는 걸 알 수 있었다. 내가 나쁜 놈이야. 그는 풀죽은 목소리로 말했다. 질투 때문에 눈이 멀었나봐. 그러니까 이렇게 무슨 말을 하는지도 모르고 되는대로 지껄여대지.

로베나는 그가 진정하기를 기다렸다가 그의 손을 잡고 부드러운 목소리로 물었다. 그 사람이 꿈속에서 무얼 봤는지 어떻게 알아?

눈물을 닦고 나자 더 커 보이는 그의 두 눈은 완전히 무방비 상태처럼 보였다.

네가 나한테 말해줬잖아. 그 남자가 얼마나 복잡한 사람인지 말하면서……

로베나는 아무 말도 하지 않았다. 아랫입술을 깨물고 속으로만 외쳤다. 맙소사.

몇 년 후, 스위스 친구가 북구 지역을 여행하던 로베나와 나눈 짧은 전화 통화를 반추해보도록 자극한 건 야네크 B의 이런 일기들이었다. 그녀는 그때까지만 해도 우연한 실수겠거니 치부했던 사소한 세부 사항 하나가 헤이그 관련 오해를 푸는 열쇠임을 순간적으로 깨달았다. 여보세요? 자기, 정말 자기야? 목소리 들으니까 정말 좋다. 지금 어디야? 덴마크. 지금 기차 안이야. 정말? 응, 지금 베스포르 만나러 가는 중이야. 잘됐네! 풍차랑 튤립 꽃밭이 보여…… 튤립 꽃밭?…… 아, 그러니까 튤립이랑 비슷한 꽃인데, 이름은 잘 모르겠어…… 이름이 뭐 중요하니. 그럼 너희 두 사람, 다시 합친 거야? 여보세요? 잘 안 들려…… 끊을게, 자기. 그래.

아, 난 정말 바보야, 로베나는 휴대폰을 끄면서 자책했다. 그렇게 간단한 지시사항도 제대로 못 따르다니. 베스포르는 이번 헤이그 여행에 대해서 일체 함구해야 한다고 했다. 로베나가 명랑하게 왜요? 라고 묻자 그 역시 명랑하게 그냥, 갑자기 그런 생각이 들었어 하고 대답했다. 이 여행을 우리 두 사람만의 비밀로 하고 싶다는 생각. 누구나 한 번쯤 비밀 여행 같은 걸 해볼 권리가 있다고 생각해. 로베나는 오케이! 동의했다.

두번째 통화에서 그는 이런 경우, 다시 말해 여행지에 대한 질문을 받을 때 헤매지 않을 수 있는 가장 좋은 방법은 다른 곳을 대는 것이라고 했다. 가령 네덜란드에 간다면 덴마크에 간다고 말하면 됐다. 〈햄릿〉의 무대가 된 곳을 둘러보기 위해 덴마크에 간다고. 아, 기왕 덴마크 이야기가 나왔으니, 당신 혹시 지금 펜 가지고 있어? 그러면 유틀란트 반도라고 적어. 그게 그 지역 이름이니까. 삭소 그라마티쿠스도 적어놓고. 덴마크 최초의 역사학자야. 삭소에는 x자가 한 번, 그라마티쿠스에는 m자가 두 번 들어가. 그 정도면 충분할 거야. '죽느냐 사느냐' 그런 이야기까지 할 필요는 없어. 그러다보면 꼬리가 밟힐 테니까. 오케이?

아, 난 정말 바보야. 다시금 후회가 됐지만 로베나는 그 실수에 대해서는 더이상 생각하지 않기로 마음먹었다. 이번 여행을 너무도 손꼽아 기다렸던 터라 그까짓 멍청한 일로 기분을 망치고 싶지 않았다. 로베나는 란제리 외에도 그를 위한 깜짝 선물을 준비했다. 배꼽과 가슴 중간쯤에, 그리고 엉덩이에 하나씩 새겨넣은 문신이었다. 어떤 체위로 사랑을 나누더라도 두 개 중 하나는 반드시 눈에 띌 것이었다. 로베나는 사랑의 밀어도 잔뜩 생각해두었다. 그러나 자신에게 그런 말을 사용할 자격이 있는지는 확신이 서지 않았다.

기차가 규칙적으로 흔들리자 잠이 밀려왔다. 로베나는 자신을 기다리고 있을 남자를 생각하며, 당신은 나를 기진맥진하게 만들어요, 라고 중얼거렸다.

아마도 그녀의 생각 속에서 탄생했을 노랫말이 이따금씩 떠올랐다.

만일 나에게 두 번의 삶이 주어진다면
그 두 번의 삶 모두에서 당신을 사랑하겠어요.

두 번의 삶이라니, 말은 쉽지. 지금껏 누구도 두 번 살도록 허락받은 적은 없었으니까. 한 사람을 첫번째 삶에서 사랑하고 두번째 삶에서도 사랑하는 일은 더더욱 그렇고. 하지만 그래도 사람들은 포기하지 않아. 우리 둘도 마찬가지야. 우리는 말하자면, 아주 흐릿한, 이 금지된 삶의 복사본을 가지고 있는 셈이야. 하지만 금지된 삶이 너무 두려워서, 특히 하늘의 분노를 살까봐 두려운 나머지 서로를 사랑하지 않는 척하고 있어.

로베나는 잠깐 졸다가 미소를 지으며 깨어났다. 어릴 때도 로베나는 이런 식으로 사실들에 자신이 원하는 형태를 부여함으로써 스스로에게 거짓말하기를 좋아했다.

이 모든 비밀을 알게 된다면…… 야네크 B의 의심은 걷잡을 수 없이 커져갈 것이었다. 애인을 만나러 가는 여자들 누구라도 이 비밀 중 한 부분만 들어도 소름이 돋기에 충분했다. 이 여행에 대해 누구에게도 아무 말도 하지 마. 기차표를 비롯한 모든 흔적을 완전히 없애. 이유는 나중에 알게 될 거야……

확성기에서는 네덜란드어에 이어 영어 방송이 나왔다. 곧 헤이그에 도착할 예정이었다. 로베나는 그의 휴대폰으로 세번째 전화를 걸었다. 이번에도 답이 없었다.

택시를 잡아 타고 호텔을 찾아가는 데에는 아무 문제가 없었다. 화려한 간판 같은 건 없었다. 프런트 데스크 직원은 로베나가 도착하면 방 열쇠를 내주라는 말 이외에 베스포르 Y가 남긴 다른 메시지는 없다고 했다. 그는 방에 없었다.

로베나는 잠시 넓은 방 안을 서성거렸다. 여행가방 두 개가 놓여 있었다. 욕실에 그의 전기면도기와 늘 쓰는 향수가 보였다. 작은 탁자 위에 영어로 쓴 호텔 지배인의 환영 카드와 꽃다발이 놓여 있을 뿐, 베스포르가 남긴 메모는 없었다.

로베나는 소파에 털썩 주저앉았다. 헛헛했다. 삭소 그라마티쿠스. 유틀란트 반도…… 몇 시에 돌아온다는 말이라도 남겨주었더라면 좋았을 텐데. 방에서 기다리고 있어, 정도라도.

로베나의 시선은 줄곧 전화기로 향했다. 결국 다시 한번 전화를 걸기 위해 의자에서 일어났다. 그런데 문득 그의 여행가방 중 하나가 몹시 낯설어 보였다. 다른 가방도 마찬가지였다. 혹시 실수로 모르는 사람의 방에 들어온 게 아닌가 하는 생각이 불꽃처럼 일었다. 의혹을 떨치기 위해 욕실로 들어갔다. 그런 향수를 쓰는 남자는 거의 없었다.

로베나는 옷장 문을 하나씩 열어보았다. 그가 호텔에 머물 때면 늘 그렇듯이 셔츠는 한 벌도 걸려 있지 않았다. 다시 가방 쪽으로 시선을 옮긴 로베나는 별 생각 없이 지퍼를 열었다. 특별한 걸 발견하기도 전에 가방에 들어 있던 커다란 봉투 하나가 침대 위로 떨어졌다. 봉투를 제자리에 놓으려는데 한 뭉치의 사진이 쏟아져나와 시트 위에 흩어졌다. 떨리는 손으로 사진을 주우려 몸을 구부리던 로베나의 입에서 외마디 비명이 터져나왔다. 피투성이가 된 어린아이의 사진이었다. 다른 사진들도 비슷했다. 실수로 연쇄살인범의 방에 들어온 건가? 어떻게 해야 하지? 구조를 요청해야 하나? 얼른 방에서 빠져나가야 하나? 경찰을 불러야 하나?

아무도 당신이 헤이그에 간다는 사실을 알아선 안 돼…… 로베나는 다시 몸을 굽혀 봉투를 살폈다. 수신인의 주소가 적혀 있었다. 스트라스부르 유럽회의 위기관리국, 베스포르 Y.

분명 그의 이름이었다.

하느님 맙소사. 공포를 느꼈지만 동시에 안도감이 찾아왔다. 적어도, 그는 실제 유럽회의 소속이었다. 봉투에 적힌 주소가 그걸 말해주고 있었다. 그러니 이 사진들은 누군가가 그에게 보낸 것이라는 논리도 성립했다. 협박일까? 그에게 무언가를 상기시키려는 것일까?

그때 전화벨이 울렸다. 깜짝 놀란 로베나는 수화기를 들기 전 목소리를 가다듬었다. 베스포르였다. 로베나는 그가 하는 말을 토막토막 알아들었다. 늦을 거 같아 미안하다는 내용이었다. 일이 좀 있어요. 그래? 하지만 전화로는 말할 수 없어요. 당신 목소리를 들으니 그런 것 같군. 바깥바람을 좀 쐬면 어때, 아름다운 도시에 왔는데. 난 다섯시쯤 도착할 거야.

로베나는 그의 충고대로 따랐다. 밖에 나오니 모든 것이 가볍고 비현실적으로 느껴졌다. 발길 가는 대로 걷다보니 어느새 좋은 느낌을 주는 거리에 와 있었다. 방금 전까지의 의혹이 모두 터무니없게 느껴졌다. 내가 잠시 신경이 곤두섰던 모양이야. 문득 알바니아어가 들리는 것 같았다. 두번째였다. 정신적으로 충격을 받으면 이런 식의 환청이 나타난다는 말을 들은 기억이 났다.

등 뒤에서 다시 한번 똑같은 목소리가 들리자 로베나는 어느 진열창 앞에 멈춰 섰다. 그리고 목소리가 멀어질 때까지 꼼짝 않고 서 있었다. 아무 소리도 들리지 않자 그제야 고개를 돌렸다. 몇몇이 거드름 섞인 대화를 나누며 걸어가고 있었다. 헤이그에 알바니아 사람이 그렇게 많을 줄은 몰랐다. 베스포르가 이번 여행에 대해 절대 비밀을 지키라고 한 것도 어쩌면 그런 이유에서 인지 모른다.

로베나는 눈앞에 보이는 카페로 들어갔다. 유리창 너머 거리는 한층 화기애애해 보였다. 알바니아어가 들려와도 더는 놀라지 않았다. 사람들은 아무렇지 않게 큰 소리로 말하며 담배를 피워댔다. 로베나는 "오늘의 공판"이라는 단어와 "멍청한 새끼"라는 욕설과 "밀로셰비치"라는 이름을 알아들었다. 이제 모든 것이 분명했다. 재판소가 지척인 게 분명했다.

로베나는 개의하는 기색 없이 커피를 마셨다. 순간 저쪽에 아는 얼굴이 보였다. 테이블에 혼자 앉은 그는 주변에 있는 외국인들의 시끄러운 대화를 듣고 싶은 호기심을 굳이 감추지 않았다. 누군지 기억이 났다. 그는 유명한 작가였다. 상황이 달랐다면 말을 걸어봤을 수도 있었다. 그는 로베나가 유학하고 있는 오스트리아 출신 작가였다. 문득 그가 친세르비아적 입장을 고수한다는 기억이 났다. 그러자 말을 걸어보고 싶은 마음이 싹 달아났다.

베스포르는 지금쯤 재판소에 있는 것이 틀림없었다. 출두 명령에 얽힌 악몽이며, 잠결에 내지르던 비명, 그리고 여행을 비밀에 부치라는 당부, 이 모든 것이 그제야 다 설명되는 것 같았다.

로베나는 미로 같은 재판소 건물 어딘가에 붙들려 있을 그의 모습을 상상했다. 시간은 더디게 흘러갔다. 오스트리아 작가의 맞은편 테이블엔 또다시 시끄러운 손님들이 앉았다. 작가는 두 잔째 커피를 주문했고, 여전히 이웃 테이블 사람들의 대화에 귀를 기울이고 있는 듯했다.

로베나는 억지로 침대 생각에 집중했다. 기차에서도 그랬던 것처럼, 몸에 새긴 문신이 살아 숨쉬는 것 같았다. 어떤 문신이 성공을 거둘까? 역사 시간에 들었던, 꽃이나 곤충 이름이 붙은 길고도 지루한 전쟁들이 떠올랐다. 두 송이의 장미 전쟁이었던가, 두 마리 나비 전쟁이었던가?

헤이그행 기차 안에서 로베나는 엉덩이에 새겨넣은 문신을 생각하며 잠시 나른해졌었다. 로베나는 문신이 그의 마음에 들 거라고 확신했다. 더구나 두 사람은 그런 체위로 사랑을 나눈 적이 거의 없었다.

욕망으로 나른해진 로베나는 차를 한 잔 더 주문했다. 어린아이들의 사진은 이제 아득히 멀어진 것 같았다. 잠에서 깨어난 듯 시곗바늘이 부지런히 내달렸다. 왠지 늦은 것 같은 느낌이 들었다.

이 느낌은 한 시간 후, 호텔 침대 위에 누워 있을 때까지도 여전했다. 로베나는 미리 생각해두었던 사랑의 밀어는 거의 한마디도 하지 않은 채 베스포르와 사랑을 나눴다. 문신들 사이의 경쟁 역시 로베나가 상상하던 것과는 아주 다른 양상으로 전개되었다. 당신, 아까 전화로 무슨 일 있다고 하지 않았어? 그래요. 하지만 말을 꺼내기가 쉽지 않군요. 그 심정 나도 알 것 같아. 많은 일들이 처음엔 그래. 그러다가 차츰…… 그러다가 차츰, 뭐요? 이 세상에 말할 수 없는 일이란 없어. 난 그렇게 생각하지 않아요. 그거야…… 당신이 여자라서 그럴지도 모르지. 그럴 수도 있겠네요. 그동안 뭘 하면서 지냈지? 우리가 만나지 못한 동안 어떻게 지냈어? 로베나는 갑자기 소리를 지르고 싶었다. 내가 뭘 했느냐고요? 아무것도 안 했어요. 모든 걸 다 했어요. 그러나 생각뿐, 입으로는 왜 그런 걸 알고 싶어하느냐고만 물었다.

말하고 싶지 않으면 하지 마. 우린 벌써 오래전에 그런 정도는 넘어선 사이니까. 베스포르는 침착하게 대꾸했다.

자신의 말을 그가 알아듣지 못하면 좋겠다는 은밀한 바람이 초래한 뚝뚝 끊어지는 말투로, 로베나는 호텔에 도착했을 때 방을 잘못 들어온 줄 알고 겁에 질렸었노라고 털어놓았다. 다른 사람의 방인 줄 알았다고. 당신 여행가방도 낯설었어요. 향수만 예외였는데 그런 향수 쓰는 사람이 또 있을 수도 있으니까요.

그리고 이번에는 조금 조심스런 어조로, 익숙한 물건을 한 가지라도 발견한다면 방을 제대로 찾아온 것이라 확신할 수 있을 것 같아, 평소 자기 같지 않은 행동, 즉 그의 여행가방을 열어보았다고 고백했다.

로베나는 베스포르가 자신의 이야기를 건성으로 듣는다는 느낌을 받았다. 차라리 다행이라는 생각은 들었지만 이야기를 더는 계속할 수 없었다.

조금 잘까? 베스포르가 물었다. 오늘 아주 힘들었거든. 당신도 그랬겠지?

숨소리로 미루어 베스포르가 잠이 든 것이 확실해지자, 로베나는 비로소 머릿속이 맑아지는 것 같았다. 그녀는 마음속으로 그에게 가방을 열었고 끔찍한 사진들이 떨어졌으며 그로 인해 두려웠다고 말했다. 그런 다음, 침착하게, 꿈에 보이던 그 소환장을 실제로 두려워하는 것이냐고 물었다. 만일 그렇다면 그 소환장은 혹시 죽은 아이들의 사진과 관련이 있나요? 그리고 마지막으로 우리가 죄인들처럼 몰래 헤이그에 와야 했던 이유가 뭐지요?

그러고 나자 한결 마음이 놓여 잠깐 졸 수 있었다. 두세 번쯤 로베나는 자신의 물음에 대해 베스포르가 들려줄 만한 대답을 추측해보았다. 상상할 수 있는 최악은 베스포르가 찌푸린 얼굴에 싸늘한 눈길로 그런 질문을 하는 당신은 도대체 뭔데? 당신은 한낱 매춘부에 불과해. 내가 돈을 주고 산 콜걸, 이라며 화를 내는 것이었다.

저녁식사를 하러 내려가기 전에 로베나는 평소보다 훨씬 오랫동안 거울 앞에 앉아 있었다. 베스포르는 레스토랑에 앉은 로베나를 경이롭게 바라보았다. 로베나는 식탁 위에 놓인 촛불이 남자들과 어떻게 신비한 관계를 맺어내는지 잘 알고 있었다. 촛불이란 원래 남자 편에 속하지만, 여자에게도 우군이었다. 촛불은 높고 강하게 경의를 표하며, 여자를 위해 자신의 몸을 태움으로써, 남자에게도 본받을 것을 부추긴다.

"오늘 보니 당신 더 예뻐졌군." 베스포르가 나지막이 말했다.

로베나는 그에게서 눈을 떼지 않았다.

"괴로운 마음으로 하는 말인가요, 아니면 그냥 느낌을 말하는 것뿐인가요?"

"괴롭다니? 왜 그런 말을 하지?"

로베나는 잠시 동요했다.

"그건 말이죠, 으음…… 이제 우리는 달라졌으니까…… 그러니까 내 말은…… 당신은 내가 미워지기를 바랐나요?"

"아니, 절대 아니야! 내가 어떻게 그런 걸 바라겠어."

"솔직히 그것도 정확하게 내가 하려던 말은 아니에요…… 난 말이죠…… 사실 당신에게 물어보고 싶은 게 있어요. 호텔에서 당신이 잠들었을 때, 그것 때문에 몹시 괴로웠어요."

로베나는 용기가 사라질까 두려운 듯 서둘러 자신의 의심을 모두 털어놓았다. 베스포르의 표정은 로베나가 최악의 대답을 상상했을 때처럼 순식간에 어두워졌다. 그렇게 남의 물건을 뒤적이다니, 도대체 당신 뭐야? 당신은 몸 파는 여자일 뿐이야! 당신은 나를 그런 식으로 취급할 권리가 없어요. 당신이 나를 콜걸로 만든 건 사실이에요. 하지만 예전에 당신은 내 남편이었어요.

비록 실제로는 단 한마디도 입 밖으로 나오지 않았지만, 로베나는 숨이 막힐 것 같았다.

전처럼 두려움이 밀려오는 것을 느꼈지만, 그것은 베스포르에 대한 두려움이라기보다 진실에 대한 두려움이었다.

베스포르는 오랫동안 아무 말 없이 있다 입을 열었다. 가방을 열 때 떨어진 것은 살해된 아이들의 사진이 맞았다. 하지만 진실은 로베나의 생각과는 달랐다. 사진 속 아이들은 나토군의 폭격에 희생된 세르비아 아이들이었다.

로베나는 잠자코 이야기를 들었다. 정신이 얼떨떨했다. 로베나는 이내 입술을 깨물며 말했다.

베스포르는 미안해할 필요 없다며, 그런 사진을 보면 누구든 끔찍한 상상을 하기 마련이라고 했다. 무슨 상상인들 못하겠느냐고, 심지어 베스포르 자신을 살해범으로 여기는 것도 가능하다고 했다. 더구나 그 사진은 바로 그런 목적을 노리고, 그를 살인자로 몰기 위해 발송된 것이라고도 했다.

로베나는 조심스럽게 베스포르의 손을 잡았다. 그의 손가락이 유난히 가늘고 길게 느껴졌다. 그는 마치 로베나가 거기에 없는 듯한 태도로 말했다. 지금 일어나고 있는 일을 설명하기란 쉬운 일이 아니야. 흡사 악몽처럼 끔찍한 사진들의 콘테스트 같아. 폭격으로 갈가리 찢긴 세르비아 아이들. 칼에 목이 베인 알바니아 아이들. 죽음의 무도를 둘러싼 음산한 토론이 지루하게 이어지고 있었다. 과연 죽음에도 서열이 있는 것일까? 한쪽에서는 어린 아이들의 죽음은, 모두가 다, 어떤 서열도 존재하지 않는, 속죄받을 수 없는 비극이라고 주장했다. 하지만 베스포르의 생각은 달랐다. 아이가 교통사고로 죽는 것과 폭격으로 죽는 것은 엄연히 달랐다. 칼에 목이 베여 죽는 갓난아이는 또 어떤가. 인간의 손이 하는 짓이야. 내 말 알아듣겠소? 무차별적인 폭탄이 아니라, 목표물을 정확하게 노린 인간에 의한 죽음이라고. 알바니아의 아기 팔백 명이 칼날 아래에서 양들처럼 죽어나갔어. 게다가 대부분의 경우, 엄마들이 지켜보는 가운데 그런 일이 벌어졌고. 그런 상황에서라면 이성을 잃는 게 당연하지. 그게 바로 세상의 종말이니까.

베스포르의 입김에 식탁 위 촛불이 가볍게 넘실거렸다. 로베나는 베스포르에게 이제 그 생각은 그만하자고 했다.

저녁식사 후, 나이트클럽에서, 로베나는 문신, 그리고 문신의 목적에 대해 문신 기술자가 던진 질문으로 화제를 이끌었다. 문신 기술자는 로베나에게 왜 문신을 하려고 하느냐, 그리움 때문이냐, 아니면 그렇게 하기로 누군가와 약속했느냐, 그것도 아니면 다른 이유가 있느냐고 물었다.

다른 때와 달리 베스포르는 로베나의 몸을 만진 그 남자에 대해 더 많은 걸 알고 싶어하지 않았다. 그의 생각은 여전히 식사 자리에서 나눴던 대화에 머물러 있는 것 같았다.

로베나는 그가 머릿속에 맴도는 생각을 완전히 밖으로 털어내버리기 전까지는 다른 쪽으로 관심을 돌리는 것이 불가능하리라고 생각했다. 그래서 끔찍한 사진 콘테스트 등을 다시 언급하면서 죄책감을 느끼지 않는다며 왜 그 일 때문에 자꾸 마음을 쓰느냐고 베스포르에게 물었다.

베스포르는 어색하게 미소지었다.

그건, 내가 시민이기 때문이지…… 도시의 삶과 관련된 일은 결국 모두 나와 관련된 일이라는 말이야.

로베나는 그가 한 말의 의미를 이해하지 못했지만, 굳이 드러내고 싶지는 않았다.

베스포르는 그런 로베나의 심중을 꿰뚫었는지, 나지막한 목소리로 방금 알바니아 갓난아기들에 대해서 그렇게 말하긴 했지만, 세르비아 아이들의 죽음 또한 그를 매우 고통스럽게 한다고 고백했다. 하지만 현장, 즉 발칸반도의 상황은 유감스럽게도 그런 식이 아니라고 덧붙였다…… 레스토랑에서 당신은 우리가 죄인처럼 은밀하게 헤이그로 온 이유가 무엇이냐고 물었지. 하지만 꿈속에서 한두 차례라면 모를까, 내가 소환 명령을 받은 적이 없다는 것을 당신은 알아야만 해. 만일 소환장을 받는다 해도 난 법원의 명령이 아니라 양심의 소리에 복종할 거야. 모두가, 저승사자 하데스의 집무실인 듯, 헤이그에 와봐야 해, 영혼의 구원을 위해. 침묵 속에서, 비밀리에.

로베나는 카페에서 알바니아 손님들 사이에 앉아 있던 오스트리아 작가의 수염과 멍한 눈빛이 떠올랐다.

이야기를 계속하면서도 베스포르의 시선은 두번째이자 마지막 잔인 위스키를 주문하기 위해 계속 종업원에게로 향해 있었다.

베스포르가 비로소 문신 기술자를 떠올린 것은 자정이 지나 침대에서 사랑을 나누려 할 때였다. 괜찮은 사람이었느냐, 잘생겼느냐, 불량배 같았느냐 등의 질문이 이어졌다. 로베나는 지금 말한 모든 걸 조금씩 합해놓은 듯한 사람이었다고 대답했다. 그리고 그 사람이 그런 상황에서 모든 남자가 범하는 실수를 저질렀다고 지적했다. 문신이 예정된 사랑의 밀회를 위한 것임을 알면서도, 문신하는 여자가 느끼는 흥분이 자기 때문이라고 착각했다는 것이었다.

다른 때처럼 이날도 로베나의 이야기는 미완성인 채 끝났다. 로베나가 욕실에 있는 동안 베스포르는 텔레비전을 켰다. 채널은 많았지만, 대부분 네덜란드어 방송이었다. 어떤 채널에선가는 알바니아라는 말을 들은 것도 같았다. 채널을 계속 돌리다보니 영어 뉴스가 나왔다. 왕비가 죽었다는군. 베스포르는 욕실에서 나오는 로베나에게 말했다. 로베나는 자신의 귀를 위심했다. 네덜란드가 아니라 알바니아 왕비 말이야. 놀란 로베나의 눈썹이 활처럼 휘어졌다. 그건 벌써 몇 달 전 일이잖아요, 생각 안 나요? 우린 그때 두러스의 모텔에 있었고요. 물론 기억하지. 하지만 이번에 죽은 건 다른 왕비야. 그땐 왕의 어머니였고, 이번엔 후계자의 부인이 죽었어. 아, 그래요? 정말 이상한 일이네요.

화면에 티라나 성당을 향해 가는 검은 자동차들의 행렬이 비쳤다.

로베나의 벗은 어깨를 감싸주는 베스포르 역시 놀라워하기는 마찬가지였다. 과거 스탈린주의를 견지했던 작은 나라에서 불과 얼마 안 되는 사이에 왕비 두 명이 죽었다는 건 아무래도 예삿일은 아니었다.

로베나는 몸을 떨며 베스포르의 품으로 파고들었다.

13
마지막 일주일.

추락 사고가 나기 일주일 전, 베스포르 혹은 로베나가 불길한 예감을 느꼈는지 추측하기란 힘들다. 월요일, 베스포르가 온다는 소식을 듣자마자 로베나는 늘 하던 대로 산부인과 정기검진을 받았다. 당신의 질은 아주 건강합니다. 산부인과 의사는 말했다. 그 말씀을 들으니 안심이 되는군요, 라고 로베나는 대답했다. 그런 다음, 자기도 자신의 반응에 놀라며 애인이 이번 토요일에 오거든요, 라고 덧붙였다.

몇 년째 로베나를 보아온 담당 의사 역시 놀라기는 마찬가지였다. 로베나가 옷을 입는 동안 의사는, 당신 애인은 참 운이 좋은 남자로군요, 라고 말했다. (나는 그것이 의사에게 필요 이상의 사실을 밝힌 환자가 혹시 느낄 수도 있을 당혹감을 덜어주려는 의사로서의 배려라고 생각했습니다.)

병원을 나서면서 로베나는 부끄러움 때문에 양 볼이 확확 달아올랐다. 거리에는 차가운 비가 부슬부슬 내리고 있었다. 그녀는 제일 먼저 눈에 띈 카페로 들어가 커피를 한 잔 주문했다. 난정말 바보 같아. 로베나는 자책했다. 언제쯤 되어야 경솔하게, 전혀 그럴 필요가 없는데도, 혼자만의 비밀을 아무에게나 털어놓는 이 멍청한 습관을 버리게 될까?

그래도 산부인과 의사란 여자들이 자주 만나는 사람 중에서 가장 가까운 부류에 속한다고 생각하니 다소나마 위안이 되었다. 몇 달 전 로베나는 그의 뛰어난 직업적 역량에 감탄했다. 진찰을 끝낸 의사가 콘돔을 사용하느냐고 물었기 때문이었다.

　로베나는 우물쭈물했다. 다른 상황이었다면 너무도 진부하게 들렸을 그 질문이 로베나의 머릿속에서 비정상적으로 중요한 위치를 차지했다. 저, 의사 선생님, 제 입장을 좀 이해해주세요…… 의사는 두 눈을 동그랗게 뜨고 환자의 말을 들어보았지만, 무슨 말인지 거의 이해할 수 없었다. 당황하자 말도 잘 안 나오는지, 로베나는 떠듬거리는 독일어로 자신은 늘 한 남자만을 만나며, 그는 오래전부터 아는 사람이다…… 그러니까…… 뭐랄까…… 그 남자는 자신의 질에 익숙한 사람이다…… 따라서 그와 함께 있을 땐 특별히 콘돔을 쓸 필요가 없다…… 더구나 자주 만나지 않는다, 오히려 만날 기회가 너무 적다, 그 때문에 다른 종류의 관계도 만들게 되었다, 하지만 그건 어디까지나 피상적인 관계이고…… 일시적이며……

　이보세요, 아가씨. 듣다 못한 의사가 로베나의 말을 끊었다. 그건 환자분 사생활이니 제가 상관할 바는 아니죠. (난 갑자기 나 자신이 도덕주의자가 되고 그 여자는 내 앞에서 자신의 행동을 정당화하기 위해 변명을 늘어놓는 입장이 된 것 같아 끔찍했습니다. 그래서 진지한 목소리로 그런 것은 나와 아무 상관이 없고, 나는 오로지 그 여자의 질의 상태에 관심이 있을 뿐이며, 현재 여자의 질에는 콘돔 재질인 라텍스와의 접촉으로 인해 약간의 염증이 생겼다고 거듭 강조했습니다.)

로베나는 커피를 마시면서, 비록 대놓고 그렇게 말한 적은 없지만 그 의사는 아마도 녹색당원일 거라고 생각했다. 그리고 그런 각도에서 본다면, 조금 전 바보처럼 보였을 그 말도 나름대로 일리가 있는 것 같았다. 말하자면 로베나는 의사와, 그러니까 의사가 신봉하는 환경주의의 논리에 맞게 좋은 소식, 즉 콘돔을 쓰지 않아도 괜찮은 친환경적 애인이 온다는 소식을 공유했다고도 볼 수 있었던 것이다.

터무니없이 들릴지 모르겠지만, 그 무렵 베스포르는 천 킬로미터쯤 떨어진 곳에서 텔레비전 뉴스를 보면서 백옥같이 흰 로베나의 아랫배를 떠올리며 어쩌면 로베나가 임신했을지도 모른다고 생각하고 있었다. 텔레비전 화면에 나타난 교황 요한 바오로 2세는 다른 때보다 훨씬 초췌해 보였다. 하지만 남녀의 성관계에 있어서만큼은 교황에게서 어떤 양보도 받아낼 수 없으리라는 것은 확실했다. 모든 건 천 년, 사천 년, 아니 사만 년 전과 똑같이 이루어져야 했다. 얼마나 더 기다려야 로베나를 만날 수 있는지 따져본 베스포르에게 일주일은 너무 길게만 느껴졌다. 카페에서 로베나는 전화기를 들어 스위스 국가번호를 누르다가 통화 요금이 비싼 시간대임을 기억해내고는 친구와의 통화를 다음으로 미루었다.

바깥엔 비가 더욱 세차게 내렸다. 갑작스런 소나기를 피하기 위해 동분서주하는 행인들의 모습이 마치 허수아비 같았다. 짧은 외투를 입은 한 남자는 비바람에 제멋대로 날리는 외투 자락 때문에 쉼 없이 모습이 변하는 것처럼 보였다. 교황에 이어 화면엔 무릎을 꿇고 있는 한 유럽인 인질에게 위협을 가하는 두 명의 아랍 테러리스트가 나타났다. 베스포르 Y는 인질의 운명을 결정하는 한 방을 차마 목격할 수 없어 두 눈을 감았다. 로베나는 무심코 또다시 스위스 국가번호를 눌렀다가 다시 한번 시간을 확인하고는 전화기를 내려놓았다. 펄럭이는 외투 때문에 쩔쩔매던 행인은 찡그린 얼굴로 카페 유리창 앞에 거의 달라붙다시피 서 있었다. 까딱하다가는 검은 소용돌이처럼 유리창을 깨고 카페 안으로 무너질 것 같은 기세였다. 플라톤이 말한 양성 인간은 어쩌면 저 사람과 비슷할지도 몰라. 마지막으로 통화했을 때 베스포르가 들려준 이야기였다. 처음에 로베나는 재미난 이야기라고만 생각했다. 어머, 그럼 그 피조물은 완벽 그 자체겠군요. 남자와 여자가 한 몸 안에 들어 있다니 말이에요. 그렇게 되면 당신은 날 사랑해, 당신은 날 사랑하지 않아, 당신은 날 버렸어, 난 당신을 버렸어, 이런 말들도 필요 없을 테고요. 로베나는 웃으면서 그렇게 말했다. 바로 그 때문에 신들이 질투한 거지. 질투 때문에 신들은 양성 인간을 둘로 갈라버렸어. 그 후로, 플라톤에 의

하면, 두 개로 갈라진 반쪽은 나머지 반쪽을 찾아다니게 되었다는 거야. 듣고 보니 슬프군요. 문득 두 번을 살게 되더라도 똑같이 사랑하겠다던 노래의 변형된 버전이 떠올랐다. 몇 년 전 티라나의 어떤 술집 입구에서 술에 취한 주정뱅이가 부르는 걸 들은 적이 있었다.

만일 나에게 두 번의 삶이 주어진다면
그 어느 삶에서도 당신을 사랑하지 않겠어.

갑자기 신경이 날카로워진 로베나는 세번째로 스위스 국가번호를 눌렀다. 세상 돌아가는 꼴 하고는, 그곳에서 천 킬로미터 떨어진 곳에 있는 베스포르는 텔레비전을 껐다.

비바람은 잠시 소강 상태에 들었다 이내 다시 거세게 몰아쳤다. 비를 포함하지 않은 강풍은 물기 없이 마른 울음소리 같았다. 로베나는 간신히 집에 도착했다. 방에 들어간 그녀는 유리창을 단단히 닫은 다음, 이중창 안쪽에서 멍하니 바깥 풍경을 내다보았다. 돌풍은 위협하듯 거세게 휘몰아치다가, 용서를 구하는 듯 애절한 신음 소리를 냈다. 풍경의 일부는 어둠 속에 잠겨 있었고, 병색이 짙은 다른 한쪽 풍경 속에서는 빈 포장상자들이 길거리를 이리저리 굴러다니고 온갖 쓰레기와 방수포 조각들이 이

쪽 끝에서 저쪽 끝으로 휩쓸려다녔다. 로베나는 인간 역시 모두 저런 꼴일 거라고 생각했다. 오래전부터 속이 텅 비어 껍질만 남은 몸뚱어리들이 쓰레기 사이를 헤매며 돌아다니는 것 같았다. 문신은 점점 희미해졌고, 두 개의 반쪽인 로베나와 베스포르는 가차 없이 잘려나간 나머지 반쪽을 찾아 비바람 속에서 헤매고 다니는 운명이 되었다.

저녁이 되자 텔레비전 뉴스 화면에서는 폭풍이 휩쓸고 지나간 처참한 광경이 나왔다. 유서 깊은 극장의 진귀한 소품실도 바람에 쓸려갔다. 극장 측에서는, 손실된 소품 가운데 하나는 1759년에, 나머지 하나는 그로부터 한 세기쯤 후에 만들어진 햄릿의 망토 두 개도 있는데, 특히 귀중한 자료이니만큼 이 두 소품을 가져다주는 사람에게는 사례를 하겠노라고 공표했다. 웃기는 소식이로군. 베스포르는 그렇게 생각하며 텔레비전을 다시 껐다.

그는 늘 그렇듯 자정이 지나 잠자리에 누웠다. 새벽녘이 되어 꿈 때문에 잠에서 깼다.

형용할 수 없는 노곤함이 그의 온몸을 감쌌다. 희망의 부재 그리고 절망이 교묘하게 얽혀들더니 참을 수 없을 만큼 정도가 심해지면서 무한한 부드러움으로 변했다.

그런 종류의 꿈은 깨어나서도 기억에 오래 남는 법이다. 보이지 않는 빛에 의해 희미하게 밝혀진 무대 같은 곳 한가운데 추모관 같기도 하고 모텔 같기도 한, 회반죽 혹은 대리석 건축물이 있었다. 그는 천천히 그곳을 향해 발걸음을 옮겼다.

처음 보는 건축물이었는데, 이상하게도 낯설지가 않았다. 그는 문과 유리창 혹은 문이나 유리창 자리처럼 보이는 곳에서 걸음을 멈추었다. 회칠이 되어 있어 그것들을 하나하나 알아보기가 어려웠다.

그는 자신이 왜 그곳에 왔는지 알 것 같았다. 그리고 자신이 큰 소리로 이름을 외쳐 부른 것으로 보아 그 벽 뒤에 누가 갇혀 있는지도 아는 모양이었다. 여자 이름이었는데, 비록 소리 내어 그 이름을 부르기는 했지만, 그 자신마저 그 소리를 들을 수도, 이름을 분간할 수도 없었다. 오직 그 이름이 서너 개의 음절로 이루어졌다는 사실만 알 수 있었다. 익-쳇-이-나……

문득 그 꿈이 이상하게 이어지고 있다는 생각이 들었다. 그러자 우울함이 깃든 노곤함이 다시금 참을 수 없는 지경이 됐다.

그는 침대 머리맡에 놓인 등을 켠 다음 시계를 보았다. 새벽 네시 반이었다. 그는 아무리 머릿속에 또렷하게 남는 꿈이라도 잠이 깨고 시간이 지나면 잊히게 마련임을 떠올렸다.

아침이 되면 일어나자마자 로베나에게 전화를 걸어 꿈 이야기를 들려주어야겠다고 생각했다. 꼭 그래야겠다고.

그렇게 생각하자 마음이 편해져 그는 다시 잠이 들었다.

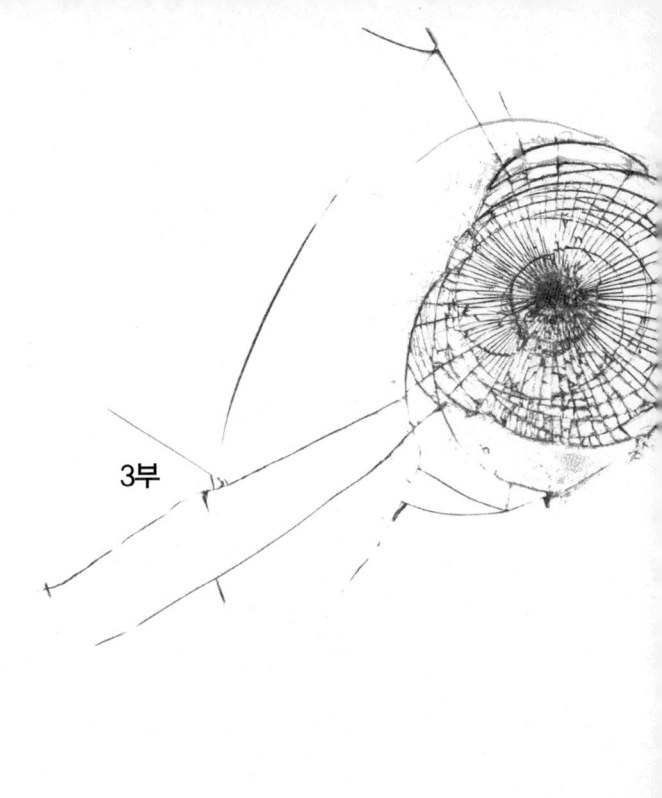

3부

1

베스포르 Y와 로베나 St.의 인생 조서는 사망 일주일을 앞두고 이상하게도 폭풍에 날아간 망토 두 개에서 중단됐다. 조사원은 주해에서, 조사를 통해 얻은 자료만으로 두 사람의 이야기를 완벽하게 재구성하기는 불가능하기 때문에, 이 커플의 마지막 40주간의 행적에만 총력을 기울이겠다고 못 박았다. 그는 하필이면 바람에 날아간 햄릿의 망토 두 개에서 조사가 종결된 것은 전혀 계획된 것이 아니므로, 없어진 망토를 상징적인 결론으로 받아들일 수는 없다고 밝혔다. 베스포르 Y가 전화를 통해 로베나에게 들려준, 몇 시간 전 새벽에 꾼 꿈 이야기는 더더욱 그랬다. 한편 약속과 달리, 또다른 이유 때문에, 모든 기대를 모았던 두 사람의 마지막 일주일은 그들의 인생 조서에 편입되지 못했다.

그 일주일은 얼핏 보기에는 대수롭지 않은 것 같았지만, 조사원이 그 시기에 집중하면 할수록 점점 혼란스러워졌고, 그것이 바로 조서에 편입되지 못한 이유라고 할 수 있었다. 마지막 일주일은 완전하지 않았다. 그 일주일의 일부, 좀더 정확하게 말하자면 두 사람이 죽기 전 사흘은 시간의 흐름에서 완전히 분리되어 있었다. 베스포르 Y가 유럽회의에 휴가를 신청한 바로 그 칠십이 시간이 문제였다. 사흘 간의 휴가를 신청한 마지막 전화 통화를 제외하면, 이 사흘에 대해 손에 잡히는 흔적이라고는 전혀 없었다. 바 종업원이나 호텔 프런트 직원들의 증언도 매번 모호했다. 둘 사이에, 호텔방에서건 휴대폰을 통해서건 대화가 오고간 기록도 전혀 없었다. 두 사람의 휴대폰은 아예 꺼진 상태였다. 이 사흘은 두 사람에게 속하지 않는 것 같았다. 두 사람을 벗어난 외부, 다시 말해서 인간의 실존으로부터 추방된 나머지 두 사람의 것이 아닌 다른 삶으로 통합되기 위해 우주를 떠다니는 시간에 속한다고 해도 과언이 아닐 정도였다. 따라서 이 사흘은 어디에도 정착하지 못하고 누구에게도 이해받지 못한 채, 매우 낯선 시간으로 남아 있었다. 특히 이 사흘을 포함하는 삶의 소유자들과 관련해서는 더욱 불투명했다.

조사원은 또다른 메모에서 사건 전개 과정을 기록하기 위해 자신이 택한 방식, 즉 "뒷걸음질"이라고 표현한 독특한 방식에 대해 설명했다. 시간의 역행(전통적 관습에 따라 사망 후 사십일, 사망 후 칠 일이 아니라 사망 전 사십 일, 사망 전 칠 일을 기록한 방식)은, 이렇게 말해도 좋은지는 모르겠지만, 하여간 두 연인이 시간에 대해 지니고 있었던 혼란스런 관점을 반영하려는 의지에서 비롯됐다는 것이었다.

사망 당일, 즉 이 전복의 관점에서 보자면, 사건의 시작인지 끝인지, 아니면 두 가지 모두인지, 혹은 둘 중 어느 것도 아닌지 그 의미를 파악하기 힘든 그날이 다가온다는 중압감 역시 조사원이 그 일주일에 대한 조사를 회피하는 데 영향을 주었다. 자신의 통제 능력을 벗어날 듯 보이는 강력한 소용돌이에 대면한 그는 누구도 예상치 못한 바로 그 순간에 손을 떼기로 마음먹었다.

마지막 일주일을 포기하는 문제로 조사원이 번민과 고통에 시달렸으리라는 것은 이 시기와 관련해 그가 수집한 방대한 자료만 보더라도 짐작할 수 있다. 여러 가지가 뒤죽박죽 잔뜩 뒤섞인 그 자료에는 증언과 메모, 조서를 비롯하여 온갖 것들이 망라되어 있었다. 로베나의 사체를 두고 두 차례에 걸친 부검 신청이 있었고 이에 대해 로베나 부모가 반대하고 나섰다. 티라나에 안장된 베스포르 Y의 묘지를 열게 해달라는 요청이 있었는데, 이는 받아들여졌다. 한편 로베나가 비밀 정보기관이 아니라 10월 17일 새벽 베스포르에 의해 살해되었다는 의혹이 제기되었다.

그 시발점은 리자 블룸이었다. 유사한 의혹을 제기한 〈쿠리에르〉 지에는 사건 당일 일기예보 복사본과 베스포르가 생전 마지막으로 요청한 사흘 간의 휴가 신청서가 게재됐다.

조사원은 이 사흘 간의 휴가에서 뭔가 새로운 단서가 나오지 않을까 하는 희망에 집착했다. 오래전 조사중인 이 사건에 대해 들으면서 그의 동료가 했던 말이 자꾸 머리에 떠올랐다. 소송이 제기되면 영국인은 예전 기록을 파고들고, 이슬람교도는 코란을, 신생 아프리카 국가는 브리태니커 백과사전을 펼치는데, 발칸반도 출신은 그들의 민요시에서 기준과 본보기를 찾거든. 말할 수 없는 무언가를 완수하기 위한 사흘의 휴가? 이건 공공연한 수법이야.

솔직히 진부하기 짝이 없는 수법이지. 발칸반도 민요시들의 절반이 그런 내용이라고 해도 과언이 아니야. 그들은 저마다 유예기간을 얻기 위해 조바심을 쳤어. 어떤 사람들은 죽음의 신과 협상을 벌였고, 어떤 사람들은, 최근의 경향이고 훨씬 덜 파격적인 방법으로, 감옥과 협상을 벌여 그곳에 갇혔지. 그런 식으로 이어져온 결과 우리와 동시대 인물인 베스포르 Y는 유럽회의 측과 협상을 한 거야. 각각의 사례는 모두 다른 것 같지만, 파고 들어가보면 그 근저에는 자력으로는 회피할 수 없는 은밀한 협약이라는 공통점이 있어.

조사원은 기가 막히다는 표정으로 동료의 말을 계속 들었다. 베스포르 Y가 얻은 사흘의 휴가는 중세시대 아고 이메리라는 사람이 얻어낸 사흘 간의 휴가와 아주 닮아 있어. 아고 이메리의 휴가는 간수가 허가한 것이고, 베스포르의 휴가는 브뤼셀에 있는 위기관리국에서 허가했다는 차이점이 있다고는 해도 말이지.

조사원은 약혼녀가 다른 남자와 혼인을 서약하고 있는 교회를 향해 전속력으로 말을 달리는 아고 이메리를 상상했다…… 그는 이제까지 그토록 황당한 이야기는 들어본 적이 없었다. 그에게 휴가가 허락된 이유를 도저히 이해할 수 없었다. 그가 다시 감옥으로 돌아온 이유는 더 말할 나위도 없었다. 분명 어떤 의미가 암호화되어 있을 터였다.

조사원은 마음 한구석이 자꾸만 텅 비어가는 것 같았다. 서로 닮은 두 이야기는 과연 그를 어디로 이끌 것인가? 그가 쥐고 있는 건 운전기사와 택시의 백미러였다. 그 백미러에는 분명, 짧은 순간이나마, 수수께끼가 비쳤을 것이었다.

마지막으로 운전기사를 만났을 때, 조사원은 그 문제에 대해서 운전기사를 집중적으로 추궁했다. 거울에서 무엇을 봤습니까? 도대체 무엇 때문에 충격을 받은 겁니까? 혹시 당신 마음속에 남아 있던 누군가에 대한 상실감 때문이었나요? 그 사람은 꿈속에도 나오지 않던 사람입니까?

그렇게, 지금까지와 비슷한 많은 대화 중의 하나가 시작되었다.

꿈속에도 나오지 않던 사람이요? 도대체 그런 질문에 뭐라 대답해야 할지 모르겠습니다.

당신에게는 그날 택시에 탔던 여자 손님 또래의 딸이 있습니다. 혹시 딸과 무슨 문제가 있었던 건 아닙니까? 절대 입 밖에 낼 수 없는 말 못할 충동을 느낀 적이 있나요? 무덤까지 갖고 갈 그런 것 말입니다. 이런 표현은 들어봤겠죠? 하긴 들어봤어도 진지하게 생각해본 적은 없을 것 같군요. 당신은 자신이 무덤 안에 있는 모습을 상상해본 적이 없을 겁니다. 그 좁은 공간에 단 며칠이나 몇 주, 몇 년이 아니라, 몇백 년, 몇천 년, 몇십만 년, 아니 몇백만 년 동안 있는 게 어떤 건지 말입니다. 무덤과 단둘이, 무덤과 당신뿐, 당신과 무덤뿐인 채로. 고백을 하는 자와 고백을 듣는 자. 고백을 듣는 자와 고백을 하는 자. 우리가 땅 위에서 하는 이야기는 죽은 자들이 땅 아래서 하는 수많은 이야기의 극히 일부에 지나지 않아요. 무덤 속에서 털어놓는 수십억 가지 고백 담은 수천 년을 거쳐 수백 가지 언어로 이루 헤아릴 수 없을 만큼 많은 이야기가 되어 전해집니다. 하지만 이 이야기는 시간이 다할 때까지 무덤 속에 갇혀 있을 겁니다. 이 세상 모든 것이 다할 때까지, 그 어떤 산 자의 귀에도 들리지 않을 겁니다. 저 깊은 곳, 무덤과 당신 사이에 갇혀 있을 겁니다. 상상해보십시오, 저기 저 깊은 어둠 속에는 변호사도 증인도 없습니다. 두려워할 존재라고는 아무도 없죠. 그곳에서 당신은 그야말로 더도 덜도 아닌, 아무것도 아닌 존재니까요. 그걸 한번 상상해본 다음에, 당신이 당신 무덤에게 고백할 내용 중에 아주 사소한 것이라도 내게 말해주십시오. 내가 당신한테 바라는 건 오직 그것뿐입니다. 오, 인간이여, 택시 기사여, 제발 내게 그런 영광을 허락해주십시오, 나를 한순간만이라도 당신의 형제, 당신의 무덤으로 생각해주십시오.

무슨 말씀이신지. 좀 피곤하군요. 졸리기도 하고요. 당신이 내게 뭘 요구하는 건지 모르겠습니다.

혹시 친딸을 욕망한 적이 있습니까? 세간에서는 근친상간이라고 하죠. 다른 세상에서 뭐라고 부르는지는 알 수 없지만. 이런 무거운 질문을 하는 데 대해 용서를 구하지는 않을 겁니다. 무덤은 용서를 구할 필요가 없으니까요.

졸리다고 하지 않습니까. 제발 저를 가만 좀 내버려두십시오. 의사가 이렇게 오랫동안 조사받는 건 건강에 해롭다고 했어요.

당신 말이 맞습니다, 그러니 진정해요. 아주 간단한 질문 두 가지만 하겠습니다. 사고 직전에 관한 질문입니다. 그때 여자의 표정은 어땠습니까? 그리고 남자의 표정은요?

두 사람 모두 차가웠습니다. 아니, 제 눈엔 그렇게 보였습니다. 밀랍처럼 창백했다고나 할까.

그 때문에 겁에 질렸습니까? 그 때문에 놀란 건가요?

아마도요.

또다른 사항은? 또 무슨 일이 있었습니까?

아무 일도 없었습니다. 그저 교회당에 있는 것처럼 침묵만 감돌았죠. 그런데 바깥쪽에서 갑자기 눈부신 섬광 같은 게 비쳤습니다. 아마 그래서 제가 순간적으로 도로를 제대로 살피지 못했던 것 같습니다. 택시가 갑자기 하늘을 향해 치솟는 것 같았거든요.

당신은 그 순간에 두 사람이 힘겹게 키스를 하려 했다고 진술했습니다. 미안하지만 똑같은 질문을 한 번 더 하겠습니다. 그 때문에 등골이 오싹했습니까? 공포스럽던가요?

아마도…… 하지만 그 두 사람도 그런 것 같았습니다. 적어도 여자의 눈은 그랬어요. 백미러에서 그들의 공포를 읽었으니까요.

거울에서 그들의 공포를 느꼈다…… 그렇다면 당신이 느낀 공포는, 그건 어디에 나타났을까요?

무슨 말인지 모르겠습니다.

당신이 느낀 공포 말입니다. 당신이 두 사람의 공포라고 생각했던 공포가 사실은 당신이 느낀 공포가 아니었을까요? 당신은 혹시 언젠가 그 같은 금기를 당신 스스로 깨고야 말겠다고 생각했던 적은 없습니까? 택시에 탄 승객들이 바로 그 점을 당신에게 상기시켰고, 그래서 당신은 정신을 잃고 도로에서 이탈하게 된 게 아닙니까?

무슨 말인지 모르겠습니다. 이제 그만 좀 괴롭히시죠.

진정하십시오…… 그다음엔요, 그다음엔 무슨 일이 일어났죠? 두 사람은 결국 키스를 했습니까?

확실하지 않습니다. 아니라고 대답하고 싶습니다. 바로 그때 차가 추락했습니다. 모든 게 골짜기에서 부서졌습니다. 빛이 강해 눈을 뜰 수 없었습니다. 모든 것이 산산조각 났습니다.

2

운전기사와 헤어질 때면 언제나 조사원은 그가 무언가를 말하지 않았다는 느낌을 받았다. 그를 다시 만나러 가고 싶다는 욕망을 억누르기란 쉬운 일이 아니었다. 아니지, 다음번에 만나야지. 그는 몇 번이고 스스로를 타일렀다. 다음번엔 그자에게 말려들지 말아야 해. 아무래도 수수께끼를 풀 열쇠를 쥐고 있는 건 운전기사야. 이백만 년 전부터 내려오는 혈연끼리의 구시대적 사랑과 이 고리를 끊는 신시대적 사랑, 이 두 가지 사랑에 관한 개똥철학은 잊어버리는 게 좋아. 그저 싸우고 화해하고를 반복하다 때가 되면 배은망덕하게 상대방을 목 졸라 죽이는 거지. 그것이 바로 천 년 지나 또 천 년, 반 어둠의 상태에서, 호랑이의 잔인성, 욕망, 연민, 수치, 영혼의 평화 같은 것들을 만들어낸 천지창조의 가장 오래된 기제들을 감추는 안개니까.

그런 것들은 나와는 아무 상관이 없지, 중세의 민요시나 요즘의 민요시도 마찬가지고. 나와 상관있는 건 오로지 운전기사, 그 사람뿐이야. 그자는 지금쯤 이 사건이 잘 무마되었고, 내 손아귀에서 벗어났다고 생각할 테지. 그렇게 생각하는 것도 무리가 아니야. 아직 그가 살해에 가담했는지 여부를 묻는 결정적인 질문은 남겨두었거든.

그 문제는 다음에, 다음에 생각하기로 하자. 일단 다른 추측에 관해서 마무리짓고 나서 생각하자. 민요시 문제는 잊어버리자. 조사원은 적어도 그렇게 생각했다. 그러나 생각뿐, 왜 자꾸만 자신의 생각이 그리로 향하는지 자문하는 순간이 왔다.

약혼녀를 태우고 말을 달리는 기사, 그 모습은 너무나 쉽게 상상이 됐다. 말을 타고 달리며 두 사람이 나눴을 대화도 마찬가지였다. 우리는 어디로 가는 거죠? 저기…… 감옥으로요? 물론이지, 거기밖에 갈 데가 더 있겠소? 하지만 거기서 나는 뭘 하나요? 법으로 허용되기는 하는 건가요? 아, 그 점은 나도 미처 생각해보지 않았소. 왜죠? 당신은 어떤 협약을 맺은 건가요? 어째서 그자들은 당신을 내보내주었죠? 그 대가로 당신은 무얼 약속했나요?

잠시 말발굽 소리만 들린다. 그러고는 다시 대화가 이어진다. 당신은 왜 감옥으로 돌아가려 해요? 우리 도망쳐요, 우린 자유의 몸이잖아요. 그렇게 할 수 없소. 왜요? 왜 그렇게 할 수 없다는 거예요?

다시 침묵, 말발굽 아래에서 먼지바람이 일어난다.

잠깐 쉬면 안 될까요? 안 되오, 이미 늦었소. 오늘이 허락된 사흘째 날이오. 해가 지면 감옥 문이 닫힐 거요. 저 강은 뭐죠? 우리가 처음 만난 다리 아래로 흐르던 강과 비슷하군요. 당신도 기억나요? 그런데 저 강물이 갑자기 왜 우리를 덮치려고 하죠?

서둘러야겠소. 나를 꽉 붙잡아요. 저기 저 양들과 검은 소들, 저것들은 모두 어디에서 온 거죠? 교통량이 너무 많군, 서둘러야겠소. 좀더 꽉 붙잡아요. 아고, 지금 뭐 하는 거예요? 당신 지금 내 목을 조르고 있잖아요…… 아마 문이 닫히기 전에 도착할 수 있을 거요. 요새는 공항이 매우 엄격해. 탑승구 문이 점점 일찍 닫힌다오.

조사원은 반쯤 눈을 감은 채 고개를 흔들었다. 운전기사를 만나기 전에 반드시 룰루 블룸을 다시 만나야 한다는 확신이 들었다.

처음 만났을 때와는 달리, 조사원과의 만남이 거듭될수록 룰루 블룸은 베스포르 Y가 살인자일 수도 있다는 가설을 제기하는 데 있어 신중을 기하며 말을 아꼈다.

진술의 요점에 이르기에 앞서, 이후 조사의 결정적 국면에 있어 주요 인물로 급부상할 룰루 블룸이 그녀가 아니면 절대로 알 수 없는 지극히 개인적이고 미묘한 세부 사항을 장황하게 늘어놓은 것도 아마 그 때문이었을 것이다. 가령 지나치게 노골적인 표현을 쓰는 데 대해 조사원에게 양해를 구하면서도 그녀는 매우 자랑스러운 듯이 많은 남자들이 로베나와 잤어도 자신만큼 로베나의 은밀한 부분을 잘 알 수는 없었을 거라고 장담했다. 룰루 블룸은 조사원이 예상했던 피아노와의 비교는 과감히 생략하는 대신, 로베나를 만났을 때도 그녀와 사랑을 나눌 때도 배경음악이 되어주었던 모차르트와 라벨의 곡을 클럽의 피아노 건반에서 로베나의 몸으로 옮겨와 연주했다고 말했다. 그리고 빈정거리는 듯한 미소를 머금고, 적어도 사랑과 관련해서는, 유럽회의가 무력 개입이나 테러, 공습, 특히 베스포르 Y가 관여되어 있는 다른 잔학행위들에 대해 쏟아내는 혐오스럽고 야만적인 선언문들보다는 음악이 더 잘 어울린다고 덧붙였다.

같은 말투를 유지하면서, 척 보기에도 살인 혐의 제기를 최대한 늦춰보려는 바람 때문이었지만, 리자 블룸베르크는 다른 증인이 모두 뒷걸음치던 부분에 대해 일정 부분 의문점을 해소해주었다. 그 덕분에 사실을 덮고 있던 짙은 안개가 어느 정도 걷혔다고 할 수 있다. 그녀에게는 로베나를 베스포르 Y로부터 빼앗아오지 못했다는 회한의 감정이 로베나의 사망 관련 수수께끼에 대한 호기심보다 때때로 우세해 보였다.

그런 일은 정말 처음이었어요. 내가 남자한테 지다니요. 그녀는 몇 번씩이나 이 말을 반복했다.

룰루 블룸은 몇 날 며칠 고민에 고민을 거듭했지만 어떻게 그런 일이 일어나게 된 것인지 납득이 가지 않았다. 베스포르 Y는 도대체 어떤 사슬로 애인을 묶어두는 걸까? 도대체 어떤 공포심을 불러일으키는 걸까? 어떻게 하기에 그녀의 정신을 그렇게 오염시킬 수 있는 걸까?

일반적으로 남자들은 자신의 경쟁 상대가 여자라는 걸 알면 멍청이처럼 군다. 보란 듯이 비웃는가 하면, 다른 남자 때문이 아닌 것에 안심하기도 한다. 호기심이 발동해 조바심치는 이도 있고, 경쟁 상대인 여자마저 자기 것으로 만들려고 버둥대는 이도 있다. 이들은 나중에 진실을 알게 된 다음에야 비로소 머리를 쥐어뜯으며, 통곡을 해도 시원치 않을 순간에 머저리처럼 웃기만 한 자신을 저주한다.

룰루 블룸도 그 순간이 오기를 애타게 기다렸다. 언제나 기다렸지만 늘 아직은 아니었다. 그러다 결국 그 순간은 절대로 오지 않으리라는 것을 깨달았다. 베스포르 Y는 그녀에 대해 질투를 느끼지 않는 듯했다. 반면 룰루는 그랬다. 그것이 바로 두 라이벌의 차이였다. 어쩌면 그 차이 때문에 그녀가 아니라 베스포르가 승리를 거머쥘 수 있었다.

두 사람 모두 서로의 존재를 알고 있었다. 하지만 서로 다른 방식으로 상대방의 존재를 의식했다. 어느 날 로베나가 베스포르와 새로운 경험을 했다는 것을 암시하자 피아니스트는 그 말을 끊고 말했다. 그만해, 알고 싶지 않으니까. 그때 로베나가 베스포르는 정반대라고 응수하자, 룰루 블룸의 얼굴이 백짓장처럼 창백해졌다.

정반대라니, 무슨 뜻이야?

로베나가 흥분한 룰루를 진정시키기 위해 그럴듯한 대답을 하기엔 이미 때는 늦었다. 정반대라는 건 말이지, 그 남자는 나한테 너하고 만나지 말라고 하지도 않고, 늘 우리가 어떻게 하는지 알고 싶어해…… 우리 사이가 안 좋을 땐 얼른 화해하라고 부추기기까지 한다고.

빌어먹을! 리자가 버럭 소리를 질렀다. 결국 너는 기둥서방 같은 그 작자를 흥분시키기 위해 내 사랑을 이용했구나! 자신들의 정사 비디오를 몰래 내다 파는 파렴치한들처럼 나를 장바닥에 내놓은 거라구! 바보 멍청이처럼 그자가 너를 인형 취급 하도록 내버려둔 거야! 내가 지금 무슨 말을 하는지 알아듣겠어? 독일어 알아? 인형이 무슨 뜻인지 알아? Ein manikene, 그자는 널 그렇게 만들었어. 자기 약혼녀를 거리에 세우는 너희 나라 남자들처럼 말이야. 신문에서 읽었을 거야. 라디오에서도 들었을 거고. 게다가 넌 네 자신만 팔아넘긴 게 아니라 나까지 끌어들였어. 대단하신 네 주인님은 사기꾼 같은 너그러움으로 나와 만나도 좋다고 했단 말이지! 그자가 나에게 적선을 하셨군. 너를 나한테 적선했다는 말이야. 왜냐면 그게 지금 네 꼴이거든. 적선한다고 던져주는 인형. 덕분에 내 꼴도 그렇게 됐다. 교회당 앞에서 손을 내미는 거지가 되어버렸어!

로베나는 당황한 채, 고함보다 더 참을 수 없는 룰루의 흐느끼는 울음소리를 들어야 했다. 그녀는 베스포르가 질투심을 느끼지 않는 건, 그자에겐 자기가 아무 존재도 아니기 때문이라고 했다. 발칸반도 출신 남자의 사고방식을 지닌 그자에게 룰루 블룸이란 존재는 로베나가 심심할 때 무료함을 달래주는 시시한 웃음거리이며, 허수아비, 비눗방울에 지나지 않는다고.

그러더니 로베나에게 "빌어먹을"이라는 말도 그렇고, 심한 말을 해서 미안하다고 했다. 그리고 자신은 베스포르처럼 대단한 괴물과는 상대가 되지 않는 경쟁자라고, 패배를 깨끗하게 인정한다고 했다. 내가 너에게 달리 무슨 말을 하겠니. 신의 가호가 있기를 바랄 뿐.

이번에는 로베나가 울음을 터뜨리며 자기를 용서해달라고 했다. 아무 일도 마음에 담아두지 말라고 했다. 어쨌거나 그는 자기 남편이 아니냐면서.

네 남편? 룰루가 오열을 했다. 로베나가 그런 말은 한 건 처음이었다. 이제까지는 그렇지 않다고 말했지만…… 사실은 그랬어…… 비밀로 해두었을 뿐이지…… 아니, 적어도 나한테 그이는 남편이야…… 하지만 나랑 같이 이오니아 해 한가운데 있는 섬으로 가서 그곳에 있는 작은 교회에서 결혼식을 올리기로 했잖아…… 그랬지, 하지만 그런다고 해도 본질적으로 달라지는 건 아무것도 없어…… 그이는 내 남편이야. 다른 의미…… 다른 세상에서……

3

내연의 남편, 다른 세상…… 룰루 블룸의 말대로라면, 로베나의 머릿속에 그 같은 생각을 심어줄 수 있는 사람은 베스포르뿐이었다. 로베나는 이 같은 치명적인 공략에 무방비로 노출되어 있었다. 물론 쉽게 대적할 수 있는 일은 아니었다. 룰루 블룸 자신도 베스포르에 대한 증오심으로 무장한 탓에 면역이 되어 있다고 믿었지만, 사실은, 그녀 자신도 놀랍게도, 그의 생각에 감염된 느낌이었다.

따라서 두 여자의 결합이라는 아이디어를 제시함으로써 룰루 블룸은 처음으로 선수를 쳤다고 믿었다. 그녀는 베스포르와 함께 빈의 수많은 교회 앞을 지나면서도 그중 어느 곳에 들어갈 수도, 들어가 반지를 교환할 수도 없었던 로베나의 서글픔을 상상했다. 그러니 교회는 그녀 둘을 위한 장소가 아니었다. 다른 방식의 사랑을 인정해주는 신전으로 로베나를 데려가리라는 생각이 그녀의 머릿속에 섬광처럼 스쳤다.

그런데 정말로 그리스와 알바니아 사이의 어디엔가는 레즈비언들의 운명을 결합시켜주는 외딴 신전이 있기는 한 걸까? 아니면 그저 나의 상상력이 빚어낸 산물일 뿐일까?

하긴 그런 이야기가 사람들의 입에 은밀하게 오르내린 지는 벌써 꽤 오래되었다. 하지만 정확한 위치는 알려진 바가 없었다. 그곳에 데려다준다는 여행사나 결혼정보회사도 없었고 인터넷에서도 전혀 정보를 찾을 수 없었다. 물론 암거래가 있으리라는 추측은 얼마든지 가능했다. 삼천 유로만 내면 결혼식은 물론, 환상적인 호텔에서 사랑하는 여인과 사흘 동안 천국 같은 생활을 할 수 있다고 손님을 끌어들이는 비밀 업체가 있다는 소문도 있었다. 나머지는 얼마든지 상상이 가능했다. 지금껏 밀항자들의 뒤를 봐주는 일을 하던 그리스나 알바니아 출신 알선업자들이, 안개 때문에 길을 잃었다는 똑같은 수법으로 여자들을 어느 해안가 오지로 데려가 그들을 강간한다. 그런 후 다시 배에 태워 이리저리 돌며 방향감각을 잃게 만든 다음 외딴 모래밭에 버린다. 더 고약한 경우엔 광기에 사로잡혀 물속에 빠뜨려버리기도 한다. 이유를 알 수 없는 분노에 취해 스스로도 몸을 던져 비명지르는 여자들 사이에 빠져드는 사람도 있다.

로베나는 이런 것들을 전혀 알지 못했지만, 룰루 블룸은 이런 끔찍한 이야기에 치를 떨면서도 이상하게도 여행 계획을 단념하지 않았다.

이 같은 계획을 실행하려는 욕망이 자신의 머릿속이 아닌 경쟁자의 잔인한 머릿속에서 나온 게 아닌가 하는 생각이 들 때도 있었다. 베스포르 Y 역시 오랫동안 다른 종류의 교회를 찾고 있었다. 그와 로베나를 위한 곳. 두 사람의 기묘한 관계를 위한 다른 신전.

어쩌면 이 세상을 불신하고 스스로 이방인이라고 느꼈기 때문에 그는 오래전부터 다른 세상, 다른 현실을 추구해왔던 건 아닐까? 그리하여, 언제나 그랬듯이, 자신의 광기를 로베나에게 전염시킨 것일지도.

죽기 얼마 전, 어느 첫새벽에 울면서 잠에서 깬 로베나는 룰루에게 방금 꾸었다는 꿈 이야기를 했다. 꿈에서 그녀는 항공권을 사러 공항 창구에 갔다. 좌석이 없다기에 그녀는 최대한 빨리 떠나야 한다며 애원하고 위협하고 끈질기게 매달렸다. 무슨 일이 있어도 왕비 둘이 차례로 돌아가신 모국 알바니아로 가야 한다고, 사실 자기가 세번째 왕비인데 이렇게 외국에 있는 처지라고 했다. 공항 여직원은 이보세요, 아가씨, 대기자 명단에 올려드렸습니다. 하지만 왕비가 아니라 그저 여행객 자격입니다, 라고 퉁명스럽게 대답했다. 그래도 로베나는 자신이 한 얘기는 모두 사실이라고 반복해 말했다. 나는 왕비다, 지금 티라나 성당에서는 모두들 내가 도착하기를 기다리고 있다, 가방 속에 두 종류의 의복이 있는데, 그건 그곳에 가는 정확한 이유를 모르기 때문이다, 결혼식 때문인지 장례식 때문인지……

이 세상 수많은 소녀들과 젊은 여자들이 그러하듯, 로베나 역시 본연의 자리를 찾지 못한 채 노예에서 왕비로, 혹은 그 반대로 오락가락했을지도 모른다.

로베나와 베스포르가 추구했던 새로운 유형의 사랑에 대해 조사원이 질문 공세를 이어가자 피아니스트는 명확한 답변을 하지 못했다. 설명을 보충하기 위해 조사원은 사랑의 첫번째 형태, 이백만 년 동안 통용되었고 혈연과 욕망을 뒤섞은 결과 이 땅에 신체적 정신적 장애인들을 번식시킨 그 형태에 관해, 여기저기서 그러모은 소량의 차후 정보들을 참조했다. 마찬가지로 베스포르 Y의 말에 따르면, 사람들은 동족 외 결합을 통해 생식이 이루어져야 한다는 것을 거의 언제나 잘 알고 있으면서도, 수십만 년 동안 끊임없이 혈연 부족끼리 아이를 낳아본 다음에야, 비로소 남자와 여자의 끌림이 오늘날과 같은 사랑의 형태를 취하게 되었다고 했다. 그보다 더 늦을 수는 없었겠지만(아마도 피라미드가 세워지기 삼사천 년쯤 전으로 추정된다), 이 새로운 형태의 사랑은 천지창조의 마지막 날만큼이나 반항적이고 전격적인 자세로 수천 년 동안 지속된 예전의 사랑과 맞섰다. 혈통에 대한 고리타분하고 낡아빠졌지만 안심을 주는 충성에 대해, 새로운 사랑은, 모험과 광기의 취향이 가미된 불안한 불확실성으로 맞섰다. 그러나 가차 없는 경쟁에 놓인 이 두 가지 사랑 중에서 어느 하나가 다른 하나를 완전히 압도하지는 못했다. 이따금 동면에 들어간 것 같았던 예전 사랑이 어린 야수를 밀어내어, 새로운 사랑의 존재에 대해 의문이 들게 만들기도 했다.

룰루 블룸은 시간이 한참 지난 다음에야 비로소 그들 두 사람, 즉 베스포르 Y와 그녀 자신이 유사한 주제에 이끌린 이유를 이해할 수 있었다. 베스포르 Y가 먼저였지만, 아마도 그 뒤를 이어 룰루 블룸 역시 오래전부터 새로운 종류의 사랑, 달리 말해 첫번째 두 사랑의 교합의 결과로 생겨나는 제3의 사랑을 찾아 헤맸다. 적어도 룰루 블룸은 그렇게 이해했다. 그러다 어느 날 또다른 사항을 간파하기 시작했다. 그리고 아직까지는 존재하지 않는 새로운 형태의 사랑을 찾고 있는 그들 두 사람이 마치 위험 부담이 큰 새로운 치료법의 임상 실험에 지원한 환자들을 닮았다고 생각하기에 이르렀다.

베스포르는 언젠가, 복잡한 사람들이 늘 그렇듯, 자기 역시 하늘 아래 혼자인 것 같은 생각이 든다고 말했다. 새로운 형태의 사랑을 찾게 된 것도 이런 감정과 무관하지 않을 터였다. 예전의 사랑, 혈연적이고 태곳적부터 전해내려온 사랑에서처럼 부정不貞이란 개념이 배제되는 사랑. 동시에 이별도 배제되는 사랑. 누구나 다 알듯이 독재자란 어느 것 하나도 잃지 않으려는 자이다. 하지만 독재자 역시 남녀 관계의 펼쳐짐에 상실의 위험이 없을 수 없다는 사실을 잘 안다. 아마도 그런 까닭에, 자신의 사랑이 이 같은 위험에서 벗어날 수 없다는 사실을 잘 알기 때문에, 베스포르는 자신의 사랑을 두 개의 상相으로 분리시키기로 마음먹었을 것이었다. 확고하게 봉인되어 안전한 첫번째 사랑의 상과 로베나가 자신의 연인이 아닌 단순한 콜걸이 되는 두번째 상.

당신이 나한테 말했던 것처럼, 이 두번째 상을 지칭하기 위해서 그들은 '죽음 이후'라는 표현을 썼지요. 두 사람 모두 그 표현을 사용했지만, 실제로 '죽음 이후'의 상에 있었던 것은 로베나였어요. 그가 아니라. 말하자면, 그녀의 죽음은 이미 오래전에 시작되었던 거죠. 살해를 계획하자 그 생각이 무의식중에 그런 표현으로 표출되었을 거예요.

그가 그런 생각에 이르게 된 건 지극히 논리적인 귀결이라고 볼 수 있어요. 독재자는 극단적인 해결책을 좋아하니까요. 언제라도 배신당할 수 있다는 잠재적인 가능성에 익숙해지기 위해서 그는 모든 걸 시도해봤어요. 그래도 상실에 대한 불안이 사라지지 않자 이 세상의 많은 사람들이 택하는 방식, 다시 말해서 사랑하는 사람을 아예 없애버리기로 결심한 거죠.

룰루 블룸은 그의 살인자적 본성을 비밀 정보기관이 개입하기훨씬 전부터 꿰뚫어보았었다. 헤이그 소환 명령에 대한 두려움, 그의 가방 속에서 나온 처참하게 죽은 세르비아 어린아이들의 사진, 로베나의 문신. 이것들은 그가 품고 있던 망상의 표현들이며, 흔치 않은 명백한 증거였다. 그는 자기 앞에 장애물이 나타날 때마다 파괴적 성향을 드러냈다. 장애물이란 어떤 개념, 유고슬라비아의 경우처럼 한 국가, 대의, 종교, 여자, 동족 같은 것들이었다.

로베나가 그의 앞길에 나타났을 때 그녀의 나이 겨우 스물셋이었고, 그의 손아귀에서 빠져나간다는 건 어느 모로 역부족이었다.

비밀 정보기관의 사람들은 베스포르가 로베나를 매춘부나 다름없이 만들어버린 이유를 알아내기 위해 노력했다. 그들은 그 답을 찾았다고 믿었고, 그런 척했지만, 실상은 그렇지 못했다. 돈 몇 푼에 약혼녀를 몸 파는 여자로 만들어버리는 파렴치한들이 택하는 행동 방식은 훨씬 단순했다. 베스포르는 한마디로 매우 독특한 경우였다. 그래서 그녀 자신도 그에 관해 지나치게 복잡한 논리를 전개하게 된 것이었다. 그런데 혹시 사실은 모든 게 훨씬 단순했던 거 아닐까요? 베스포르가 로베나를 콜걸 취급하기로 한 건 단지 살해를 위한 준비 단계에 불과했던 게 아닐까요? 어쨌거나 우리가 사는 이 세상에서는 여자가 살해되면 통념적으로 제일 먼저 창녀를 떠올리니까요.

어쩌면 제 추리가 너무 복잡해서 억지처럼 들릴 수도 있어요. 예술 분야에서 이름을 날리는 사람들 중에 특히 그런 이가 많지요.

전 이제 더는 필요 이상의 신경을 쓰지 않기로 마음먹었어요. 살인자들이 꾸는 꿈의 전형인 회반죽으로 지은 추모관인지 모텔인지가 등장하는 꿈을 더이상 분석하지도 않을 거고요.

혹시 조사원님께서 개인적인 이유에서건 업무와의 연관성 때문에서건 꿈 분석을 하지 않는 편을 선호한다면, 이제까지 나온 모든 이야기는 잊으시되, 오직 한 가지 요점, 제가 오래전부터 주장한 내용만 명심하시면 될 거예요. 베스포르 Y는 자신의 직업상의 중대한 비밀을 알아버렸다는 이유로 애인을 살해했어요.

4

피아니스트는 깊은 한숨을 내쉬었다. 연주회가 계속되는 내내 숨을 죽이다가 마치 한 사람처럼 관객들이 일제히 숨을 내쉬는 이런 순간이 그녀에겐 익숙했다.

그 비밀이란 것들, 정말 끔찍했어요. 나토 내부의 의견 대립과 관련된 것이라 서구 사회 전체를 분열시킬 수도 있을 정도였으니까요. 수사관들도 그 때문에 상당히 겁먹었다고 하더군요. 전문 수사관들이 그럴 정도라면, 힘없는 피아니스트에 불과한 나 같은 사람이야 더 말할 나위도 없죠, 안 그래요?

룰루 블룸이 그때 느꼈던 두려움에 대해 언급하기 시작하자, 조사원은 요령 있게 그 이야기를 중단시켰다. 룰루 블룸 씨, 당신은 아주 다른 두 가지 살인 동기에 대해서 말했습니다. 첫번째 동기는 당신 표현대로라면 심리적인 것이고, 두번째 동기는 소위 동시대 사건들과 관련이 있죠, 정치적 동기 말입니다. 한 가지만 묻겠습니다. 이 두 가지 동기 중에서 어느 쪽이 더 설득력이 있다고 생각합니까?

룰루 블룸은 한동안 생각에 잠기더니 둘 다, 라고 대답했다. 그리고 아마 결정적인 것은 첫번째 동기, 즉 심리적인 요인이고, 두번째 동기가 그 계획을 행동에 옮기는 데 그럴듯한 구실을 만들어주었을 것이라고 덧붙였다.

룰루 블룸의 이야기는 두 가지 유형의 사랑, 특히 사랑과 죽음의 연관성에 이르면 다시 모호해졌다. 동족 내의 사랑에서 죽음은 가장 무서운 적이었다. 반면, 두번째 사랑에서는 전혀 그렇지 않았다…… 태곳적 경쟁자와의 대면에서 자신의 나약함을 느낀 그는 강력한 동반자, 즉 사랑하는 이의 죽음을 필요로 했을 것이다. 이렇게 해서 도저히 일어날 수 없을 것 같은 일이 일어났다. 이 새로운 결합에 의해, 수많은 동족의 일원들을 공포에 떨게 했던 죽음은 연인들 사이에서 배제되었다. 그 결과 사랑의 역사에서 두 파트너 중 하나가 다른 이의 죽음을 염원하게 되는 순간이 사라지는 일은 불가능해졌던 것이다.

조사원은 넋을 잃고 룰루 블룸의 이야기를 경청했다. 자기보존 본능인 에로스와 자기파괴 본능인 타나토스의 관계에 대해 이미 수없이 들어왔지만, 이처럼 명료한 설명은 처음이었다. 사랑의 당사자들이 저마다 자기편으로 만들고자 하는 죽음이란 것이 은행이나 보험회사, 혹은 국가와 유사한 것이 아닐까 하는 생각마저 들 정도였다.

룰루 블룸은 계속 목소리를 낮추었지만, 희한하게도 그러면 그럴수록 조사원의 귀에는 그 목소리가 또렷하게 들렸다. 지금까지 모든 것을 붙들고 놓아주지 않던 머릿속 덫에서 빠져나오는 게 관건이에요. 10월 17일 아침, 로베나 St.는 이미 이 세상 사람이 아니었어요. 따라서 공항으로 가는 택시에서 베스포르 Y의 옆에 앉아 있던 여자는 다른 사람이었던 거죠.

그렇다면 로베나가 그 전에 벌써 살해당했다는 겁니까? 조사원이 숨 죽인 목소리로 물었다. 그렇다면 시체는 어떻게 되었을까요? 시체가 발견되지 않은 이유는 뭐라고 보십니까? 시체를 찾아내는 거야 어디까지나 경찰이 할 일이고, 우린 지금 그와는 아주 다른 차원의 이야기를 하는 중이에요. 중요한 건 조사원님께서 제 말을 믿어야 한다는 거예요, 꼭 그래주셔야 해요, 살인이 일어났다는 사실을 믿으셔야 해요. 믿어주시기만 하겠다면 무릎이라도 꿇겠어요. 제발 못 믿겠다며 제 기억을 모욕하지 말아주세요. 살인이 일어났어요, 그건 확실해요, 장소는 정확하게 알지 못하지만……

조사원은 룰루 블룸의 이야기를 따라가기가 힘들었다. 간신히 맥을 찾아낸 것도 같았지만 너무 미약해 금방이라도 놓칠 것 같았다. 룰루 블룸은 살인이 일어났다는 것을 믿지 않는 것은 사랑이 있었다는 것을 믿지 않는 것과 같다고 했다.

조사원이 어이없다는 듯 웃자 룰루 블룸은 이야기의 맥을 놓쳐버렸다.

여느 때보다 훨씬 긴 침묵이 흐른 후, 룰루 블룸은 조사원이 자신의 주장, 즉 10월 17일 아침 로베나 St.와 베스포르 Y가 그 운명의 택시에 함께 타지 않았다는 주장에 대해 잘못된 해석을 내리는 것도 무리는 아니라고 말했다. 가령 조사원님은 살아 있는 동안 갈라놓지 못했기 때문에 죽은 후에라도 베스포르와 로베나를 갈라놓으려는 제 욕망이 그런 식으로 표출된 것이라고 해석하실 수도 있어요. 물론 당연히 그러실 권리가 있고요. 하지만 전 끝까지 제 생각에 충실할 거예요. 조사원님이 살인이 일어났음을 인정하실 수 있도록 제 인생 최대의 비밀을 말씀드리죠. 지금까지 아무에게도 말하지 않았고, 무덤까지 가지고 가려 했던 비밀이에요…… 저 역시 로베나를 죽일 생각을 했었어요……

이 끔찍한 계획에는 이오니아 해에 있는 교회가 관련되어 있었어요. 그곳에서 일어난다는 황당한 이야기를 많이 들었어요. 바다에 던져지는 여자들과 그 광경을 보고 미친 듯이 웃어대는 알선업자들…… 하지만 전 무섭지 않았어요. 오히려 무슨 일이 있어도 그곳에 가고 싶었어요. 로베나도 저도 다시는 이 세상으로 돌아오지 않으리라 생각했죠. 알선업자들이 우리를 바닷속에

던지지 않는다면, 저라도 사랑하는 로베나의 목을 양팔로 끌어안고 물속에 뛰어들겠다고 생각했어요…… 그랬는데…… 결국, 바다에서 일어났어야 할 일이 땅에서, 택시에서 일어난 거예요. 늘 그렇듯 제가 또 늦고 말았어요. 고백을 마친 룰루 블룸은 조사원에게 베스포르 Y에 대한 자신의 감정엔 죄지은 친형제를 대할 때처럼, 극도의 적개심만 있는 건 아니라는 점을 이해해달라고 했다. 영혼의 안식을 갈구할 때면 저 자신을 위해서만큼이나 그를 위해서 간절하게 기도했어요.

5

이 놀라운 고백을 들은 조사원은 룰루 블룸이 다시는 그의 앞에 모습을 드러내지 않을 것이라고 확신했다. 방금 들은 이야기에서는 모든 것을 쏟아낸 기진맥진함이 느껴졌다. 열렸던 문을 닫아버린 느낌이라고나 할까. 일단 문이 닫히면 그 뒤로는 아무것도 기대할 수 없는 법이다.

조사원은 좀더 철저히, 특히 여전히 납득할 만한 설명을 듣지 못한 부분에 대해 룰루 블룸을 조사하지 않았다는 자책에 휩싸였다. 그는 룰루 블룸이 이러저러한 세부 사항에 대해서는 언급하지 않겠다고 말할 때마다, 바로 그 사항들이 사실상 문제 해결의 열쇠를 쥐고 있고, 그것들이 자기 마음을 빼앗고 놓아주지 않는다는 것을 깨달았다.

이를테면 두번째 꿈만 해도 그랬는데, 그는 그 문제에 대해서 충분히 질문하지 못했다. 이제 그는 애꿎은 손가락만 깨물고 있어야 할 판이었다. 스스로를 책망하기 위해 그는 틈만 나면 스위스에 사는 그 여자에게서 들은 그 꿈을 처음부터 끝까지 생각하고 또 생각했다.

그는 베스포르 Y가 추모관인 듯한 건물이 서 있는 공터를 향해 걸어가는 광경을 힘들이지 않고 상상할 수 있었다. 베스포르는 추모관 같기도 하고 모텔 같기도 한 건물에 다다라 걸음을 멈춘다. 건물엔 문이 달려 있는데, 자세히 보면 문이기도 하고 아니기도 하다. 회반죽과 대리석에서는 차가운 빛이 뿜어져나온다. 그는 자신이 그곳에 있어야 하는 이유를 잘 알면서 사실은 모른다. 여자의 이름을 불러보지만 자신의 목소리를 들을 수가 없다. 그가 거기에서 여자의 이름을 부르는 것으로 미루어보아, 여자가 확실히 회반죽 건물 안에 있으리라는 추측이 가능하다. 하지만 그의 목소리는 너무 작아서 그 자신조차 제대로 들을 수 없다. 그때까지는 알아보지 못했던 희미한 빛이 안쪽에서 새어나오자 그는 그 빛에 이끌려 페인트칠된 유리창을 두드린다. 희미한 소리가 들리더니, 전혀 문이라고 생각하지 않았던 곳에서 문이 하나 열린다. 모텔을 지킬 것 같기도 하고 신전을 지킬 것 같기도 한 야간 경비원이 모습을 드러낸다. 그는 그 여자는 여기 없소, 라고 말하며 문을 닫는다.

그사이 테라스에서 바깥으로 연결된 나선형 계단으로 여자 하나가 걸어내려온다. 몸에 딱 달라붙은 옷을 입어 날씬하고 우아한 몸매가 잘 드러나지만, 얼굴은 알아볼 수 없다. 계단을 내려온 여자는 그에게로 다가와 양팔로 목덜미를 끌어안는다. 무한한 부드러움과 끌어당기는 힘이 그를 감싸지만, 여자의 입에서 속삭임처럼 퍼져나오는 그의 이름은 여전히 알아들을 수 없다. 여자는 계속 이야기한다. 아마도 건물 안에서 오래 기다렸다고 말하는 듯하다. 아니면 그동안 견뎌야 했던 그리움에 대해서일 수도 있다…… 그러나 그는 여자가 하는 말을 전혀 알아들을 수 없다. 그저 여자에게 무언가가 결핍되어 있다는 사실만 느낄 뿐이다.

여자는 남자에게 자신의 이름을 알려주기 위해서 혹은 남자에게 입을 맞추기 위해 고개를 숙이는데, 그 순간 무언가 석연치 않은 느낌이 들어 남자는 잠에서 깨어난다.

이 꿈의 내용은 시간이 지남에 따라 그의 머릿속에서 팽창과 수축을 반복한다.

그 꿈은 아주 쉽게 살인자의 꿈이라고 해석할 수 있다. 남자는 자신이 행복을 맛보았던 곳으로 돌아오며, 그 때문에 건물은 모텔 같아 보인다. 그런데 같은 건물이 때로는 무덤 같아 보이기도 한다는 점으로 미루어볼 때, 자신이 행복을 맛본 곳에서 그가 살인을 저질렀으리라고 추측할 수 있다.

룰루 블룸의 해석도 이와 같았다. 조사원은 룰루 블룸의 견해에 반대하지 않으면서도 다른 식의 해석을 시도했다. 베스포르 Y는 건물 안에 갇힌 여자를 구하기 위해 공터에 왔다. 화석이 되어가는 여자. 벽 속에 갇힌 여자. 그는 여자를 그곳에서 끌어내기 위해 여자의 이름을 부른다. 굳어버린 몸이 풀리도록 여자의 이름을 불러보지만, 여자에게도 그건 쉬운 일이 아니다.

제 해석과 크게 다를 바 없잖아요, 룰루 블룸은 그렇게 말할 수도 있었다. 모든 것이 암시하는 바, 회반죽과 대리석 뒤에 갇혀 있는 건 분명 질식한 로베나가 맞아요.

조사원은 룰루 블룸을 다시 만나게 될 거라 예감하면서도 일단 그녀와의 가상의 대화를 이어갔다.

그의 예감은 현실이 되었다. 룰루 블룸의 전화를 받은 그는 즐거워했다, 마치 젊은 시절의 감정으로 되돌아간 듯이.

계속 변죽을 울리던 두 사람은 결국 서로의 머릿속에 맴도는 생각들을 이야기하기로 했다. 조사원과 마찬가지로 룰루 블룸 역시 수많은 질문에 대해 자문자답해온 상태였다. 하지만 두 사람이 혼란 속으로 빠져들지 않기 위해 아무리 애를 써도 소용없었다. 한 사람의 머릿속에 있던 생각이 다른 사람의 머릿속으로 옮겨가다보면 생각의 실타래는 엉키게 마련이었다. 하지만 두 사람은 무슨 수를 써서라도 제4자, 제5자의 입을 통해 증언된 제3자의 꿈이라는 올가미 속에 빠져서는 안 된다는 데에는 의견이 일치했다.

꿈과 관련한 이 모든 혼돈을 헤치고, 10월 17일 아침 비를 맞으며 호텔 입구에 세워져 있던 택시로 화제를 돌린 것은 조사원이 아니라 룰루 블룸이었다. 그날 아침 기온은 섭씨 7도였다. 바람은 제멋대로 불었고 비는 줄기차게 쏟아졌다.

한쪽 귀로는 애써 룰루의 이야기를 들으면서도 조사원의 머릿속에선 꿈에 대한 생각이 떠나지 않았다. 베스포르 Y는 그토록 황량한 회반죽 건물 안에서 무엇을 찾고 있었을까? 분명 로베나를 찾고 있었을 테지. 하지만 어떤 로베나? 살해당한 로베나? 파괴된 로베나? 그런데 왜 그 여자는 그가 기다리고 있는 곳으로 곧장 나오지 않고 나선형 계단으로 내려왔을까? 그곳엔 후회가 떠다니고 있었는데, 그 후회는 과연 왜, 누구의 마음속에서 생겨난 후회일까? 베스포르? 로베나? 아니면 둘 다? 조사원은 이 문제에 대해서 룰루의 의견을 묻고 싶었지만, 그녀는 이미 이 꿈으로부터 한참 멀어진 것 같아 보였다.

6

룰루 블룸의 목소리엔 좀더 힘이 들어갔다. 룰루는 사건 당사자들이 호텔에서 출발하여 사고를 당하기까지 유난히 긴 시간이 걸린 것에 대해 이제까지 제시된 해명에 불만을 품은 유일한 인물이었다. 발췌 기사, 일기예보, 운전자들을 위해 도로안전협회에서 내보낸 실시간 교통 정보 등, 10월 17일 아침에 일어난 일과 관련하여 룰루 블룸이 수집한 정보는 놀라울 정도로 정확했다. 그날 아침 미라막스 호텔 로비의 분위기를 상상해 재구성한 정보 또한 놀라우리만큼 명쾌했다. 룰루는 날이 밝아오면서 점점 희미해지는 샹들리에 불빛, 졸음으로 푸석해진 야간 당직자의 얼굴, 숙박 요금을 계산하고 택시를 부르기 위해 걸어가는 베스포르 Y의 동작 등을 세세히 묘사했다. 돈을 치른 베스포르는 엘리베이터를 타고 이내 사라지더니 애인을 데리고 다시 나타난다. 그는 그의 곁에 바짝 붙어 선 애인과 함께 건물을 나와 택시로 향한다. 야간 당직자는 수십 차례의 질문에 똑같은 말을 되풀이했다. 요컨대, 거의 날밤을 새운 뒤 교대 시간을 이십 분쯤 남겨두었을 즈음이면, 자신뿐 아니라 어느 누구라도 코트 깃을 잔뜩 올려 세운 채 모자까지 쓰고 남자의 팔에 찰싹 매달리다시피 걸어가는 여자의 얼굴을 확실하게 알아볼 수는 없을 것이라고 했다. 비바람이 세차게 몰아치는 가운데 차 안에 앉아 있던 운전기사 역시 길을 잃고 헤매는 사람처럼 비척비척 자신의 택시로 다가오는 두 명의 손님의 얼굴을 알아보기란 도저히 불가능했을 것이라고.

리자 블룸베르크는 택시에 탄 젊은 여자는 정상적인 로베나가 아니었다는 주장을 굽히지 않았다. 그게 무슨 소리냐고 묻자, 그녀는 문제의 젊은 여자는 로베나와 아주 닮긴 했지만, 그녀의 외양에 지나지 않는 모조라고 응수했다.

이 대목에서 그녀는 사건 이후 찍힌 사진들을 들이대며, 어디에도 젊은 여자의 얼굴은 등장하지 않는다는 점을 강조했다. 베스포르 Y의 얼굴에서는 굳은 시선과 오른쪽 관자놀이 근처에 흘러내린 핏자국 등을 상당히 또렷하게 분간할 수 있는 반면, 그의 옆에서 앞으로 몸을 구부린 채 죽은 여자에게서 알아볼 수 있는 것은 갈색 머리칼과 남자의 시신 옆으로 늘어진 팔뿐이었다.

이 이야기를 피아니스트는 여러 수사관에게 말했다. 하지만 그들은 주의를 기울인다기보다는 연민 어린 태도로 룰루의 이야기를 들었다. 그걸 알아차린 그녀가 불쾌해하며 화를 내자 수사관들은 뚜렷한 확신도 없으면서 그녀와 토론을 벌이는 시늉을 했다. 살인이 일어났다고 칩시다. 베스포르의 차후 행동에 대해서는 어떻게 설명하시겠습니까? 그자는 도대체 무슨 목적으로 죽어서 뻣뻣이 굳어버린 여자의 시체, 혹은 그 대체물을 택시까지 끌고 갔단 말입니까? 어디로 데려갈 목적이었을까요? 그 시체를 어떻게 처리할 계획이었을까요? 택시 기사의 도움을 받을 작정이었을까요, 아닐까요?

수사관들의 질문 공세에 당황한 룰루는 잠시 망설이다가 이내 답변에 나섰다. 물론 택시 기사의 도움도 계획에 넣었을 거예요. 하지만 그런 것쯤은 부수적인 사항에 지나지 않죠. 중요한 건 로베나에게 무슨 일이 일어났는지를 알아내는 거예요. 리자 블룸베르크의 말에 따르면 로베나는 호텔 외부에서 살해당했으며, 베스포르 Y는 단독으로 혹은 누군가의 도움을 받아 사체를 처리했다. 하지만 그는 이 사체가 필요했다. 호텔을 나오기 위해서는 로베나 St.의 외양이 필요했다는 말이다. 두 사람은 호텔에서 이틀을 묵었으니까, 여자가 사라진 걸 알고 조사가 시작되면 제일 먼저 용의선상에 오를 사람은 당연히 사라진 여자의 상대, 애인, 호칭이야 뭐가 됐든, 베스포르였어요. 그가 어떻게 대답했는지는 뻔해요. 나와 그 여자는 함께 호텔을 나왔습니다. 평소처럼 그녀는 나를 공항까지 배웅했죠. 그런 다음 행방불명된 겁니다.

모든 것이 지극히 단순하고 그럴듯하게 보였을 거예요. 하지만 그렇게 대답하기 위해선 앞서 말한 대로 몸, 즉 외양이 필요했던 거예요.

곤혹스러워하는 수사관들의 눈총에도 전혀 아랑곳하지 않고 룰루 블룸은 자신이 세운 가설을 펼쳐나갔다. 베스포르 Y는 로베나의 영혼과 신체를 사라지게 했으면서도, 인간의 형체, 즉 그녀의 외양이 필요했던 거예요.

베스포르는 어떻게 해야 완벽한 알리바이를 꾸밀 수 있을지, 죽은 여자를 누구 또는 무엇으로 대체할지 오랫동안 고심했을 거예요. 처음엔 끔찍하고 불가능한 일처럼 보였겠죠. 하지만 생각해보니 반드시 그렇지만도 않았던 거예요. 키가 비슷한 여자를 찾아서 호텔로 데려오는 건 전혀 어려운 일이 아니었으니까요. 여자가 안 된다면, 말도 못하고 기억력도 없는, 다시 말해서 아무런 위험 부담이 없는 대체물, 가령 성인용품점에서 파는 공기주입식 인형 같은 걸 사용할 수도 있었죠. 이른 아침 호텔 로비의 어슴푸레한 조명 아래에서 졸고 있던 야간 당직자라면, 애인의 몸에 바짝 기댄 채 엘리베이터에서 내린 여자가 지난 이틀 동안 보았던 여자인지 다른 여자인지 꼭 집어 가려내기 힘들 테니까.

이 대목에 이르면 수사관들의 눈길엔 피곤함과 더불어 조바심이 묻어나왔다. 적어도 첫번째, 두번째, 세번째 수사관은 그랬다. 리자 역시 그 사실을 잘 알고 있었으며, 따라서 네번째 수사관이라 할 수 있는 이 조사원을 처음 만난 자리에서 이날 아침(비오는 어느 가을날 이른 아침, 비바람이 몰아치는 가운데 베스포르 Y가 애인의 대체물인지를 데리고 택시를 향해 걸어가는 호텔의 로비는 평소보다 한층 을씨년스러웠다)에 대해 이야기하면서는 자신도 모르게 곤란한 미소가 지어졌고, 평소보다 훨씬 빠른 말투로 '인형'이라는 단어는 가급적 피하면서 진술하려고 애썼다. 하지만 소용없었다. 기어이 그 단어가 튀어나오고 말았다.

모든 것을 바꿔놓은 것은 바로 그 단어였다. 조사원의 표정이 갑자기 백팔십도 바뀌었다.

제 귀가 잘못된 게 아니라면, 방금 시뮬라크르, 그러니까 인형이라고 말씀하신 겁니까?

곤란한 미소를 짓는 여자의 얼굴이 흡사 경련으로 떠는 것 같았다. 그 단어가 거슬리신다면 개의치 마세요. 전 그저 로베나를 대체하는 무엇, 모형이 있었다는 것을 말하고 싶었을 뿐이에요.

부인, 그렇게 위축되실 이유가 전혀 없습니다. 방금 전 '인형'이라는 단어를 사용했지요, 안 그렇습니까? 분명 'Ein manikene'[*]

---

[*] 인체 모형 혹은 마네킹을 뜻하는 독일어 단어는 'Mannequin'이다.

라고 하셨죠? 리자 블룸이 자신의 독일어가 서툴러서 그렇다고 변명하는 동안 조사원은 그녀의 손을 잡았다. 그녀는 겁이 났다. 곧 굉장히 공격적인 말들, 다른 수사관들도 생각은 했지만 차마 입 밖에 내지 못했던 그런 말들이 튀어나올 것이라고 예상했다. 그러나 놀랍게도 조사원은 "존경스럽습니다……"라고 나지막이 말했다.

하지만 이제 그녀가 자문해봐야 할 차례였다. 과연 조사원이 정말 그 말을 했는지 아니면 그저 자신의 상상력의 산물인지.

그의 두 눈은 마치 자신의 두개골 내부를 향해 있는 것처럼 텅 비어 있었다.

7

사실 이 순간 조사원의 머릿속에서는 충격적인 반전이 일어나고 있었다. 그가 오래전부터 붙들고 있던 수수께끼가 갑자기 풀린 것이다. 그는 부인, 당신이 이 수수께끼의 열쇠를 저에게 선사했습니다, 라고 말하고 싶었지만, 그 말을 입 밖에 꺼낼 기운이 없었다.

미스터리를 둘러싸고 있던 안개가 빠르게 걷혔다. 운전기사가 택시의 백미러에서 본 것은 그러니까 대체물에 불과했다. 그렇다면 남자는 결국 어떤 형체에 불과한 것에게 키스하려고 한 것이다. 아니면 어떤 형체가 남자에게 키스하려고 한 것이거나.

그것이 바로 문제의 핵심이었다. 로베나가 살해되었는지, 정말로 살해되었다면 어떤 목적 때문인지, 가령 나토의 비밀을 알게 되었다는 것이 가장 직접적인 원인이 되었는지, 사체 유기 장소는 어디인지 등등의 의문은 인형의 등장과 더불어 모두 부수적인 것이 되어버렸다.

하느님 맙소사! 조사원은 조사 과정 어느 단계에선가 인형에 대한 언급이 있었음을 기억해냈다. 개들에게 물어뜯긴 여자 인형에 대한 이야기였다.

설명은 다른 데가 아니라 바로 거기에 있었다. 수사관 모두를 막다른 골목으로 몰아넣었던 비밀. 마치 플라스틱으로 만들어진 이상한 세상에서 온 듯한 황당한 그 말. Sie versuchten gerade sich zu küssen. 그들은 힘겹게 키스를 하려 했다.

그런데 인형이 이 모든 것의 발단이었다니. 그저 호텔을 무사히 빠져나오려는 목적으로 사용된 생명 없는 물체. 이야기는 호텔을 빠져나온 택시가 공항 방면 도로를 타고 가는 부분으로 다시 돌아간다. 저기 저 휴게소에서 잠시 쉬었다 가지. 이걸 버려야 하니까. 혹은, 자, 이 돈을 줄 테니 이걸 좀 알아서 처리해주게!

그런데 일이 이런 식으로 전개되지 않은 건 순전히 그 키스 때문이었다. 그 때문에 운전기사가 당황했고, 이야기는 예상치 않았던 결말을 맞게 된 것이다. 인형만 버리려 했는데 결국 택시에 타고 있던 사람들까지 모두 골짜기로 굴렸으니 말이다.

조사원은 두 손으로 관자놀이 근처를 지그시 눌렀다. 그렇다면 경찰은? 최초에 작성된 조서엔 베스포르 Y의 사체 옆에서 인형이 발견되었다고 적혀 있었다.

조사원은 시간이 좀 지나서야 "바보 멍청이!"라며 자책했다. 진실은 여전히 불완전했지만 본질은 거기 있었다. 물론 뭔가 맞지 않는 구석도 있었다. 유기적 몸체와 플라스틱 물질 사이, 또 그에 대한 여러 가지 생각, 그리고 특히 지나간 시간과 앞으로 올 시간 사이에는 양립하기 어려운 불일치가 존재했다. 하지만 어디까지나 일시적일 뿐이었다. 마치 어떤 군상에 대한 묘사 같았다. 한 쌍의 연인, 인형, 이루어질 수 없는 키스, 그리고 가장 중요한 요소인 살인 사건. 이 요소들은 서로를 밀치고 도망다니며 하나로 합쳐지기를 거부했다. 하지만 얼마든지 이해 가능했다. 이 같은 불연속적 상황, 즉 살인에 대한 생각과 실제로 범행을 저지르는 것 사이에 존재하는 불일치는 전형적인 경우라고 할 수 있었다. 살인과 살인의 대상이 되는 육체는, 마치 약속 시간을 잘못 알고 있던 두 사람이 헤매다 다시 만나는 것처럼, 얼마 동안 떨어져 존재하다가 하나가 된다.

조사원은 이 사건을 저녁식사 후에 나누는 한담처럼 최대한 단순하게 이해하려고 했다. 택시가 호텔을 떠난 지 얼마 되지 않아 운전기사는 외투와 스카프로 몸을 감싼 여자 승객이 진짜 여자라기보다 인형을 닮았다는 것을 알아챈다. 처음 느낀 놀라움에 일종의 미신적인 두려움까지 더해져 벌렁거리던 가슴이 어느 정도 진정되자 그는 정신을 바짝 차린다. 하긴 망가진 첼로나 술통, 정성스럽게 포장한 거북이 같은 것을 들고 택시를 타는 황당한 사람들도 얼마든지 있는 세상이었다. 그러니 인형 하나 들고 탔다고 놀랄 일이겠는가? 운전기사는 생명 없는 물체가 한순간 활기를 띠는 것같이 느껴졌을 때에도 침착하려고 애쓴다. 차체가 흔들려서 그렇게 보였겠지. 피곤해서 잠깐 헛것을 보았는지도 모르고. 하지만 남자 승객이 인형에게 키스를 하려 하자 운전기사는 그만 애써 유지해오던 침착성을 잃고 만다.

범죄가 발생한 여러 상황을 추측하는 데 익숙해진 조사원의 머릿속에는 몇 가지 경우의 수가 저절로 그려진다. 가령, 운전기사가 처음부터 인형을 도로변에 버려주고 승객에게 대가를 받기로 한 경우. 두번째는 사건이 좀더 심각한 양상을 띠게 되는 경우로, 인형이 아니라 진짜 시체를 버리는 경우. 이 경우에도 물론 기사는 그에 합당한 대가를 받는다. 두 경우 모두 이상한 남자 승객은 인형이든 시체든, 하여간 옆에 앉은 여자 승객에게 키스를 하려 하고, 그 때문에 사고가 일어난다.

세번째이자 마지막 경우. 운전기사의 관점에서 보면 최악이라고 할 수 있는 경우로, 그는 살인에 적극적으로 가담한다. 공항으로 가는 도중 베스포르 Y와 운전기사는 한구석에 차를 멈추기로 한다. 젊은 여자를 죽이고 인적 드문 곳에 시체를 버리기 위해서다. 그런데 여자에게 마지막 작별 키스를 하려는 베스포르 Y의 시도가 사고를 불러온다.

8

부활절 일요일 이른 시간, 교회의 종소리가 울려퍼지는 가운데, 잠에서 덜 깬 듯한 조사원은 택시 기사의 집으로 향했다. 도시는 여전히 잿빛 겨울 날씨 속에서 질식해가고 있었다. 왜 그런 생각이 들었을까. 조사원은 더이상 희망은 없다고 생각했다.

문을 열어준 여자는 대놓고 그를 경계했지만, 운전기사는 기다리고 있었습니다, 라고 말했다. 예전엔 말수가 적었는데, 최근 들어 속마음을 털어놓고 싶은 욕망이 강해진 모양이었다.

모두들 속내를 토로하고 싶은 모양이로군. 왜 그런 생각이 드는지는 알 수 없었지만, 그들이 그럴수록 자신의 짐이 더욱 무거워지는 것 같았다.

딱 한 가지만 묻겠습니다. 조사원은 나지막이 말했다. 그렇지만 이번만큼은 다른 때보다 훨씬 정확하게 대답해줬으면 합니다.

상대방은 길게 한숨을 내쉬었다. 그는 시선을 고정시킨 채 조사원의 말을 주의깊게 들었다. 그러고는 한참 동안 고개를 떨구었다. 살아 있는 여자였습니까, 아니면 인형이었습니까? 그는 마치 자문을 하듯 조사원의 질문을 낮은 소리로 되뇌었다. 당신 질문은 날이 갈수록 고약해지는군요.

조사원은 감사의 눈길로 그를 바라보았다. 운전기사가 그에게 도대체 무슨 정신 나간 소리를 하는 거냐, 원하는 게 뭐냐는 식으로 악을 쓰지 않아주어 고마울 따름이었다.

그는 언제나처럼 느린 말투로 음울했던 그날 아침의 분위기, 쉬지 않고 몰아치던 비바람, 손님을 기다리면서 켜놓은 자동차 엔진 소리 등을 회상하기 시작했다. 기다리던 손님들은 외투 깃을 세우고, 서로를 끌어안은 채 택시까지 걸어왔다. 그가 문을 열어주기도 전에 남자 손님이 왼쪽 문을 열고 여자친구를 태운 다음, 자동차를 돌아서 반대쪽 문을 열고 여자 옆에 앉았다. 자리에 앉은 그는 외국인 억양이 섞인 말투로 공항! 이라고 말했다.

벌써 여러 번 진술한 것처럼, 그날 아침은 유례없이 교통 체증이 심했다. 어둠이 반쯤 걷힌 어스름한 새벽, 자동차들은 힘겹게 나아가다간 멈춰 서고, 다시 조금 가는가 싶으면 다시 서기를 반복했다. 제조회사명, 여행사명, 휴대폰 번호 등을 옆구리에 새긴 승용차, 냉동 트럭, 대형 화물 트럭, 버스 등이 비를 맞아 번들거리며, 마치 악몽을 꿀 때처럼 불쑥불쑥 나타났다. 교통 혼잡 때문이었다. 병원에 입원해 있는 동안, 그때 본 각종 언어로 된 자극적인 차량 광고들이 그의 머릿속을 떠돌아다녔다. 프랑스어, 스페인어, 플랑드르어 등으로 표기된 고유명사들이었다. 유럽연합의 절반가량이 바벨탑 주변을 빙빙 도는 것 같았다.

조사원의 눈에서는 별다른 감흥이 느껴지지 않았다. 끝도 없이 그런 이야기만 계속할 겁니까, 라고 묻는 것 같았다. 당신은 원하건 원하지 않건 내 질문에 대답해야 할 의무가 있습니다.

조사원은 최대한 인내심을 발휘하다가, 결국 앞서 한 질문을 다시 한번 반복했다. 운전기사는 잠시 침묵을 지켰다.

아, 그 인형 이야기…… 젊은 여자 손님이 인형을 닮았었는지 여부를 물으셨죠? 물론 그랬습니다. 질문을 받고 보니 특히 그랬던 것 같군요. 처음엔 여자가 그런 것 같았는데 조금 있다가는 남자 손님도 그래 보였어요. 사실 그럴 수밖에 없었어요. 뿌옇게 김이 서린 자동차 유리창 안에 앉아 있으면, 모두가, 아득하고 공허한 표정을 짓고 있는 것이 꼭 밀랍 인형 같아 보이니까요.

조사원은 이제 인내심의 한계에 도달했다고 느꼈다.

참다못한 그는 갑작스럽게 고함을 질렀다. 이번만큼은 확실하게 대답해달라고 부탁드리지 않았습니까! 간곡히 부탁했고, 애원했고, 무릎까지 꿇었습니다……

하느님 맙소사, 또 시작이로군. 운전기사는 생각했다.

조사원은 쉰 듯한 목소리로 거의 울먹이고 있었다.

난 당신에게 사실을 고백할 마지막 기회를 주었습니다. 당신의 마음을 할퀴고 갉아먹고 있는 사실을 밖으로 끌어낼 기회, 당신을 경악시킨 그 일이 무엇이었는지 말할 기회를 주었단 말입니다. 남자가 생명이라고는 없이 한낱 형체에 불과한 것에게 키스하려고 했기 때문인가요? 아니면 인형이 남자에게 키스하려고 하던가요? 그들에게 뭔가가 결핍되어 어느 쪽에게든 키스를 한다는 것이 불가능했기 때문이었나요? 제발 말 좀 해보십시오!

뭐라고 말해야 할지 모르겠습니다. 모르겠어요, 못하겠다니까요.

비밀을 털어놓으세요! 제발 우리 모두를 좀 구해주십시오!

그럴 수가 없다니까요. 모른다고요!

못하는 게 아니라 안 하는 거겠죠! 당신 역시 의심받고 있으니까요. 자, 말해보세요! 살인 후 그 시체를 어떻게 처리하려 했습니까? 인형을 어디에 버릴 작정이었습니까? 괜히 돌려 말하지 마세요! 당신은 분명 뭔가 알고 있었어요. 호시탐탐 망을 보았으니까. 백미러, 당신의 충직한 탐지견인 백미러를 통해서……

흥분으로 높아졌던 조사원의 음성은 다시 평온해졌다. 그는 자신이 찾아낸 단서가 운전기사를 기쁘게 하리라는 기대에 부풀어 즐거운 마음으로 그를 찾아왔다. 그런데 그게 아니었다. 운전기사는 그런 발견 따위엔 관심조차 없었다. 이자는 당신 같은 건 필요 없다는군요. 그는 마음속으로 인형에게 말했다. 모두들 당신의 존재에 대해서 알지 못해요, 나만 예외죠.

조사원은 아무 말 없이 서류가방에서 사고 희생자 두 명의 사진을 꺼냈다. 하느님, 제발 이자가 이 사진을 한 번만 더 꼼꼼하게 살피게 도와주십시오. 죽은 여자의 얼굴이 어디에도 제대로 찍히지 않았음을 확인하게 해주십시오……

운전기사는 사진을 똑바로 쳐다보지 않는 것 같았다. 겁이 나는지 말을 더듬으며 어째서 비밀을 밝히는 일이 자기에게만 달린 것이냐고 따졌다. 조사원님 말대로 죽은 여자가 사람이 아니라 인형이었다면, 경찰은 어째서 그에 대해 일언반구도 없었던 겁니까!

아주 어려운 질문이군요, 저도 똑같은 의문을 품고 있습니다. 그래서 리자 블룸베르크에게도 제일 먼저 그걸 물었습니다. 그런데 기이하게도, 그 여자의 대답을 듣기도 전에 머릿속이 안개로 자욱해지더군요.

운전기사는 여전히 횡설수설이었다. 택시 안에서 말로는 설명하기 어려운, 어쨌거나 자연스럽지 못한 일이 일어났습니다……하지만 어째서 저에게만 대답을 요구하는 겁니까?

당신은 절대 그런 불만을 품어선 안 되는 사람입니다, 조사원이 그의 말을 끊었다. 벌써 천 년의 시간 동안 당신에게 물었습니다. 어떻게 키스 장면을 봤다는 단 한 가지 이유로 골짜기로 굴러떨어질 수 있었느냐고. 하지만 당신은 납득할 만한 답변을 내놓지 못했습니다.

피곤에 지친 두 사람은 망연자실한 채 한동안 말이 없었다. 하긴 어떻게 그처럼 황당한 리자 불룸베르크의 말을 믿을 수 있느냐고 묻는다면 저도 딱히 대답할 말은 없습니다. 우리는 누구나 서로에게 이런 질문을 할 수 있는 권리가 있습니다. 무슨 권리로 당신은 나에게 스스로의 힘만으로는 알 수 없는 것, 캄캄한 어둠 속에 놓여 있는 것에 대해서 묻는단 말이오?

조사원은 너무 지쳐서, 고등학생 때 처음으로 학교에서 현대미술 전시회에 갔었는데, 눈이 세 개 달린 인물이나 가슴이 이상한 곳에 붙은 인물, 불타는 책장 모양을 한 기린 등을 보면서 저마다 감탄하거나 깔깔댔었다는 이야기를 들려줄 힘도 없었다. 당시에 누군가가 그들에게 말했다. 웃지 마, 시간이 지나면 너희 모두 이 세상이 보기보다 훨씬 복잡하다는 걸 알게 될 테니.

조사원은 다시 평온을 되찾았으며, 두 눈엔 어느새 처음 운전기사를 찾아왔을 때의 감정이 돌아와 있었다. 그는 낮은 목소리로 말했다.

우리가 안다고 믿는 진실 외에도 여러 가지 진실이 있을 수 있죠. 그런데 우리는 그걸 알지 못합니다. 아니, 알려고 하지 않습니다. 그렇게 할 수 없기 때문입니다. 어쩌면 그것들은 보이지 않을 수도 있습니다. 나의 불운한 동반자인 당신은 당신 택시에서 자연스럽지 않은 무슨 일인가가 일어났다고 했습니다. 어쩌면 그게 본질입니다. 나머지는 불필요합니다. 당신 택시에서 당신이 본 것과는 다른 어떤 일이 일어났습니다. 뒷좌석에는 죄인과 무고한 사람, 살인자 남자와 어쩌면 살인자 여자, 인형 혹은 외양 혹은 형체와 영혼이, 같이, 그러다가 외따로 앉아 있었습니다. 타오르는 불길에 갇힌 기린들처럼 말입니다. 당신이 보고 내가 상상한 것은 아마도 진실과는 거리가 먼 것일 수도 있습니다. "신은 인간에게 지고의 지식과 인식을 허락하지 않았다"던 고대인들의 말은 객설이 아닙니다. 그 때문에 우리의 눈은 언제나처럼 우리 주변에서 일어난 그 일을 보지 못했던 겁니다.

조사원은 간질 발작을 겪고 난 후처럼 속이 텅 빈 느낌이었다.

아마 이 이야기는 우리가 생각하던 것과 아주 다를 수도 있습니다. 끈질기게 조사했던 사건이 알고 보니, 교황의 전기, 은행 대출 장부, 아니면 동구에서 밀입국하다 국경 경비소에 억류된 젊은 여자의 조서처럼 완전히 다른 종류의 사건이었다고 하더라도 놀라운 일은 아닙니다.

한 가지만 더 묻겠습니다. 그가 맥 빠진 목소리로 말했다. 아마 이게 마지막 질문이 되겠죠. 공항으로 가는 도중 혹시 형언하기 어려운 소리를 듣지 않았습니까? 처음엔 엔진 이상 때문에 나는 소리인 줄 알았는데 그게 아니었던 소리 말입니다. 평상시 고속도로에서 듣지 못하는 소리, 가령 전속력으로 추격해오는 말 발굽 소리라든가……

그는 운전기사의 대답을 기다리지 않고 자리에서 일어났다.

9

마지막 일주일간의 행적 기록을 포기하자 조사원은 당혹스럽다기보다 평온해졌다.

그는 택시에서의 마지막 순간뿐만 아니라 마지막 일주일 역시 드러내놓고 고백하기 어려운 일의 부류에 들어간다고 확신했다. 그렇기 때문에 그 일주일을 포기하는 것에 대해 별다른 가책도 느끼지 않았을 뿐 아니라, 악착같이 그 일을 밀고 나간다면 그것이 오히려 사건에 대한 모독이라는 생각마저 들었다.

엄청난 비밀은 언제나 우연한 기회에 새어나가기 마련이다. 신들이 인간에게 허락하지 않은 지고한 지식을 쌓아놓은 무시무시한 저장고에서 칠천 년, 일만 년 혹은 칠만 년마다 무언가가 조금씩 외부로 유출될 가능성은 얼마든지 있다. 그럴 때면 눈뜬 장님이나 마찬가지인 인간들은 마치 불어오는 바람이 얼핏 커튼 자락을 들추고 갈 때처럼, 몇 세기가 걸려도 알까 말까 한 진실의 한 자락을 얼핏 감지한다.

네 주인공, 즉 두 명의 승객과 운전기사와 백미러가 여느 때 같으면 도저히 불가능했을 시계視界로 들어선 것은 바로 그와 같은 예외적인 순간이었다.

운전기사는 자연스럽지 않은 무엇인가가 일어났다고 했다. 그렇다면 모두의 이해를 벗어난 일이었다는 말이다. 뒤얽힌 피의 역사와 관련된 문제였을까? 임금철칙*에서 말하는, 예전에 지게 되었으나 최근 세대가 해결하지 못한 부채의 문제였을까?

마지막 일주일 동안 로베나와 베스포르는 걷잡을 수 없는 소

---

* 임금은 노동자와 그 가족의 생존에 필요한 최저 생활비 정도밖에 되지 않아 노동자의 빈곤이 계속된다는 이론.

용돌이에 휘말려 허우적거리다 결국 빠져나오지 못한 것일 수도 있다. 어쩌면 자신들이 너무 멀리 왔음을 깨닫고 되돌아가기를 원했던 것은 아닐까?

과거에 맺었다는 협약이란 도대체 무엇일까? 그 같은 협약은 어디에서 맺어졌으며, 어째서 파기할 수 없었던 것일까?

하루 중 짧은 어떤 때는 이야기가 다른 색조를 띠는 것 같아 보였다. 육체가 결핍된 영혼의 이야기. 이 육체의 분리는 안개 속을 헤매는 듯한 혼돈, 황홀한 해방감 그리고 본질과 형태 사이의 긴장된 관계를 이완시키는 결과를 낳았다.

수사 파일에는 로베나 St.와 베스포르 Y가 여러 번 이와 같은 분리에 대해 언급했다는 증언이 있었다. 두 사람이 그것에 대해서 후회했으리라는 가능성 또한 배제할 수 없었다.

이쯤에서 조사원은 다이아몬드가 뿜어내는 희귀한 광채 같은, 베스포르 Y가 마지막으로 꾼 꿈과 관련해서 피아니스트와 나눈 생각들을 다시 정리해보았다.

그는 무엇 때문에 추모관이자 모텔 같은 그곳을 찾았을까? 두 사람 모두 로베나를 찾으러 왔다고 생각했다. 룰루 블룸은 살해당한 로베나라고 했고, 조사원은 변모한 로베나라고 했다. 어쩌면 수백만 남자들이 갈망하는 무엇, 자신들이 사랑하는 여자의 제2의 모습일 수도 있었다.

몇 시간 동안 조사원은 회반죽 건물 앞에서 원래의 로베나를 기다리는 베스포르 Y를 상상했다. 그런 다음, 택시 안에서 도망치듯 멀어져가는 그녀의 형체 곁에 앉아 있는 그의 모습을 그려 보았다. 그는 지금껏 누구도 경험한 적 없는 순간을 경험하고 있었다.

10

오랫동안 침묵을 지키던 리자 블룸베르크로부터 전화가 걸려 온 때는 어느 일요일 오후였다. 여느 때와 달리, 잠에서 방금 깨어난 사람처럼 목소리가 매우 따뜻하게 느껴졌다. 베스포르 Y가 내 사랑하는 로베나를 살해했다는 의심을 철회하려고 전화했어요.

아니, 그게 무슨 말입니까? 대단히 확신에 차 있었잖습니까……

이제는 그 반대가 맞다는 확신에 차 있어요.

놀란 조사원은 한동안 말이 없다가 아, 하고 짧게 말했다.

그는 상대방이 뭔가 보충 설명을 하거나 전화를 끊기를 기다렸다.

로베나는 살아 있어요. 룰루 블룸이 말을 이었다. 머리 색깔을 바꾸고 나베로라는 이름을 쓰고 있긴 하지만요.

그날 오후 늦게 룰루 블룸은 그를 찾아와 간밤에 있었던 일을 자세히 이야기했다.

밤에 나이트클럽, 그러니까 전에 로베나와 처음 만난 그 나이트클럽에서 연주를 하고 있었어요. 그때와 똑같은 자리에서, 자정이 조금 안 된 똑같은 시각에 슬픔이 가득한 마음으로 피아노를 치고 있었는데, 그때 로베나가 나타난 거예요. 로베나가 출입문을 밀고 들어왔을 때부터 그녀의 존재를 느꼈는데, 어쩐 일인지 알 수 없는 두려움, 혹시라도 로베나가 제가 알아챈 걸 알고 다시 문을 닫고 나가버리지는 않을까 하는 두려움 때문에 피아노 건반에서 눈을 떼지 못하고 있었어요.

로베나는 의자 사이를 천천히 걸어 우리가 처음 만난 운명적인 그날 밤에 앉았던 바로 그 자리에 앉았어요. 금발로 염색을 했더군요. 사람들 눈에 띄지 않기 위해 그랬나보다고 짐작했고, 나중에 들어보니 사실이었어요. 머리 색은 바뀌었어도 걸음걸이는 그대로였죠. 눈빛도 그랬고요. 그녀의 눈을 한 번이라도 마주친 사람이라면 절대로 그 눈빛을 잊을 수 없거든요.

우리는 마침내 예전처럼 서로의 얼굴을 바라보았어요. 하지만 우리 사이에는 보이지 않는 장벽 같은 것이 있었어요. 전 사람들 눈에 띄지 않으려는 로베나의 욕망을 존중하라고 압박당하는 듯한 느낌을 받았어요.

하지만 오래도록 만나지 못한 사람을 다시 만났다는 떨림, 욕망과 좌절 등의 모든 감정은 손가락을 통해 피아노 건반으로 고스란히 전달되었죠. 제게 피아노 건반은 오랫동안 사랑해온 로베나를 향한 욕망과 떼려야 뗄 수 없는 불가분의 관계였거든요.

연주가 끝나고 기진맥진해서 고개를 떨구자, 속삭이는 듯 '브라보' 하는 소리가 귓가를 간지럽혔어요. 로베나가 제게로 와서 말을 걸어주었으면 하고 바랐지요.

로베나는 손님들 중에서 맨 마지막으로 제게 왔어요. 감정이 동요됐는지 얼굴이 창백하더군요. 로베나, 내 사랑. 전 은밀히 외쳤어요. 하지만 로베나는 다른 이름을 대더군요.

하지만 우리는 예전에 주고받았던 이야기를 나누었고, 술집이 문을 닫기 직전 예전처럼 제 자동차 안에서 만났어요.

우리는 말없이 오래도록 입을 맞추었어요. 하지만 그러는 동안 제가 두 번쯤 로베나의 이름을 불렀는데 그녀는 아무 대답이 없었어요. 입을 맞추는 동안에도 눈물이 뺨을 타고 하염없이 흘러내렸죠. 자정이 훨씬 지나 잠자리에 들어서야 비로소 전 로베나에게 물었어요. 너는 로베나야, 왜 그걸 감추는 거지? 그러자 로베나가 대답하더군요. 넌 나를 다른 사람으로 착각하고 있어. 로베나는 잠시 침묵하다 덧붙여 말했어요. 하긴 그런 게 뭐 그리 중요한가?

저 역시, 그런 게 뭐 그리 중요하겠냐고 생각했죠. 똑같은 사람이 다른 형체로 나타났을 뿐이니까요.

방금 무슨 이름인가 말했지? 로베나라고 했어? 그 이름이 그렇게 마음에 든다면, 요즘 유행하는 것처럼 그 이름의 철자를 뒤집어서 나를 나베로라고 부르면 되겠네.

나베로, 나베로, 전 몇 번이고 그 이름을 불러보았어요. 늙은 마녀의 이름처럼 들렸어요. 머리를 염색하고 여권을 바꾸고 백 번 천 번 재주를 부려봐도 소용없어. 이 세상의 그 무엇도 네가 로베나라는 내 확신을 바꿀 수 없어.

가슴을 어루만지다보니, 알바니아의 그 끔찍한 모텔에서 당한 총상이 보였어요. 전 아무 말 없이 그 상처에 가볍게 입을 맞추었어요.

정말 묻고 싶은 것이 너무나 많았어요. 어떻게 베스포르 Y의 손아귀에서 벗어났는지, 어떻게 그의 철저한 감시에서 빠져나올 수 있었는지……

로베나는 머릿속에 떠오르는 생각을 모조리 몸으로 행동에 옮길 수 있었어요. 하지만 원했든 원치 않았든 그녀는 아무것도 바꿀 수 없었어요.

다음날엔 집에서 피아노를 쳐야지 생각했어요. 주변은 온통 피아노 건반을 통해 흘러나오는 바흐의 음악과 다시 찾은 로베나의 은밀한 육체가 발산하는 향기에 젖어 있을 것 같았죠.

그 생각을 하면서 잠이 들었건만, 깨어보니 로베나는 떠나고 없었어요. 피아노 위에 남겨진 쪽지가 없었다면 그 모든 일이 한낱 꿈이라고 믿었을 거예요.

"너를 깨우고 싶지 않았어. 이런 기적을 마련해준 너에게 감사해. 너의 나베로."

오랜 침묵을 지키던 룰루 블룸은 지친 목소리로 이상이에요, 라고 말하고는 떠났다.

조사원은 자주 그랬듯이, 로베나의 갈색 머리카락과 베스포르Y의 상체 옆으로 뻗은 가느다란 팔이 보이는 사진에 시선을 고정시켰다. 로베나의 팔은 넥타이 쪽에 있었는데, 마치 고통받는 영혼이 좀더 쉽게 빠져나갈 수 있도록 그의 목을 조이고 있는 넥타이를 느슨하게 풀어주려는 것 같았다.

조사원의 시선은 네거리를 건너고 있는 유리창 너머의 여자로 옮겨갔다. 멀리서 아득하게 천둥소리가 들려오자 그는 고개를 설레설레 흔들었다. 하지만 그 '아니다'가 무엇을 의미하는지, 누구를 향한 것인지는 스스로도 알 수 없었다.

이제 룰루 블룸도 떠났다. 세상의 많은 사람들이 그러듯, 그녀도 쉽사리 포기했다. 어쩌면 계절의 변화를 알리는 아득한 천둥소리는 그녀가 보내는 일종의 작별 인사인지도 모른다.

조사원은 전처럼 다시 혼자가 되었다. 아무도 그에게 해결을 요구한 적 없는 두 이방인의 수수께끼와 더불어 그는 혼자 남았다.

11

이제까지도 자주 그래왔고, 그가 죽는 날까지 앞으로도 그런 일이 수백 번씩 일어나겠지만, 어쨌거나 이번에도 조사원은 별로 힘들이지 않고 안개 낀 10월 17일 아침에 자동차의 물결을 힘겹게 헤치며 공항으로 향하는 택시를 상상할 수 있었다. 빗방울이 차창을 때리고, 교통 체증으로 꼼짝 못하고 서 있는 시간이 길어진다. 각종 유럽어로 대형 화물 트럭의 옆구리를 장식한 상표와 아득히 먼 도시의 이름들이 눈에 들어온다. 도르트문트, 유로모빌, 하노버, 엘제노이어, 파라다이스 트래블, 헤이그…… 더불어 알아듣기 힘든 그들의 목소리도 들려온다. 도대체 이 교통 혼잡은 뭐죠, 이러다간 비행기를 놓치겠어요. 그들의 말 속엔 불안한 기운이 감돈다.

그들은 물론 늦었다. 속으로 차를 돌렸으면 하고 바라지만 서로에게는 아무 말도 하지 않는다. 이들은 사방에 쳐진 덫에 걸려든 것 같은 기분이 든다. 돌아가요. 그럴 수 없소. 그들은 낮은 목소리로 말한다. 그들은 다른 사람이 자신들의 이야기를 듣고 있다는 걸 모른다. 돌아가는 건 불가능하다. 백미러 속으로 한 사람, 이어서 다른 사람의 눈이 차례로 나타난다. 약간 속도가 나는 듯하다. 하지만 좀더 앞쪽은 여전히 차들이 꼼짝 않고 늘어서 있다. 어쩌면 비행기가 좀 기다려줄 수도 있겠지. 프랑크푸르트. 인터콘티넨탈. 빈. 모나코 레르미타주. 크론프린츠. 여자는 현기증이 난다. 전부 우리가 묵었던 호텔이군요(그곳에서 행복했었다고, 여자는 특별히 두려운 기색도 없이 속삭인다). 그런데 저 호텔들이 왜 갑자기 우리에게 적대적으로 변한 거죠? 로렐라이. 슐뢰스호텔-레어바흐. 에른스트 엑셀시오르. 비아리츠. 남자는 여자를 꼭 끌어안는다. 두려워하지 말아요, 내 사랑. 이제 도로는 한적해졌다. 어쩌면 비행기가 기다리고 있을 것이다. 남자는 팔로 여자의 어깨를 감쌌다. 그렇지만 이 친근한 동작마저도 이미 잊힌 듯 존재감을 상실했다. 저 검은 소들은 뭐죠? 여자가 물었다. 저런 것들까지 길에 나오다니! 남자는 대답 대신 해가 질 때까지는 감옥 문이 열려 있으면 좋겠다고 중얼거렸다. 여자는 또다시 두려움에 휩싸였다. 여자는 우리가 무슨 잘못을 저질렀나요? 라고 묻고 싶었다. 남자는 여자 곁으로 바짝 다가가려 했다. 당신 지금 무슨 짓이에요? 내 목을 조르고 있잖아요. 택시는 앞으로 나아간다. 언젠가 어디에선가 보았던 것 같은 운전기사의 시선이 백미러에 고정된다. 사방이 빛이다. 가혹하리만큼 강렬하다. 여자는 남자의 어깨에 머리를 기댄다. 택시가 요동치기 시작한다. 택시 안에 낯선 존재가 끼어든 것 같다. 하지만 접근할 수 없는 은밀한 존재다. 자기만의 도구와 자기만의 위협적인 법칙을 갖춘 존재. 도대체 무슨 일이에요, 우리가 무슨 잘못을 한 거예요? 두 사람의 입술은 점점 더 가까워진다. 그래서는 안 된다. 그럴 수 없다. 그걸 방해하는 도구와 법칙이 도처에 산재해 있다. 남자는 뭐라고 말하지만 알아들을 수 없다. 입술의 움직임으로 보아 아마 무슨 이름인 듯하다. 하지만 택시에 탄 여자의 이름이 아니다. 다른 여자의 이름이다. 그는 다시 그 이름을 부르지만, 이번에도 회반죽 건물이 등장하는 꿈속에서처럼 알아들을 수 없다. 그는 어조를 바꿔가면서 자신의 손으로 목을 조른 여자를 찾는다. 그는 돌아와, 예전의 당신으로 돌아와줘, 라고 간청한다. 그렇지만 여자는 그럴 수 없다. 절대로 그렇게 할 수 없다. 몇 분, 몇 년, 몇 세기가 지나 모든 것이 갈라진다. 회반죽 건물에서 굉음이 들리며 마침내 이름 하나가 솟아오른다. 에우리디케! 이제 천지를 뒤흔들던 요동이 멈춘다. 택시가 갑자기 도로를 이탈한 것 같다. 아무래도 그런 것 같다. 차 문이 열린 모습이 영락없이 택시에 갑자기 날개가 돋은 것 같다. 이렇게 변신한 몸으로 택시는 하늘을 가로지르며 날아간다. 어쩌면 이제까지 한 번도 택시였던 적이 없는 것도 같다. 택시가 아닌 다른 무엇이었는데 아무도 그걸 알아보지 못했던 건 아닐까? 이제 너무 늦었다. 아무것도 잡을 수 없다.

로베나와 베스포르 Y는 더이상 여기에 없다.

나베로.

다없 에기여 상이더 는Y 르포스베 와나베로.

12

조사원은 점점 자주, 점점 깊은 무기력 상태에 빠져들었다. 그는 자신의 유언에 대해서 생각할 때에만 기운을 차렸다. 유언장을 작성하기에 앞서 그는 유럽 교통사고 연구소 측의 최종 답변을 기다렸다. 답을 받기까지는 오랜 시간이 걸렸다. 연구소 측은 그가 내세운 조건을 수락했다. 택시의 백미러를 넘겨준다면 그가 지금까지 조사한 내용을 제공하겠다는 조건이었다.

조사원이 약속 장소인 사무실에 나타나자 사람들은 놀라움에 가득 찬 눈길, 아니, 심지어 혹시 정신 나간 환자 아닌가 싶어 걱정이라도 됐는지 동정심에 가득 찬 눈길을 보냈다. 폐부품 저장고에서도 사람들의 태도는 비슷했다. 문제의 백미러를 찾는 데에는 시간이 한참 걸렸다. 너무 오래 기다리다보니, 마침내 원하는 물건을 손에 넣었을 때도 자신의 눈을 믿을 수 없을 정도였다.

유언장 작성은 그다지 유쾌한 일이라고 할 수는 없었다. 그는 준비 단계에서부터 유언이 포괄하는 범위가 끝이 없음을 실감했다. 유언에 관해서라면 아주 오랜 옛날부터 별의별 일화가 수두룩이 전해진다. 독약, 고대 비극, 황새의 둥지, 소수민족의 호소, 지하철 건설 계획 등. 유언에 딸리는 부속품 또한 이보다 더하면 더했지 결코 덜하지 않다. 권총에서부터 콘돔, 송유관에 이르기까지, 어떤 기발한 것들이 등장할지 완전히 예측 불허다. 그러나 부활을 기다리는 남자와 함께 매장되는 택시의 백미러는 단연 최초다.

조사원은 자신이 작성한 문서를 우선 라틴어로, 이어서 유럽 연합에서 통용되는 주요 언어로 번역해달라고 요청했다. 그는 몇 주일에 걸쳐 인터넷을 통해서 찾아낸 온갖 연구소에 문서를 보냈다. 고고학 연구소. 신비주의적 심리 연구소. 지구화학 연구소. 미국 사망자 지하보관소. 그리고 세계 유언장 연구소.

그가 이런 일을 처리하는 데 골몰해 있는 동안 여기저기에서 갈피를 잡기 어려운 정보들이 날아들었다. 그중 일부는 베스포르 Y가 자신의 애인이었던 여자를 살해한 것이 아니냐는 오래된 의심을 제기했다. 전에도 그랬듯이 의견은 갈렸다. 그런가 하면 베스포르 Y가 로베나를 살해한 것은 사실이지만 범행 시기는 알수 없다는 식의 세번째 가설도 등장했다. 사정이 이러니, 살인에 대한 의심은 접을 수밖에 없었다. 앞서 봤듯이, 살인이 다른 세상, 즉 모든 행동이 시간의 제한을 벗어나 존재하는 곳, 시간이 존재하지 않는 곳에서 저질러졌다면 모를까.

예상할 수 있는 것처럼 로베나 St.가 생존해 있다는 소문도 돌았다. 더구나 로베나 혼자만 관련된 소문도 아니었다. 베스포르 Y가 남의 눈에 띨까봐 외투 깃을 세우고 네거리를 가로지르는 모습을 보았다는 소리도 있었다. 그가 티라나의 어떤 술집에서 젊은 여자와 함께 소파에 앉아 유럽 여행을 떠나자고 설득하는 광경을 목격했다는 사람도 나왔다.

유언장 문제로 기진맥진해진 조사원은 이제 모든 것을 잊고 싶었다. 그는 매일 유언장의 문안을 고쳤다. 이 단어를 지워 이렇게 바꾸고 저 단어를 지워 저렇게 바꾸곤 했지만, 내용은 일절 수정하지 않았다.

납으로 된 관 안에 시신을 넣고, 시신 옆에 문제의 백미러를 놓을 것이며, 때가 되면 자신의 무덤을 열라는 것이 유언장의 중심 내용이었다.

처음에 그는 이 '때'를 사후 삼십 년이라고 정했다가 곧 백 년으로 고쳤고, 마지막에는 천 년으로 바꿨다.

그는 후대 사람들이 자신의 무덤을 발견하고 그 무덤을 여는 광경을 상상하며 여생을 보냈다. 그는 여자들이 누군가와 키스하거나 살해당하기 전 자신을 아름답게 꾸미기 위해 늘 들여다보는 거울은 그 여자들의 일부를 품고 있다고 굳게 믿었다. 그렇지만 우리가 사는 이 천박한 세상에서는 아무도 그런 사실을 알아주는 사람이 없었다.

그는 천 년 전 두 연인을 태우고 공항으로 가던 택시 안에서 일어난 일이, 거울의 유리 표면에 아주 희미한 흔적이라도 남겨놓았기를 바랐다.

어떤 날엔 안개 속에서일망정 희미하게나마 미스터리의 윤곽이 잡히는 것 같기도 했지만, 또 어떤 날엔, 자신의 두개골 옆에 천 년이나 머물러 있었으면서도, 거울은 그저 불투명하게 끝없는 무無만을 반사하는 것 같기도 했다.

티라나와 파리에서

겨울, 2003~2004

1936년	알바니아 남부 지로카스트라에서 태어남. 초, 중등 교육과정을 지로카스트라에서 마친 후 티라나 대학교에서 언어학과 문학을 공부함.
1956년	교사 자격증 취득.
1958~1960년	모스크바에 있는 고리키 문학연구소에서 공부함.
1960년	알바니아가 소련과 외교 관계를 단절하자 알바니아로 귀국, 문학 잡지 〈드리타 *Drita*〉에서 근무하며 작품 활동 시작.
1963년	첫 장편소설 『죽은 군대의 장군 *Gjenerali i ushtërisë së vdekur*』 발표.
1964년	시집 『이 산들은 무슨 생각을 할까 *Përse mendohen këto male*』 발표.
1968년	장편소설 『결혼 *Dasma*』 발표.
1970년	장편소설 『성 *Kështjella*』 발표. 프랑스어판 『죽은 군대의 장군 *Le Général de l'armée morte*』 출간. 알바니아 인민회의 의원으로 선출됨.
1971년	장편소설 『돌에 새긴 연대기 *Kronikë në gur*』 발표.
1972년	알바니아 노동당 가입.

1973년	프랑스어판 『돌에 새긴 연대기 *Chronique de la ville de pierre*』 출간.
1975년	장편소설 『어느 수도의 11월 *Nëntori i një kryeqyteti*』 발표.
1977년	장편소설 『위대한 겨울 *Dimri i madh*』 발표.
1978년	장편소설 『세 개의 아치가 있는 다리 *Ura me tri harqe*』, 『위대한 파샤 *Pashallëqet e mëdha*』 발표. 프랑스어판 『위대한 겨울 *Le Grand hiver*』 출간.
1980년	장편소설 『꿈의 궁전 *Nënpunësi i pallatit të ëndrrave*』 발표. 오스만튀르크 제국의 수도를 배경으로 우화와 알레고리 기법을 통해 전제주의를 비판한 작품으로, 발표 즉시 출간 금지되었다. 장편소설 『부서진 사월 *Prilli i thyer*』, 『누가 도룬틴을 데려왔나? *Kush e solli Doruntinën*』, 『우울한 해 *Viti i mbrapshtë*』 발표.
1981년	장편소설 『H서류 *Dosja H*』 발표. 프랑스어판 『부서진 사월 *Avril brisé*』 『세 개의 아치가 있는 다리 *Le Pont aux trois arches*』 출간.
1984년	『위대한 파샤』가 프랑스어판 『치욕의 둥지 *La Niche de la honte*』로 제목을 바꾸어 출간.
1985년	장편소설 『달빛 *Nata më bënë*』 발표. 『성』이 프랑스어판 『비의 북소리 *Les Tambours de la pluie*』로 제목을 바꾸어 출간.

1986년	프랑스어판 『누가 도룬틴을 데려왔나? *Qui a ramené Doruntine?*』 출간.
1987년	프랑스어판 『우울한 해 *L'Année noire*』 출간.
1988년	『콘서트 *Koncert në fund të dimrit*』 발표. 프랑스어판 『콘서트 *Le Concert*』 출간. 1970년대 중국과 알바니아와의 관계를 다룬 작품으로, 1978~1981년에 집필되었으나 검열에 걸려 출간 금지되었다. 프랑스의 문학 잡지 〈리르 *Lire*〉에서 그해 최고의 소설로 선정했다.
1989년	프랑스어판 『H서류 *Le Dossier H*』 출간.
1990년	공산주의 독재 체제에 위협을 느껴 프랑스로 망명함. 프랑스어판 『꿈의 궁전 *Le Palais des rêves*』 출간.
1991년	장편소설 『괴물 *Përbindëshi*』 발표. 1965년 단편으로 출간되었으나 검열에 걸려 빛을 보지 못하다가 이후 장편으로 개작하여 재출간. 프랑스어판 『괴물 *Le Monstre*』 출간.
1992년	치노 델 두카 국제상 수상. 장편소설 『피라미드 *Piramida*』 발표. 프랑스어판 『피라미드 *La Pyramide*』 출간.
1993년	프랑스 파야르 출판사에서 '이스마일 카다레 전집'을 출간하기 시작함(2004년까지 총 12권 출간됨). 프랑스어판 『달빛 *Clair de lune*』 출간.
1994년	장편소설 『그림자 *Hija*』 발표(집필은 1984~1986년). 프랑스어판 『그림자 *L'Ombre*』 출간.

1995년	장편소설 『독수리 *Shkaba*』, 에세이 『알바니아, 발칸반도의 얼굴 *Albanie, Visage des Balkans*』 발표.
1996년	프랑스 학사원의 하나인 '아카데미 데 시앙스 모랄에 폴리티크(Académie des Sciences Morales et Politiques)'의 평생 회원으로 선출됨. 프랑스 레지옹 도뇌르 훈장 수훈. 산문집 『알랭 보스케와의 대화 *Dialog me Alain Bosquet*』, 장편소설 『스피리투스 *Spiritus*』 발표. 프랑스어판 『독수리 *L'Aigle*』, 『스피리투스 *Spiritus*』 출간.
1997년	에세이 『천사의 사촌 *Kusheriri i engjejve*』 발표.
1998년	단편집 『코소보를 위한 세 편의 애가 *Tri këngë zie për Kosovën*』 발표.
1999년	소설집 『남쪽으로 날아가는 철새 *Ikja e shtërgut*』 발표.
2000년	장편소설 『사월의 서리꽃 *Lulet e ftohta të marsit*』 발표.
2002년	장편소설 『룰 마즈렉의 삶과 죽음 *Jeta, loja dhe vdekja e Lul Mazrekut*』 발표.
2003년	장편소설 『아가멤논의 딸 *Vajza e Agamemnonit*』(집필은 1985년)과 그 후편 격인 『누가 후계자를 죽였는가 *Pasardhësi*』 발표. 프랑스어판 『아가멤논의 딸 *La Fille d'Agamemnon*』, 『누가 후계자를 죽였는가 *Le Successeur*』 출간.

2005년	제1회 맨부커 국제상 수상. 소설집 『광기의 풍토 *Cështje të marrëzisë*』 발표. 프랑스어판 『광기의 풍토 *Un Climat de folie*』 출간.
2006년	에세이 『햄릿, 불가능의 왕자 *Hamleti, princi i vësh-tire*』 발표.
2007년	프랑스어판 『햄릿, 불가능의 왕자 *Hamlet, ce prince impossible*』 출간.
2008년	장편소설 『사고 *L'Accident*』(프랑스에서 먼저 출간 됨), 『과한 저녁식사 *Darka e gabuar*』 발표.
2009년	스페인의 아스투리아스 왕자상 수상. 장편소설 『갇힌 여인 *E Penguara*』 발표. 프랑스어판 『과한 저녁식사 *Le Dîner de trop*』 출간.
2010년	『사고 *Aksidenti*』 알바니아에서 출간. 프랑스어판 『갇힌 여인 *L'Entravée*』 출간.

지은이 **이스마일 카다레**
1936년 알바니아 남부 지로카스트라에서 태어났다. 티라나 대학교에서 언어학과 문학을 공부했고, 모스크바의 고리키 문학연구소에서 수학했다. 1963년 발표한 첫 장편소설 『죽은 군대의 장군』으로 세계적 명성을 얻었고, 이후 『돌에 새긴 연대기』 『꿈의 궁전』 『부서진 사월』 『아가멤논의 딸』 『누가 후계자를 죽였는가』 등 많은 작품을 통해 암울한 조국의 현실을 우화적으로 그려내는 자신만의 독특한 문학 세계를 구축했다. 1990년 프랑스로 망명하여 지금까지 파리에서 왕성한 작품 활동을 펼치고 있다.

옮긴이 **양영란**
서울대학교 불어불문학과와 동대학원을 졸업하고, 프랑스 파리 3대학에서 불문학 박사과정을 수료했다. 신문기자와 시사잡지 해외 통신원을 지낸 후 전문번역가로 활동하고 있다. 『잠수복과 나비』 『나의 연인 뒤라스』 『행복한 나날』 『매일 떠나는 남자』 『엄마 집에서 보낸 사흘』 『해신의 바람 아래서』 등을 우리말로 옮겼으며, 김훈의 『칼의 노래』를 프랑스어로 옮겨 갈리마르 출판사에서 출간했다.

문학동네 세계문학
사고

초판인쇄 2012년 12월 3일 | 초판발행 2012년 12월 17일

지은이 이스마일 카다레 | 옮긴이 양영란 | 펴낸이 강병선
책임편집 김미혜 | 편집 김이선 | 독자모니터 김준언
디자인 이경란 이원경 | 저작권 한문숙 박혜연 김지영
마케팅 정민호 김도윤 박보람 | 온라인마케팅 김희숙 김상만 이원주
제작 서동관 김애진 임현식 | 제작처 영신사(인쇄) 경일제책사(제본)

펴낸곳 (주)문학동네
출판등록 1993년 10월 22일 제406-2003-000045호
주소 413-756 경기도 파주시 문발동 파주출판도시 513-8
전자우편 editor@munhak.com | 대표전화 031) 955-8888 | 팩스 031) 955-8855
문의전화 031) 955-3576(마케팅) 031) 955-8868(편집)
문학동네카페 http://cafe.naver.com/mhdn

ISBN 978-89-546-1979-0 03860

www.munhak.com